KB113942

궁귀검신

弓鬼劍神

궁귀검신 7

조돈형 新무협 판타지 소설

초판 1쇄 찍은 날 § 2002년 5월 27일
초판 1쇄 펴낸 날 § 2002년 6월 2일

지은이 § 조돈형
펴낸이 § 서경석

편집장 § 문혜영
편집책임 § 장상수
편집 § 박영주 · 김희정 · 권민정 · 이종민
마케팅 § 정필 · 강양원 · 김규진 · 안진원

펴낸곳 § 도서출판 청어람
등록번호 § 제1081-1-89호
등록일자 § 1999. 5. 31
어람번호 § 제2-0095호

주소 § 경기도 부천시 원미구 심곡1동 350-1 남성B/D 3F (우) 420-011
전화 § 032-656-4452 팩스 § 032-656-4453
http://www.chungeoram.com
E-mail § eoram99@chollian.net

ⓒ 조돈형, 2002

값 7,500원

ISBN 89-5505-256-1 (SET)
ISBN 89-5505-377-0 04810

※ 파본은 본사나 구입하신 서점에서 교환하여 드립니다.
※ 저자와 협의하여 인지를 붙이지 않습니다.

궁귀검신

弓鬼劍神

7

조돈형 新무협 판타지 소설

도서출판
청어람

목 차

제 31 장

오상지심(吳桑之心)

오상지심(吳桑之心)

"다들 잘 이동하고 있겠지?"

"예, 사부님. 벌써 도착해 있을 것입니다."

앞서 가던 배명은 뒤를 돌아보며 공손하게 대답을 하였다.

"혹시라도 적의 이목을 끌까 하여 철저하게 위장을 했고 더구나 주로 밤에만 이동을 하였으니 별다른 이상이야 있겠습니까?"

배명의 음성엔 수하들에 대한 강한 믿음이 배어 있었다.

"그래도 모르는 것이다. 이럴 때일수록 조심에 조심을 거듭해야 한다. 저들 또한 눈에 불을 켜고 우리의 동태를 살피고 있을 것이다."

"알겠습니다, 사부님."

배명은 대답과 함께 잠시 지체되었던 발걸음을 바삐 움직였다. 음자문의 문주이자 중원 살수계의 대부인 부인곡은 두 명의 수하와 함께 그 뒤를 따르고 있었다.

"집결지가 얼마 남지 않았다. 조금 더 서두르는 것이 좋을 듯하구나. 혈영대는 벌써 이동을 끝냈을지도 모르는 일. 우리가 혈영대 따위에게 뒤져서야 체면이 서지 않는다."

"염려 마십시오, 사부님. 제자가 알아본 바에 의하면 따로 분산하여 이동하는 저희와는 다르게 혈영대는 거의 모든 병력이 함께 이동하고 있습니다. 모르긴 몰라도 한참 뒤처졌을 것입니다."

배명이 다시 고개를 돌리며 대꾸를 했다.

"쯧쯧, 실수의 기본도 모르는 자들이로군. 비록 개개인이 상당한 실력이 있다는 것은 알고 있지만 그렇게 움직여서야……."

"그래도 야간에만 움직여서인지 정체를 들키지는 않았다고 합니다."

"그것은 모르는 일. 저들이 알고도 모른 체할 수도 있다. 아무리 밤에만 움직인다 하더라도 보는 눈이 한둘이 아니다. 저것 보아라. 이 밤중에도 산길을 걷는 사람들이 있지 않느냐?"

말을 하던 부인곡이 턱을 들어 앞을 가리켰다. 배명의 눈이 자연 부인곡의 턱을 따라갔다. 산길 가운데를 어기적어기적 걷고 있는 세 사람의 모습이 보였다. 어두운 밤, 그것도 인적이 없는 숲의 길을 걸어가고 있는 세 사람이었다.

배명의 눈이 차갑게 가라앉았다. 부인곡의 좌우에 서 있던 수하들의 손은 어느새 허리에 차고 가던 검의 손잡이에 닿아 있었다.

"괜한 소란 피우지 마라. 행색을 보아하니 근처 주민인 것 같구나. 큰일을 앞두고 미리 일을 만들 필요가 있겠느냐? 모른 체하고 지나가자. 서둘러라."

"알겠습니다."

사소한 일이라도 조심하려는 부인곡은 살기를 내뿜는 수하들을 제어하고는 배명에겐 보다 빨리 걸을 것을 종용했다.

그러나 앞서 걷고 있는 사람들의 낌새가 이상했다. 갑자기 가던 길을 멈추고 뭔가를 의논하고 있는 것이 아닌가! 가뜩이나 느리게 걷고 있던 그들이 멈추자 혹시나 하는 마음에 살펴본 배명은 곧 그 이유를 알 수 있었다. 그들의 앞에 좌우 갈랫길이 나온 것이었다.

"이 길이 틀림없습니다."

"못 믿겠다. 네가 틀림없다고 한 것이 벌써 세 번째다. 이번에도 아니면 어찌하겠느냐?"

"아, 글쎄, 이번에는 틀림없다니까요!"

그들의 언성이 어찌나 높던지 멀리서 따라오고 있던 배명의 귀에도 똑똑히 들렸다.

'흠, 별일은 아닌 모양이군.'

갑자기 걸음을 멈추고 길을 막기에 은근히 긴장을 했건만 들려오는 소리가 배명을 안심시켰다. 배명은 천천히 그들에게 다가갔다. 하나 긴장을 풀 수는 없는 법이었다. 그들에게 한 걸음 한 걸음 다가갈수록 다투고 있는 그들의 모습이 보다 자세히 눈에 들어오자 배명의 눈빛은 이전보다 훨씬 더 날카롭게 빛나며 그들의 행색을 살폈다.

두 명의 노인과 한 명의 청년, 그리고 노인과 청년의 등허리에 매달린 철궁!

어디서 많이 본 듯한 느낌이었다. 뭔가 이상한 것을 느꼈을까? 배명은 고개를 빼고 황급히 청년의 앞을 살폈다.

'제길! 저 인간들이 어째서 여기에!!'

청년의 품에 안겨 있는 희끄무레한 물체가 어린아이라는 것을 발견한 배명의 등에선 식은땀이 절로 흘러내리고 그들을 추월하고자 빠르게 움직였던 발걸음은 한없이 느려졌다. 그때였다.

힐끔!

두 명의 노인 중 왼쪽에서 걸어가던 노인이 고개를 돌려 배명을 쳐다보았다.

"흡!"

얼굴에 난 상처 하며 주인 없이 빈 소매만 펄럭이는 한쪽 팔을 보게 된 배명은 자신도 모르게 숨을 들이켰다.

어찌 잊으랴!

자신과 수하들을 단숨에 반병신으로 만들고 자존심이란 자존심은 깡그리 부서지게 만들었던 노인. 세 명이 모이면 구파일방의 장문인도 암살을 할 수 있다고 자부하던 수하 삼십을 데리고도 목숨은커녕 개처럼 두들겨 맞고 쓰러지지 않았는가! 그중 심하게 맞은 수하들은 이번 싸움에 참여도 못하고 드러누워 있는 실정이었다.

"뭘 하는가?"

등에 궁을 멘 노인이 발걸음을 멈추고 뒤를 돌아보았다.

"아닙니다. 뭘 하기는요. 그냥 따라오는 사람이 있어서……."

배명을 바라보며 살며시 미소를 지은 노인은 별일 아니라는 듯 대구를 했다.

"그렇지. 저들에게 물어보면 되겠구나. 이 멍청한 놈의 말만 믿고 있다가는 평생 이 산에서 썩을 것 같네."

"글쎄, 제 말이 틀림없다니까요!"

"시끄럽다. 저들에게 물어보면 정확히 알 수 있겠지."

배명을 보며 반색을 한 노인은 청년의 불만 어린 의견을 묵살하고 배명과 부인곡이 다가오기를 기다렸다.

'어찌해야 하는가? 이 인원으로 덤볐다간 뼈도 못 추릴 것인데……'

자신들을 기다리고 있는 노인에게 걸어가는 배명은 내심 갈등을 하고 있었다. 언뜻 보기에도 사부 또한 뭔가를 감지한 듯 전신에서 팽팽한 기운이 느껴지고 있었다. 하나 자신들이 이렇게 긴장을 하고 있는 것과는 상관없이 한껏 여유로운 미소를 지은 노인이 말을 걸어왔다.

"실례지만 말씀 좀 묻겠소이다."

"그러시지요."

최대한 정중히 대답을 하는 배명의 음성은 가늘게 떨리고 있었다.

"이 길 중 어느 길로 가야 이 산을 벗어날 수 있겠소이까?"

노인은 그들 앞에 좌우로 나누어진 길을 가리키며 질문을 했다.

"오른쪽 길로 삼십 리 정도 걸어가면 인가(人家)가 보일 것입니다."

배명의 대답이 끝나기가 무섭게 고개를 돌려 청년을 바라본 노인의 입에선 대뜸 호통 소리가 터져 나왔다.

"놈! 왼쪽이라고? 이번엔 틀림없다고? 네놈의 말만 믿고 또다시 그 길로 들어섰다면 어찌할 뻔했느냐?"

"이상하다… 틀림없이 왼쪽이라고 했는데……."

청년은 억울한 듯 뭔가 말을 하려 했지만 이어진 노인의 호통에 쏙 들어가고 말았다.

"시끄럽다! 어서 앞장이나 서거라. 더 이상 나불대어 화만 끓이게 하지 말고!"

단번에 청년의 말을 자른 노인은 멀뚱히 서 있는 배명에게 다시 시선을 던졌다.

"고맙소이다. 덕분에 이 지긋지긋한 산을 벗어날 수 있게 되었소."

"아, 아닙니다."

"잠시 담소(談笑)를 나누고 싶지만 우리도 그렇고 그쪽도 갈 길이 바쁜 듯하니 이만 인사를 드리겠소."

배명에게 가벼이 고개를 숙여 인사한 노인은 부인곡에게도 정중히 인사를 하고 몸을 돌렸다. 얼떨결에 마주 인사를 한 배명은 둘째 치고 덩달아 포권을 한 부인곡의 몸 또한 경직될 대로 경직되어 있었다. 그들은 두 노인과 청년의 신형이 시야에서 완전히 사라질 때까지 조금도 움직이지 못하고 있었다.

"후아~"

그들의 신형은 물론이고 기척이 어둠 깊은 곳으로 완전히 사라진 것을 확인한 배명은 자신도 모르게 안도의 한숨을 내쉬며 굳은 몸을 움직였다.

"안면이 있는 눈치던데… 저들이 누구냐?"

나직한 목소리로 질문을 하는 부인곡. 그의 두 눈은 어둠 속으로 사라진 노인과 청년의 뒤를 아직도 쫓고 있었다.

"내 평생 이런 느낌은 처음이다. 어찌 인간으로 저런 기운을……."

"사부님도 느끼셨습니까?"

"물론이다. 이 정도의 기운도 감지 못해서야 어찌 실수의 제왕이라는 소리를 듣겠느냐? 알기 전에 몸이 이미 반응을 시작하더구나. 전신의 털이란 털은 모조리 곤두서고 세포 하나하나마저 위기를 느끼고 숨을 죽였다. 어찌 저런 기운을 지닌 자들이… 그것도 세 명이나… 누구냐?"

한참 동안 어둠을 응시하던 부인곡의 고개가 배명을 향했다.

"지난번에 말씀드린 바로 그들입니다."

"지난번?"

부인곡이 잠시 의아하다는 듯 고개를 갸웃거리자 배명은 조금도 지체없이 설명을 하였다.

"며칠 전에 천리표국의 표행을 막아서던 저와 수하들의 행사를 막은 그들입니다."

"궁귀? 을지소문?"

부인곡이 깜짝 놀라 소리쳤다.

"그렇습니다. 아이를 안고 있던 자가 궁귀라 소문난 을지소문입니다."

"허! 명불허전! 강호의 소문은 믿을 것이 못 된다고 하더니 꼭 그렇지만은 않은 듯하구나. 어찌 저리 어린 나이에 저만한 성취를 지닐 수 있을까?"

부인곡이라고 중원무림을 진동시키고 있는 소문의 위명을 모를 리가 없었다. 백도에서도 그랬지만 소문의 무위는 그와 적대 관계에 있던 패천궁과 흑도에 더 널리 퍼져 있었다. 그러나 약간은 과장된 것이라 여겨왔는데 막상 대면을 해보니 전해져 오는 소문이 오히려 부족한 감이 있는 듯했다.

"그뿐만이 아닙니다. 두 노인, 특히 외팔이 노인은 그 실력이 도저히 가늠할 수 없을 정도로 뛰어났습니다. 저와 수하들을 그리 만든 것이 바로 그 노인입니다. 비록 그전에 몇 명은 궁귀에게 당했지만 말입니다. 저희들이 아무리 기를 쓰고 덤벼도 옷자락 하나 건드릴 수 없었습니다. 제자가 보기엔 궁귀에 비해 더하면 더했지 덜한 실력은 아닌 듯싶었습니다."

배명은 구양풍에게 당한 처절한 기억이 지금도 생생하게 떠오르는지라 몸서리를 치며 말을 하였다.

"그래, 그런 것 같더구나!"

부인곡이 고개를 끄덕이며 인정을 하였다.

"그나저나 다행이다. 네가 저들과 만난 적이 있었다면서 이렇게 무사히 넘어가다니."

"예, 천행(天幸)이었습니다. 제자가 생각하기엔 그때와 지금의 행색이 많이 차이가 나서 그런 것 같습니다. 어두운 밤이기도 하고 말이지요."

대답을 하는 배명의 음성엔 안도감이 흐르고 있었다. 그러나 그것이 아니었다.

배명이 자신의 놀란 가슴을 쓸어 내리고 있을 때 그가 일러준 대로 걸음을 옮기던 할아버지와 구양풍은 서로 마주 보며 웃고 있었다.

"허허! 뻔히 알면서 그렇게 말씀하시다니 형님도 참 짓궂으시구려."

"잠시 장난기가 발동하여 그런 것이네. 그나저나 자네 보았나? 그 친구 얼굴이 노래지더군. 흘흘흘!"

"그러게나 말입니다. 허허허!"

구양풍과 할아버지는 숲이 떠나가라 웃어 젖혔다. 그러나 소문만은 영문을 모르고 이상하게 쳐다보고 있었다.

"알다니요? 아까 그 사람하고 아는 사이입니까?"

"……"

소문의 질문에 할아버지와 구양풍은 동시에 입을 다물고 말았다.

"왜들 그러세요?"

"정말 모르겠느냐?"

구양풍이 정색을 하고 물었다.

"모르니까 묻지요. 알면서 묻는 사람도 있습니까? 답답합니다."

"휴~ 그 정도로 눈치가 없어서야 어찌……."

"놔두게. 어디 하루 이틀 일이어야 말이지."

할아버지와 구양풍은 고개를 절레절레 흔들곤 외면을 했다. 졸지에 바보가 된 소문은 더 이상 질문을 할 수 없었다. 그저 자신의 뇌 속을 헤집고 다니며 할아버지와 구양풍만이 알고 자신은 모르는 인물에 대해서 분석을 하기 시작했다. 그러나 좀처럼 기억이 나지 않아 답답함만 더해갔다.

'도대체 누구지……?'

배명이 일러준 말엔 틀림이 없었다. 삼십 리가 조금 못 되어 인가를 발견한 일행은 잠시 여장을 풀고 휴식을 취한 후 오후가 되어 다시 길을 떠났다. 그사이에도 의문의 해답을 찾지 못한 소문은 끈질기게 질문을 해댔고 그때마다 할아버지와 구양풍의 핀잔만 들어야 했다.

"젠장, 알았다고요! 더 이상 묻지 않을 테니 그런 표정은 하지 말아요."

또 한 번의 핀잔과 함께 한심하게 쳐다보는 두 쌍의 시선을 의식한 소문의 입에선 볼멘 목소리가 튀어나왔다.

'별 쓸데없는 인간을 만나 이렇게 멍청이 취급을 당하다니! 재수가 없으려니…….'

하나 그것이 끝이 아니었다. 뒤에 처져 길을 가고 있는 소문에겐 또 다른 일이 찾아왔다. 그에겐 참으로 재수없는 일, 아니, 재수없는 사람이었다.

"오랜만이오."

갑자기 나타나 아는 체를 하는 사람, 오상이었다.

"오랜만에 뵙겠습니다."

오상은 떨떠름하게 자신을 쳐다보는 할아버지에게도 인사를 했다.

"오랜만은 무슨. 며칠 전에도 보지 않았는가? 그래, 여기까지 어쩐 일인가?"

자신의 기억에 소문을 제외하고 가장 버르장머리없는 인간으로 기억된 오상이 뜬금없이 찾아와 인사를 하자 인사를 받는 할아버지도 약간은 당황한 듯했다. 어찌 보면 당황했다기보다는 귀찮은 표정이었다.

"정도맹의 일로 잠시 을지 소… 협을 찾아왔습니다."

딱히 부르기가 애매했는지 말을 얼버무린 오상이 소문을 바라보았다.

"나를 말이오?"

"그렇소."

'이 인간이 뭣 때문에 나를 찾아온 것일까?'

담담히 대하고는 있지만 오상을 만난 순간부터 기분이 나빠진 소문의 안색이 점점 굳어졌다. 주는 것도 없이 미운 사람. 소문에겐 오상이 그런 존재였다.

"나도 잘 모르오. 다만 이 서찰을 전해주고 그대를 안내하라는 명을 받았을 뿐이오."

차갑게 대꾸한 오상은 품에서 하나의 서찰을 꺼내 소문에게 건네주었다. 오랫동안 품에 지니고 있었는지 밀봉(密封)한 서찰에서 오상의 체취가 느껴졌다.

'냄새까지 느끼하군.'

잠시 머뭇거린 소문은 밀봉한 종이를 뜯고 서찰을 꺼냈다. 아무것도 써 있지 않은 겉봉투와는 다르게 '을지 소협 친전(親展)'으로 시작한 서찰의 글은 보기만 해도 감탄이 절로 나올 정도로 뛰어난 솜씨를 자랑했다. 그러나 읽어 내려가는 소문의 안색은 그리 밝지만은 않았다.

"무슨 내용이더냐?"

내용이 궁금했던 할아버지가 다가와 슬쩍 말을 걸었다.

"무슨 내용이냐니까?"

할아버지가 거듭 질문을 했지만 소문은 입을 열지 않았다.

"아니, 이놈이 할아버……."

막 발작을 하려던 할아버지는 터져 나오려는 호통을 삼키고 소문이 건넨 서찰을 받아 들었다. 재빨리 할아버지의 입을 막은 소문이 오상에게 말을 하였다.

"이것이 제갈 소저가 보낸 것이 맞소?"

"그렇소. 안의 내용은 모르나 틀림없이 부군사가 그대에게 전하라고 하여 가지고 온 것이오."

"음."

'제갈영영이라…….'

제갈영영이란 이름을 되뇌는 소문의 뇌리엔 벌써 화산의 모옥을 떠나기 전날의 기억이 되살아나고 있었다.

"그게 무슨 말씀이십니까? 그것이 사실입니까?"

"그렇다. 환아가 직접 조사하고 알려온 사실이니 틀림없다고 보면 옳을 것이다."

깜짝 놀라 반문을 하는 소문과는 달리 대답을 하는 구양풍의 음성엔 추호의 망설임도 없었다.

"그러니까 제가 떠나던 날 백도에서 저와 청하가 가는 길을 일러주었다는 것입니까? 패천궁에게?"

"패천궁이라기보다는 만독문이라는 것이 더 정확하겠지."

"어찌……."

소문은 도저히 믿기 어렵다는 듯 고개를 흔들었다.

"네가 어찌 생각하든 백도에서 네가 차지하는 비중은 상당한 것이라 할 수 있다. 남궁세가에서의 싸움도 그랬고 만독문과의 싸움도 그랬다. 너는 어느새 백도를 대표할 수 있는 고수 중의 한 명으로 은연중에 인정받고 있다. 자, 상황을 보자꾸나. 패천궁과 치열한 싸움을 하고 있는 지금 그들의 자존심에는 상처가 되겠지만 강력한 패천궁의 고수들과 맞서 싸울 수 있는 사람은 그다지 많지 않다. 어떻게든지 힘의 균형을 맞추어야 하는 그들에게 너처럼 뛰어난 고수를 그대로 고향으로 보내는 것이 얼마나 아쉬운 일이 되겠느냐?"

"그래서! 그래서 제가 가는 길을 만독문에게 알려주었다는 말입니까?"

소문의 전신에선 어느새 싸늘한 살기가 뻗치고 있었다.

"떠나는 것이야 알았겠지만 네가 어느 곳으로 가는지를 무슨 수로 정확하게 알았겠느냐. 다만 떠나는 시간만을 알려줬을 것이다. 하긴 그것이 그것이지만."

"누굽니까? 누가 그 사실을 만독문에게 알려주었답니까?"

소문의 음성은 점점 싸늘해져만 갔다.

"그것은 알 길이 없지. 다만 그 출처가 정도맹인 것은 분명하고 정도맹에서도 네가 그날 그 시각에 길을 떠나는 것을 아는 사람은 얼마 되지 않는다."

가만히 생각해 보건대 구양풍은 이미 범인이 누구인지 대충 짐작이 가는 눈치였다.

"그날 도관에 있던 사람들은 일단 제외하여야겠지. 그리고 삼광 또한 피해자니 제외하면 남는 사람은 한 명뿐이다."

"맹주!"

그제야 노승이 무무를 시켜 맹주에게 자신이 떠난다는 사실을 알렸다는 것에 생각이 미친 소문은 자신의 무릎을 치며 벌떡 일어났다.

"맹주가 어찌하여!"

소문은 배신감에 몸을 떨었다. 하나 구양풍의 생각은 다른 모양이었다.

"내가 생각하기에 맹주는 아닌 것 같다."

"그럼 누구란 말입니까? 무무 스님이 함부로 그런 이야기를 했을 리는 없지 않습니까?"

"당시 상황을 곰곰이 생각해 보아라. 맹주는 물론이고 다른 수뇌들 또한 패천궁의 공격에 대비하기 위하여 정신없이 바쁜 생활을 했다. 그 와중에도 맹주와 한시도 떨어지지 않고 곁을 지킨 사람이 있었지. 그리고 그 사람의 입장에선 능히 너의 소식을 패천궁에 전달하고도 남음이 있다."

"제갈… 영영……."

그랬다. 항상 맹주의 곁에 있으며 정도맹의 모든 계획을 세우고 이끄는 그녀. 부군사라는 그녀의 입장을 생각해 보면 충분히 가능한 일이었다.

"결국 네가 고향으로 돌아가지 않고 정도맹을 돕게 되었으니 결과적으론 성공일지 몰라도 그 아이 또한 이런 결과까지는 미처 예상하지 못했을 것이다. 너의 무공을 충분히 감안했을 테니 말이다."

"아무리 그렇다지만 어찌……."

힘없이 주저앉은 소문의 입에서 허탈한 탄식이 흘러나왔다.

"그 아이 또한 어쩔 수 없었을 것이다. 집안의 기둥이 흔들리는데 남의 사정을 봐줄 만한 사람이 몇이나 있겠느냐? 또한 그 아이가 아니더라도 네가 화산을 떠나는 것을 모를 그들이 아니다. 조금 시간이 늦기야 하겠지만 결과는 변하지 않았을 것이다."

"그래도 용납이 되지 않습니다. 어찌 아무런 관계도 없는, 그리고 중원을 떠나 고향으로 돌아가는 사람에게 자신들이 필요하다고 그 따위 짓을 할 수 있단 말입니까?"

소문의 음성이 다시 격해졌다.

"관계가 없다는 것은 너만의 생각이다. 너는 이미 만독문을 비롯하여 패천궁과 원한을 맺었고 백도에서도 몇몇 문파와는 그다지 좋지 못한 관계에 있다. 특히 만독문은 너로 인해 문도의 상당수가 죽고 그 여파로 문주 또한 목숨을 끊었으니 네가 아무리 이곳을 떠난다 하더라도 언젠가는 그들이 너를 찾았을 것이다. 설사 그들이 너에게 모조리 목숨을 잃는다 하더라도 복수를 위해 그 정도는 당연한 것이지."

구양풍이 잠시 입을 다물고 분노에 불타오르는 소문을 응시했다.

"그것이 강호다."

"음!"

소문은 지그시 입술을 깨물었다.

"네가 청하의 죽음이 제갈영영으로 인한 것이라 여겨 복수를 한다면 말리지는 않겠다. 볼 만할 것이다. 아마도 제갈영영이 정도맹에서 차지하는 비중을 생각해 보면 지난번 당소희의 일과는 비교조차 할 수 없이 험한 꼴을 보아야 할 것이다. 너를 막기 위해 고수란 고수는 다 동원될 것이다. 물론 그만큼의 피도 보아야겠지."

"……."

"나야 상관없는 일이다. 나는 이미 모든 일에서 손을 뗀 사람이니 네가 무슨 일을 하든지 관여할 생각은 없다. 떠났다지만 마음이 기울어도 백도보다는 패천궁에 더 기울지 않겠느냐? 네가 패천궁을 적대시하는 것도 관망했는데 백도와 싸우는 것을 말리고 싶은 생각은 조금도 없다. 다만 네가 모옥을 떠나기로 결정한 마당에 일부러 감출 것은 없다는 생각에 사실을 말한 것뿐이다. 모든 것은 네가 알아서 판단할 일이지."

구양풍은 자신이 할 말은 다했다는 듯 미련없이 몸을 일으켜 모옥밖으로 나가 버렸다.

"젠장!"

당장에라도 제갈영영에게 달려가고자 했던 소문은 쉽게 행동으로 옮기지 못했다. 마음속에선 벌써 몇 번이나 살기가 치밀어 올랐지만 지난번과는 비교할 수도 없을 정도로 피를 보아야 한다는 구양풍의 말이 내내 마음에 걸렸기 때문이었다.

'후우~ 어찌해야 하나?'

소문이 땅이 꺼져라 한숨을 내쉬자 그때까지 소문과 구양풍의 대화를 듣고만 있던 할아버지가 조용히 입을 열었다.

"모든 것이 운명이라 생각하여라. 내가 너를 이곳에 보낸 것부터 하여 네가 만독문과 싸우고 청하를 만나고 헤어진 것은 인력으로는 어쩔 수 없는 너의 운명이다. 잘못을 따진다면 나에게도 있고, 너에게도 있고, 너를 막아선 궁왕과 그것을 방치한 구양 동생과 네 의형에게도 찾을 수 있다."

"……."

"따지고 보면 만독문에게 복수를 한다는 것은 너의 억지라 할 수 있다. 애초 시작은 너로부터 일어난 것이니까. 그러나 이미 너의 의지가 확고히 굳었기에 굳이 말리고 싶지는 않았다. 하나 다시 한 번 말해 두지만 이 일만큼은 신중히 생각을 하여라. 백도에는 너와 관계가 있는 사람들이 많지 않느냐? 어쩌면 그들과 칼을 맞댈 수도 있다. 그리고 구양 동생이 말한 것처럼 만독문은 그 아이가 아니라도 너를 치기 위해 어떤 수를 써서라도 쫓아왔을 것이다. 단지 떠나는 시간을 알려줬을 뿐인데도 그리 정확하게 찾아오는 것을 보면 그들의 이목을 피하는 것은 애초에 불가능한 일이었는지도 모르겠다."

"그럼 이대로 덮어두라는 말입니까?"

"내가 말린다고 네가 듣겠느냐? 하나 참지 않으면 너와 관계가 있는 많은 사람들의 피를 보는 것은 자명한 일. 심정으로는 말리고 싶구나. 어쨌든 그 길을 선택하고 하지 않고는 모두 너에게 달린 일이다."

할아버지 또한 할 말을 다했다는 듯 자리를 비켜주었다. 소문에게 생각할 시간을 주려는 의도인 듯했다.

"후~"

홀로 남은 소문의 입에선 한숨만이 새어 나왔다.

소문이 제갈영영의 일을 덮어주기로 최종 마음을 정리한 것은 구양풍으로부터 얘기를 들은 지 정확히 만 하루가 지난 뒤의 일이었다. 백도와 등을 지게 된다는 것은 별로 두려운 것이 아니었다. 다만 그가 걱정을 한 것은 구양풍과 할아버지의 말대로 자신과 인연이 있는 사람들과 칼을 맞대야 하는 상황이 올지도 모른다는 것이었고, 십중팔구는 그렇게 될 것이었다. 또한 고민을 하는 내내 당천호의 모습이 뇌리를 떠나지 않았다.

아무리 자신에게 잘못을 했다지만 손녀의 목숨을 직접 끊은 당천호의 모습, 눈물을 애써 참으며 몸을 돌리던 당천호의 모습이 여전히 그의 가슴을 아프게 했다. 결국 그와 같은 일이 다시 벌어지지 않으리라는 보장이 없기에 고민에 고민을 거듭한 소문이 내린 결론은 더 이상 이 일에 대해 거론하지 않기로 하는 것이었다.

소문이 그런 그의 결심을 밝히자 구양풍이 물었다.

"그럼 만독문은 어찌할 것이냐? 거슬러 올라가면 만독문 또한 피해자라 보아도 무방할 것인데."

그에 대한 소문의 대답은 간단명료했다.

"다 좋습니다. 사실 누구의 잘못도 아니지요. 하지만 말입니다. 전 아귀충으로 인해 고통을 받은 청하의 모습을 절대 잊지 못합니다. 그리고 다시 보게 될 것이라고 이죽이던 그놈의 모습 또한 절대로 잊을 수 없지요."

소문에게 있어 만독문은 어떤 예외도 인정되지 않았고 인정할 수도 없었다.

"흠, 어찌하려느냐? 구구절절이 도움을 청하는 내용이 전부이니."

구양풍과 함께 서찰을 읽은 할아버지가 물었다.

"글쎄요. 제가 그 부탁을 들어줄 아무런 이유도 없지요."

"그러면 그대로 정도맹으로 가려느냐?"

구양풍의 질문에 소문이 고개를 흔들었다.

"아닙니다. 듣자 하니 패천궁에서 다시 싸움을 시작했다고 했는데 어디서 싸울지는 보나마나 뻔합니다. 지금 정도맹으로 가봐야 아무런 소용도 없을 것 같습니다. 차라리 싸움터를 찾아가 만독문을 찾는 것이 더 빠를 것입니다. 그나저나 제갈영영이란 아가씨는 참 대단하군요. 지난번에도 그러더니 이번에도 저를 궁지에 몰아넣으려 하니 말입니다."

소문은 의아하게 쳐다보는 할아버지와 구양풍의 시선을 의식하고 씁쓸히 웃고 말았다.

"글을 잘 읽어보십시오. 글 중간중간에 익숙한 이름들이 나올 것입니다. 복마단이면 그냥 복마단이고 의혈단이면 그냥 의혈단이라 적으면 될 것을 앞에 꼭 엉뚱한 이름을 거명했습니다."

할아버지와 구양풍은 다시 서찰에 눈을 돌렸다.

"쿡쿡쿡! 단견과 곽검명이 이끄는 복마단과 남궁혜 남궁진 등이 속한 의혈단이라… 정말 웃기지도 않는 일이지 않습니까? 제길, 그런데 그런 웃기지도 않는 장단에 이리 가슴이 뛰고 불안한 것을 보니 저도 그리 대단한 놈은 못 되는가 봅니다."

말로는 웃음을 비추고 있지만 표정은 그렇지 않았다.

"그럼 이 서찰의 내용대로 그들을 도우러 갈 것이냐?"

"그래야 할 것 같습니다. 검명 형님과 단견 아우가 누구입니까? 피를 나누지는 않았지만 형제와 같은 사람들입니다. 그들이 위험하다는데 가야지요. 조문 형님도 청하를 위해 목숨을 버리지 않았습니까? 저는 더 이상 그들의 죽음을 보고 싶지 않습니다. 일단 만독문의 일을 해결한 다음에 그들을 찾아볼 생각입니다. 늦지 않는다면 말이지요. 하지만 화가 납니다."

그때까지 별 내색 하지 않던 소문의 안색에 급격한 변화가 있었다.

"너무 화가 나 미칠 지경입니다."

서찰을 잡아챈 소문은 종이가 가루가 될 정도로 구기고 찢고 또 찢었다. 이런 식으로 자신을 옭아매려는 제갈영영에 대한 분노이자 그것을 알면서 참아야 하는 자신에 대한 분노였다.

"그놈 참 성질머리 하고는! 기왕 마음에 담아두지 않을 것이라고 했으면 그리해야지 화를 내면 무엇 하겠느냐?"

"그래도 그런 것이 아니지요."

소문의 음성엔 가시가 돋쳐 있었다.

"시끄럽다. 그건 내 알 바 아니고, 그럼 휘소는 어찌하려느냐?"

"예? 그건 무슨 말씀이십니까?"

갑자기 휘소의 이름이 튀어나오자 지금껏 씩씩거리며 화를 내고 있었던 소문은 당황을 감추지 못하고 재빨리 반문을 했다.

"예라니? 네가 지금 가려는 곳은 생사를 장담할 수 없는 위험천만한 곳이지 않느냐? 그런 곳에 휘소를 데려갈 생각은 아니겠지?"

할아버지의 눈초리가 점점 매서워져 갔다.

"그것이… 할아버지가 같이 가주시면……."

"싫다. 내가 그 먼 곳까지 갈 이유도 없고 가기도 귀찮다. 사실 말이 나왔으니 말이지 정도맹에 도착하면 난 휘소를 데리고 장백산으로 돌아갈 생각이었다."

"예? 아니, 그게……."

소문은 그게 무슨 소리냐는 듯 깜짝 놀라 소리쳤다.

"휘소는 네놈에겐 아들이지만 나에게도 하나뿐인 증손자다. 더구나 을지 가문의 대를 이을 아이가 아니더냐. 난 한시라도 빨리 고향에 데려 가고 싶을 뿐이다."

"하지만 이제 태어난 지 겨우 몇 달 되지 않았는데 아버지인 제가 떨어지면……."

"흥! 하지만은 무슨 하지만! 네가 가려고 하는 길이 얼마나 위험한지 모른단 말이냐? 물론 내가 지켜주기야 하겠지만 그래도 위험이란 것이 언제 어디서 어떻게 다가올지는 아무도 모르는 것이다. 그러니 난 휘소를 데리고 고향으로 먼저 돌아가련다. 기왕 일이 이리된 것 헤어지려면 빨리 헤어지는 것이 좋겠지."

할아버지는 결심을 굳혔는지 그때까지 소문에게 안겨 있던 휘소를 빼앗듯 데려왔다.

"아니, 이런 법이 어디 있습니까? 저는 엄연히 휘소의 아버지입니다!"

갑작스런 할아버지의 행동에 무척이나 화가 난 듯 소문의 음성이 높아졌다.

"난 네놈의 할아비다!"

무사가 검을 들어 바람을 가르듯 단숨에 소문의 말을 자른 할아버지는 주저없이 몸을 돌렸다.

"제가 없으면 휘소가 얼마나 우는지 아시지 않습니까?"

"사람이란 환경에 적응하며 사는 동물이다. 처음엔 힘들겠지만 곧 익숙해질 것이다."

할아버지는 뒤도 돌아보지 않고 대답을 했다. 결국 소문이 매달릴 곳은 구양풍밖에 없었다.

"미치겠네. 좀 말려보세요! 이게 말이 된다고 보십니까?"

"허허, 내가 무슨 힘이 있다고. 나보다 형님의 성격은 네가 더 잘 알고 있지 않느냐? 그리고 사실 그 피비린내 나는 곳에 휘소를 데리고 간다는 생각부터가 애초에 잘못된 것이다. 차라리 너도 이 길로 할아버지를 따라 고향으로 돌아가면 어떠냐?"

믿지는 않았지만 혹시나 하는 마음에 기대를 했던 구양풍이 기대를 저버리는 것도 모자라 발등에 도끼를 내려치자 소문으로선 아연해질 수밖에 없었다.

"알겠습니다. 그럼 잠시만 기다려 주십시오. 저라고 고향으로 돌아가고 싶은 마음이 왜 없겠습니까? 하지만 아직 해결하지 못한 일도 있고 하니 시간을 좀 주세요."

소문이 울상이 되어 말을 하자 천천히 움직이던 할아버지의 발걸음이 슬그머니 멈추어졌다.

"시간? 보아하니 하루 이틀 정도의 시간으론 해결될 일 같지가 않은데 시간은 무슨 시간? 그리고 어차피 휘소와는 떨어져 있을 것이 아니더냐? 설마 아직도 이 어린 휘소를 데리고 돌아다닌다는 소리는 아니겠지?"

"아닙니다. 그러나 떨어져 있는 것과 먼저 고향으로 돌아가는 것과는 다르지 않습니까? 장담은 하지 못하겠지만 모든 일을 최대한 빨리 해결할 것이니 여유를 좀 주세요."

"흠……."

할아버지는 잠시 생각에 잠겼다.

"그러지 말고 소문이의 입장도 생각을 해주시지요. 어차피 해결해야 할 은원 관계가 아닙니까? 또 저도 아!비!라고 꼴에 자식을 생각하는 것이 기특하지 않습니까?"

'말을 해도 꼭!

구양풍의 말이 영 마음에 들지 않았지만 지푸라기라도 잡아야 되는 소문으로선 반갑기 그지없었다.

"할아버지도 청하를 저리 만든 놈에게 복수를 해야 한다고 하시지 않았습니까? 그리고 따지고 보면 이 모든 원인이 할아버지의 거……."

소문의 말은 더 이상 이어지지 않았다. 할아버지의 표정이 묘하게 변한 것을 재빨리 간파했기 때문이었다.

"따지고 보면 내가 뭘 어쨌다는 것이냐?"

"아닙니다."

"흥! 제놈이 못나서 그리된 것을 누구 탓을 하누?"

"……."

억울한 마음이야 이루 말할 수 없었지만 소문은 입을 다물 수밖에 없었다. 잠시 동안 소문을 노려보던 할아버지가 구양풍에게 말을 했다.

"그래, 자네는 어찌했으면 좋겠는가? 웃지만 말고 얘기를 해보게."

소문과 할아버지의 대화를 들으며 연신 웃음을 터뜨리던 구양풍이 할아버지의 핀잔을 듣자 수차례 헛기침을 하고 입을 열었다.

"어차피 휘소를 데리고 오랜 여행을 하는 것은 무리가 있었습니다. 더구나 그곳이 싸움을 하는 곳이라면 더욱 안 되겠지요. 그렇다고 소문이만 남겨두고 어린 휘소를 데리고 고향으로 돌아가신다는 말도 조금 무리가 있습니다. 하니 차라리 휘소를 데리고 소림에 가 계시면 어떻겠습니까?"

"소림에?"

"소림이요?"

할아버지와 소문이 동시에 반문을 했다.

"휘소가 태어난 데에는 소림사, 특히 노스님의 힘이 컸습니다. 어찌 지내시는지 궁금하기도 하고 또 휘소도 보여드려야지요. 또한 소림사라는 곳이 부처님을 모시는 곳이니 휘소를 위해서도 좋을 듯싶습니다."

"흠, 자네 말에도 일리가 있군. 스님께서 많이 애써주셨지."

많은 요인들이 있었지만 청하가 오랜 세월 동안 버틸 수 있었던 결정적 이유 중 하나가 소림에서 보내온 소환단의 힘이라는 것은 누구도 부인하지 못했다. 그리고 노스님은 휘소를 보지 못하고 소림으로 돌아간 상태였다.

"그렇게 하시지요. 소림사에 가서 저를 기다려 주십시오. 이곳의 일을 재빨리 마무리 짓고 찾아가겠습니다."

"흠……."

할아버지는 쉽게 대답을 하지 않았다.

"할아버지!!"

다급해진 소문이 다시 한 번 소리를 지르자 그제야 살짝 고개를 끄덕인 할아버지가 입을 열었다.

"좋다. 나야 당장에라도 휘소를 데리고 돌아가고 싶지만 네놈이 그리 말을 하고 구양 아우의 말에도 일리가 있으니 원하는 대로 잠시 시간을 주도록 하마. 하나 명심해야 할 것이 있다."

"그게 무엇입니까?"

"딱 백일이다. 더도 덜도 말고 백일만 기다리마. 그때까지 모든 일을 마무리하고 소림으로 오너라. 백일이 지나면 네가 오든 말든 휘소를 데리고 떠날 것이니 그리 알고."

말을 마친 할아버지는 소문을 지그시 쳐다보았다. 조건을 수용하지 못하면 당장에라도 고향으로 돌아갈 기세였다.

'백일이면 충분할까? 충분하겠지… 아마도……. 에라, 모르겠다.'

아무리 머리를 굴려도 확신이 서질 않았다. 하지만 머뭇거릴 수는 없었다.

"좋습니다. 백일이면 충분합니다. 정확히 백일 안에 소림에 가겠습니다."

기왕 결정을 내린 것. 약한 모습을 보일 수는 없었다. 소문은 가슴을 탕탕 치며 자신감을 내비쳤다.

"좋다. 그럼 나는 이 길로 소림에 갈 것이니 그리 알아라. 자네는 어찌하려는가?"

할아버지의 질문을 받은 구양풍이 슬며시 소문을 바라보더니 당연하다는 듯 대답을 했다.

"괜히 진흙탕에 발을 담글 필요가 없지요. 가서 큰스님이나 만나뵈어야겠습니다."

"쯧쯧, 애초에 진흙탕을 만든 것은 자네라고 알고 있네만?"

"그럴 리가요? 어차피 그리될 일이었습니다."

약간의 책망을 담은 할아버지의 질문에 태연히 대꾸한 구양풍은 아직까지 멀뚱히 서 있는 소문을 바라보았다.

"아직도 움직이지 않고 무엇을 하는 것이냐? 백일이라면 그리 긴 시간이 아닐 텐데."

"그러잖아도 가려던 참이었습니다. 그럼 휘소를 부탁드리겠습니다."

소문은 할아버지의 품에 안겨 잠을 자고 있는 휘소를 안쓰럽게 바라보고 몸을 돌렸다.

"이 녀석을 데려가려느냐?"

"그런 쓸모없는 놈을 데려가느니 차라리 다른 들짐승을 길들이겠습니다."

어느새 구양풍과는 친해졌는지 구양풍의 어깨 위에 앉아 털을 고르는 철가면을 한심스레 쳐다본 소문이 고개를 흔들었다.

"생각이 없는 것은 이 녀석도 마찬가지인 모양이다."

소문이 자신을 욕하는 것을 안 것일까? 고개를 바짝 들고 흐리멍덩한 눈으로 소문을 노려보는 철가면의 날개를 쓰다듬으며 구양풍이 웃음을 터뜨렸다.

'흥, 어찌 하나같이 똑같은지.'

그런 구양풍을 은근히 노려본 소문이 몸을 돌릴 때였다. 지금껏 끼어들지 못하고 있던 오상이 소문을 불렀다.

"어디로 가시려는 것이오?"

'으이구! 이놈은 또 뭐야!'

심술이 난 소문의 기분이 좋을 리가 없었다. 자연 입에서 나오는 말도 냉기가 뚝뚝 흘렀다.

"그건 알아서 무엇 하시려오?"

"나 또한 패천궁과 싸워야 하는 몸. 혹 패천궁과 싸우러 가는 길이면 나도 동행하겠소."

오상의 음성도 정감이 있는 것은 아니었다.

"맘대로 하시오. 동행을 하든 나를 쫓아오든 그건 오 형의 마음이니."

대답하기도 귀찮다는 듯이 차갑게 대꾸를 한 소문이 다시 한 번 휘소를 쳐다보더니 몸을 돌려 걸음을 옮겼다. 그러자 약간의 거리를 두고 오상이 그 뒤를 따랐다.

"우리도 가세나."

그런 소문을 바라보던 할아버지 또한 몸을 움직였다.

"그런데 정말 고향으로 돌아가려고 하였습니까?"

"무슨 말인가?"

할아버지는 뜬금없이 무슨 소리를 하느냐는 듯 곁으로 다가온 구양풍을 보며 물었다.

"그렇지 않습니까? 애초에 소문이 만독문에 복수를 하겠다는 것을 허락한 것이 형님이 아닙니까? 그리고 그것을 위해 정도맹으로 함께 동행을 한 것이고요. 그런데 이제 와서 갑자기 고향으로 가신다고 하니 이상하지 않습니까?"

구양풍의 질문에 할아버지는 고개를 끄덕이며 대답을 했다.

"사실은 처음부터 말릴 생각을 가지고 있었네. 복수라는 것이 얼마나 부질없는 것인지 자네나 나야 알 만하지만 소문인 아니네. 녀석의 마음이 워낙 확고하니 기왕 할 것 마음에 부담이나 없으라고 허락한 것이지. 그런데 지금 상황을 보면 일이 점점 엉뚱한 곳으로 흘러가지 않나? 당장 패천궁과의 싸움에서 밀리는 백도에서 자신들을 도와달라는 부탁을 받고… 지금이야 뚱하고 있지만 정에 약한 소문이라면 틀림없이 저들을 도와주려고 이리저리 날뛰고 다닐 것이네. 그것만은 절대로 용납할 수 없지."

"흠, 그러면 그렇게 말씀하시고 아예 이참에 고향으로 돌아가시지 시간은 왜 준 것입니까?"

"나도 그러고는 싶었지만 자네도 청하가 어찌 죽었는지 보지 않았는가? 그 정도 시간도 주지 않으려 한다면 오히려 역효과만 날 것이네.

자네가 보기에 이 싸움이 백일 안으로 끝날 것 같나? 나야 잘 모르지만 적어도 무림을 양분하는 힘이 격돌하는 것이네. 쉽게 끝나지는 않을 것으로 보이네만."

당연하다는 듯 구양풍이 고개를 끄덕였다.

"그렇지요. 우세는 있을 수 있겠지만 일방적으로 끝날 싸움은 아닙니다."

"내가 소문이에게 바라는 것은 백일 안에 모든 것을 끝내라는 것이네. 청하의 복수든 다른 은원 관계든. 또한 소문과 인연을 맺은 사람들과의 관계도 원만히 해결하라는 것이지. 그리고 백일이면 그 정도의 일을 마무리하기에 충분한 시간이라 생각하여 정확히 백일의 말미를 준 것이네. 아마 소문이도 나의 이런 마음을 알고 있을 것이야."

"알고… 있을까요, 소문이?"

구양풍의 표정엔 절대적 부정의 빛이 나타나고 있었다.

"험! 험! 알고 있을 것이네."

"과연……."

"아, 아마도 알고 있지 않을까?"

하나 할아버지의 음성엔 자신이 없었다.

"젠장! 백일 동안 무슨 일을 하라고! 이리저리 이동만 해도 백일은 걸리겠다. 아예 모든 것을 포기하라고 말을 하시든지! 좌우지간 말도 안 되는 심술은!"

소문의 입에선 계속해서 불만의 소리가 터져 나오고 있었다. 아무리 생각을 하고 백 번을 양보해도 할아버지가 자신에게 준 백일이란 시간은 한 가지 일을 처리하기에도 너무 짧았다.

"흥! 어디 두고 보라지. 내 할아버지의 심술을 보란 듯이 이겨내고 백일 안에 소림으로 돌아가고 말 것이니! 우선은 만독문! 그리고 검명 형님과 단견 아우를 도우러 가야겠다. 그러자면 이렇게 머뭇거릴 시간이 없지."

결심을 한 소문은 빠르게 몸을 움직였다. 예의 출행랑으로 소문의 몸은 순식간에 산길을 벗어나고 있었다.

"자, 잠깐만 멈추시오!"

소문의 뒤를 따를 수 없었던 오상이 다급히 소문을 불렀다.

"왜 그러시오?"

한참을 앞서 달려가던 소문이 귀찮은 표정으로 물었다.

"같이 가기로 하지 않았소? 그렇게 혼자 달려가면 어쩌자는 것이오?"

"오 형이 나와 동행을 하든 따라오든 내 신경 쓸 것은 아니지만 그건 전적으로 오 형의 능력에 달린 것이오. 시간이 없으니 먼저 가겠소이다."

소문이 다시 몸을 움직일 요량을 보이자 더욱 다급해진 오상이 다시 소문을 불러 세웠다.

"그대는 패천궁이 어디에 있는지도 모르지 않소?"

"어차피 뻔한 것 아니오. 모르면 물어보면 되는 것이고 그러니 신경 쓰지 마시오."

냉정할 정도로 몸을 돌린 소문의 신형은 한 호흡도 되지 않아 오상의 시야에서 사라졌다.

"건방진 놈! 무공이 조금 높다고 기고만장하구나! 하나 어디 두고 보아라! 내 반드시 네놈의 콧대를 꺾고 나의 발 아래에 무릎을 꿇게 만들

것이니!"

　이를 갈며 소문의 뒤를 쫓는 오상. 결심이야 확고했지만 그의 음성에서 느껴지는 어감은 공허하기만 했다.

제 32 장

노산전투(魯山戰鬪)

노산전투(魯山戰鬪)

"제자들을 뒤로 물리십시오."

"단주! 또 도망가는 것이오? 이번에 퇴각하면 벌써 다섯 번째이오."

석부성이 얼굴을 찡그리며 반문했다.

"어쩔 수 없습니다. 전력의 차가 너무 나고 있습니다."

"이 정도의 전력 차는 그다지 큰 것이 아니오. 죽기 살기로 싸운다면 못 막을 것도 없소이다. 이렇게 싸움을 하지도 못하고 물러난 것이 벌써 수차례. 제자들의 사기가 말이 아니외다."

"지난번에도 말씀드리지 않았습니까? 지금은 저들과 싸울 때가 아닙니다. 단지 시간을 끄는 것이지요. 조금만 더 참아주시면 됩니다. 조만간 반격할 순간이 올 것입니다."

이성진은 담담히 말하며 석부성을 설득했다.

"아오, 군사가 계획한 일을 성사시키려면 적의 시선을 이리로 모아

놓고 시간을 끌어야 한다는 것을. 하지만 제자들의 사기도 생각을 하여야 하오. 이렇게 뒤로 물러서기만 하다가는 막상 공격을 해야 할 때 제대로 된 공격을 하지 못하는 수가 있소이다."

"그렇소. 공격을 하는 것보다 뒤로 물러나는 것이 훨씬 더 힘들고 고통스러운 것이오. 생명의 위협을 받으며 뒤로 물러선 지 벌써 열흘. 제자들이 너무 힘들어하고 있소이다."

화산의 제자들을 이끌고 참여한 곽무웅이 석부성의 의견에 동조하자 묵묵히 고개를 끄덕인 이성진이 입을 열었다.

"잘 알고 있습니다. 저도 한계를 느끼고 있습니다. 하나 최후의 방어선인 평정(平頂) 분타까지는 전력을 보존해야 합니다. 노산(魯山) 분타를 지키고 있는 정도맹의 병력들과 군사께서도 저희와 발맞추어 평정 분타로 올 것입니다. 그곳의 병력과 이곳의 병력이 만나는 날이 반격의 날이라고 군사께서 말씀하시지 않았습니까? 참아주십시오. 더구나 이미 기세가 꺾인 지금은 저들과 싸우고 싶어도 싸울 수가 없습니다. 제자들을 물려주십시오."

"단주의 말이 정 그러하니 그리하도록 하겠소. 일단 퇴각 명령을 내리도록 합시다."

여전히 불만스러웠지만 이곳의 병력을 총괄하는 권한은 호천단의 대주인 이성진에게 일임되어 있었다. 어쩔 수 없다는 듯 석부성이 힘없이 입을 열었다.

"그러지요."

석부성의 말에 곽무웅과 옆에서 이들의 대화를 지켜보던 나머지 수뇌들이 조용히 대답을 하곤 제자들을 단속하러 자리를 떠났다.

"그런데 정말 성공할 수는 있는 것이오? 물론 이것도 다 군사의 계획이고 또한 단주의 실력을 의심하는 것은 아니지만 도저히 의구심을 떨쳐 버릴 수가 없소이다."

모든 수뇌들이 자리를 떠나고 이성진과 단둘이 남게 된 석부성이 수심 어린 눈빛으로 이성진을 바라보았다.

"하하하! 일의 결과는 하늘만이 알고 있다고 하지만 저는 우리 호천단원의 실력을 믿고 있습니다. 조만간 틀림없이 실력 발휘를 할 수 있을 것입니다. 그동안의 경험으로 생각해 보건대 비록 지금은 이렇게 퇴각만을 하고 있으나 왠지 조짐이 좋습니다."

묘한 웃음과 함께 대답을 하는 이성진의 음성엔 자신감이 충만했다. 하나 석부성의 걱정은 좀처럼 수그러들지 않았다.

"후~ 그리만 된다면 오죽이나 좋겠소."

"장로님! 저들이 또다시 퇴각하고 있습니다."

"나도 보고 있다."

잡티 하나 없는 백마의 위에 앉아 전황(戰況)을 지켜보던 천수유가 심각한 표정으로 대꾸를 했다.

"벌써 몇 번째인지 모르겠습니다. 저들이 과연 우리와 싸우고자 하는 생각이 있기나 한지 의심스럽습니다."

제대로 덤비지도 않고 번번이 도망만 가는 적을 지켜보며 흑기당의 당주 귀록은 승리를 하면서도 왠지 찜찜한 느낌을 감출 수 없었다.

"뭔가 다른 흉계가 있겠지. 비록 퇴각을 하기는 하지만 싸움에 져서 도망가는 자들과는 엄연히 다른 기세가 느껴진다."

"저도 그것을 느끼지 못한 것은 아닙니다. 하지만 이대로 가다간 언제 저들을 격파하고 정도맹으로 밀고 올라갈 수 있을지 모르겠습니다.

하남성에 들어선 지 벌써 열흘째가 됩니다만 이동한 거리는 얼마 되지 않습니다.”

공격을 시작하여 정도맹의 천중산(天中山) 분타와 서평(西平) 분타를 무리없이 점령하고 북상을 하였지만 처음의 노도와 같은 기세에 비추어 볼 때 북상의 속도는 느리기 한이 없었다. 대적하러 나온 적이 좀처럼 싸우려 하지 않고 뒤로 물러서며 함정과 매복만을 일삼고 있었기 때문이다.

“비록 느리기는 하지만 차라리 지금과 같이 조금씩 확실하게 점령을 하는 것도 좋을 것이다.”

“장로님의 생각을 모르는 것은 아닙니다만 수하들의 동요가 있습니다.”

귀록이 천수유의 눈치를 살피며 슬쩍 말을 꺼냈다.

“동요? 동요라니!!”

“그것이… 물러나는 적을 왜 공격하지 않고 가만히 놔두는지 불만이 있는 것 같습니다.”

“뭣이! 감히 어느 놈이 그 따위 말을 한단 말이더냐!”

천수유의 담담했던 표정에 노기가 나타나자 움찔한 귀록이 황급히 변명을 하였다.

“그, 그게 번번이 도망만 가는 적의 뒤꽁무니만 쫓다 보니 긴장했던 수하들이 맥이 빠져 그중 몇몇이 그런 말을 입에 담은 것 같습니다.”

“흑기당이 그러하다는 것이냐?”

천수유의 싸늘한 음성에 더욱 당황한 귀록이 재빨리 입을 열었다.

“아, 아닙니다. 다만 이번 싸움에 참여한 다른 흑도방파의 무인들에게서 그러한 모습이 보이는지라…….”

천수유의 곁에 남아 그를 따르고는 있었지만 패천궁 장로와 흑기당 당주의 신분은 하늘과 땅이나 마찬가지였다. 자신의 불만을 살짝 돌려 나타냈다가 천수유가 대뜸 노기를 드러내자 황망히 놀란 귀록은 어쩔 줄을 몰라 했다.

"건방진 놈들! 누구는 공격하고 싶지 않아서 그런 줄 아느냐! 지난번에도 명령도 없이 퇴각하는 적을 무리하여 쫓아가다가 저들이 펼쳐 놓은 절진에 갇혀 병력도 많이 잃고 고생이란 고생은 다 하게 하더니 뭐가 어째? 더구나 언제 어디서 기습적인 공격을 당할지 모르는 상황에서!"

천수유가 발하는 노기가 화살이 되어 귀록에게 날아왔다.

"그래, 너는 무엇을 하고 있었느냐! 그 따위 불만이 공공연히 나돌게 가만히 보고만 있었단 말이냐?"

"아, 아닙니다, 장로님! 그럴 리가 있겠습니까? 이미 모든 불만을 무마하였습니다."

대답을 하는 귀록의 등에선 식은땀이 흐르고 있었다.

"당연하지! 자율권을 인정하였지만 그들은 엄연히 우리의 수하들이다. 또다시 이와 같은 말이 나돈다면 용서치 않을 것이다!"

"알겠습니다."

풀이 죽을 대로 죽은 귀록은 허리를 굽히며 조심스레 대답을 하였다.

"저렇게 물러나긴 하였지만 조만간 무슨 일이 있어도 있을 것이다. 조금의 소홀함도 없이 수하들을 잘 단속하여야 할 것이다. 잠시 휴식을 취한 후 이동할 것이니 이동에 앞서 매복이나 또 다른 진이 펼쳐져 있는지 확인을 하여라!"

"명을 따르겠습니다!"

"물러가라!"

"예, 장로님."

'후~ 어쩌다가 쓸데없는 말을 해가지고서…….'

괜한 말로 호된 질책만 들은 귀록은 내심 안도의 한숨을 내쉬며 혹 또 다른 화가 미칠까 하여 서둘러 천수유의 곁에서 물러났다.

단숨에 호북을 점령하고 하남성의 최남단에 있는 정도맹 학산 분타에 집결한 패천궁은 그 병력을 둘로 나누었다. 하나는 냉악이 거느리는 혈참마대를 위시하여 만독문, 지옥벌이 주축이 되어 학산을 거쳐 남소(南沼), 노산으로 이어지는 하남성의 서쪽 줄기를 타고 북상하고 있었고, 다른 하나는 궁사혼을 대신해 패천궁의 강북 총타를 책임지고 있는 천수유가 직접 이끌고 하남성을 종단(縱斷)하고 있었다.

이처럼 학산 분타에서 둘로 갈라져 북상(北上)하는 패천궁을 막기 위해 정도맹에서 출발한 병력 또한 둘로 나뉘어 한쪽은 먼저 적을 막고 있는 호천단과 합류했고, 다른 한쪽은 제갈공이 직접 이끌고 남진(南進)하였다.

그런데 양쪽에서 벌어지는 싸움의 양상은 몹시 차이가 있었다. 천수유가 이끈 병력이 비록 큰 싸움은 없었지만 정도맹의 집요한 방해를 받으며 느리게 북상을 하고 있을 때, 이들과는 달리 하남성의 서면(西面)을 단숨에 치고 올라간 혈참마대와 만독문, 지옥벌의 병력들은 정도맹의 노산 분타에서 치열한 전투를 벌이고 있었다.

제갈공과 운상 진인이 이끄는 병력이 냉악이 이끄는 패천궁과 최초로 격돌한 곳은 학산에서 서북쪽에 위치한 정도맹 남소 분타였다. 남소 분타에서 미리 적을 기다리던 제갈공은 적당히 상대하고 뒤로 물러나려고 하였다. 그러나 그런 그의 의도는 시작부터 철저하게 빗나가고 말았다.

혈참마대가 앞장서리라는 예상과는 달리 저들이 앞세운 것은 만독문이 자랑하는 독혈인이었다. 무려 일곱이나 되는 독혈인을 막아설 인물이 정도맹에는 전무했다. 제대로 대항하지도 못하고 뒤로 물러나기에 여념이 없었는데, 문제는 그것이 아니었다. 어차피 처음부터 적당한 시간과 거리를 유지하며 퇴각하고자 하였으니 뒤로 물러나는 것은 당연했는데 그것이 생각처럼 쉽지 않았다. 잠깐 동안은 그들의 계획대로 진행되는가 하였지만 독혈이라는 괴물이 등장하며 모든 일이 꼬이기 시작했다.

독혈인이 나타나기 전만 하더라도 제갈공은 자신이 설치하는 진법과 매복 등을 이용하여 적의 이동을 완전하게 막지는 못하더라도 어느 정도는 지연시킬 수 있다고 자신하였다. 그러나 그것이 제갈공의 과신이었음이 밝혀지는 데는 오랜 시간이 걸리지 않았다. 진법이 설치된 곳에 이르면 적은 항상 독혈인을 앞세웠고 진법에 갇힌 독혈인은 진의 영향을 조금도 받지 않는 듯 주변의 지형지물을 닥치는 대로 파괴하며 제갈공이 심혈을 기울여 펼쳐 놓은 진법을 깨뜨렸고 뒤이어 밀려오는 패천궁의 병력들이 퇴각하는 이들을 거세게 압박했다.

결국 예상치 못한 퇴각을 거듭한 이들이 도착한 곳은 정도맹으로 이어지는 최후의 저지선인 평정 분타에서 얼마 되지 않는 정도맹 노산 분타였다.

노산 분타에 자리 잡은 제갈공은 밀려오는 적을 막기 위해 배수의 진을 펼 수밖에 없었다. 죽을 각오를 하고 적을 맞이하는 제갈공은 일신에 지닌 모든 능력을 발휘했다. 식솔들의 도움을 받아 분타 주변에 펼칠 수 있는 진이란 진은 모조리 설치하고 전력을 점검했다.

그러나 아무리 생각해도 밀려오는 적은 너무나 강했다. 아니, 적이 강한 것보다는 그들이 앞세우는 독혈인이 강하다는 것이 정확했다. 며칠 간의 충돌로 이번에 움직인 독혈인이 과거 화산에 나타난 독혈인에 비해 그 위력이 현저히 약하다는 것도 파악되었고 절대 막지 못할 괴물이 아니라는 것도 알게 되었지만 이미 사태는 걷잡을 수 없을 정도로 악화되고 말았다. 그것을 반영이라도 하듯 대책 마련에 분주한 수뇌들의 회동에도 어두운 그림자가 드리워져 있었다.

"더 이상 물러날 곳이 없습니다. 이곳에서마저 밀리면 끝장입니다."

회의를 주관하는 제갈공의 음성은 비장하기만 했다.

"알고 있소이다. 무슨 수를 쓰더라도 이곳을 지켜내야 할 것이오."

말을 하는 운상 진인의 안색 또한 굳을 대로 굳어 있었다.

"저 괴물이 아무리 강하다 하더라고 쓰러뜨리지 못할 것은 아니오. 며칠을 지켜본 바에 의하면 지난번 화산에 나타났던 놈들과는 많은 차이가 있소. 힘껏 싸워보지도 않고 물러선 것이 창피할 정도이오. 하니 이번엔 내 반드시 저 괴물의 목을 날려 버리겠소."

빈 소매를 펄럭이며 노기를 드러내고 있는 목인영은 몹시 흥분한 상태였다. 화산에서 독혈인에 의해 한쪽 팔을 잃은 목인영. 그 누구보다 독혈인의 무서움에 대해 잘 알고 있었던 그이기에 단 한 번의 충돌로도 이번에 나타난 독혈인이 과거의 독혈인과는 비교도 할 수 없이 약하다는 것을 알 수 있었다. 과거엔 검기에도 끄떡없었던 놈들이었건만 지금은 몸 이곳저곳에 제법 많은 상처를 남길 수 있었다. 그래도 완벽하게 파괴하지 못했고 그만한 상처를 만들기에도 상당한 희생이 따랐음은 부인하지 못할 사실이었다.

"하지만 그렇게 부딪치기엔 괴물의 수가 너무 많소."

"지금 와서 생각해 보면 모든 것이 제 잘못입니다. 저들에게 독혈인이 있다는 것도 파악하지 못했으니… 그나마 당가와 가주께서 계셔서 독에 의한 피해는 줄일 수 있었습니다."

제갈공의 음성엔 적의 전력을 제대로 파악하지 못한 자신의 능력에 대한 한탄이 섞여 있었다.

"무슨 말씀을! 군사께서는 최선을 다하셨습니다. 당가가 조금이나마 도움이 되었다니 다행입니다."

칠십여 명의 식솔들을 이끌고 제갈공을 따라나선 당문영이 두 손을 내저었다.

"후~ 이럴 줄 알았으면 여러 선배님들을 모셔오는 것인데 그랬습니다. 이 또한 제갈세가의 진법이면 저들의 발목을 붙잡을 수 있다는 자신감에서 나온 저의 불찰입니다."

대부분의 병력이 떠난 정도맹에는 아직 패천궁에서 눈치 채지 못한 고수들이 제법 모여 있었다. 이들 대부분이 전대에 은퇴한 노(老)고수나 심산유곡(深山幽谷)에 은거하다 백도의 위기를 보다 못해 출도한 기인들로 그 수는 얼마 되지 않았지만 개개인의 무공은 실로 뛰어났다. 이는 패천궁에도 정도맹에서 미처 파악하지 못한 고수들이 존재하는 것은 마찬가지였다.

어쨌든 이들은 맹주인 영오 대사와 함께 상황을 지켜보다 복마단과 의혈단이 적의 배후를 치는 데 성공을 하면 평정 분타에 집결한 정도맹의 고수들과 합류하여 호북을 넘어 하남으로 밀고 올라온 적을 단숨에 격파할 백도의 최후, 최강의 병력이었다. 당연히 아끼고 감추어야 할 병력이기에 아예 움직이지도 않았건만 이처럼 벼랑 끝에 몰리자 생각이 나지 않을 수가 없었다. 하나 후회란 아무리 빨라도 늦은 법이었다. 그리고 그 결과는 바로 나타났다.

"으아악!"

갑작스런 비명!

모골이 송연할 정도로 처절한 비명성이 울려 퍼지고 이곳저곳에서 고함 소리가 들려왔다. 모였던 수뇌들이 자리에서 벌떡 일어났다.

"시작된 것 같소."

"그런 것 같습니다."

제갈공이 침음성을 터뜨리자 심각한 얼굴로 서 있던 수뇌들이 분분히 자리를 떠났다.

"자, 갑시다. 군사께서 지휘를 하셔야 하지 않겠소. 힘을 내시오."

마지막으로 자리를 떠나던 운상 진인은 잔뜩 이마를 찌푸리고 서 있는 제갈공을 바라보며 담담한 미소를 보냈다. 모든 것이 잘될 것이라는 그런 믿음을 주는 편안한 미소였다.

"그래야지요."

힘없이 대꾸한 제갈공이 운상 진인을 따라나섰다. 방 안에 어지럽혀진 집기(什器)들만이 이들의 앞날이 순탄치 않으리라는 것을 웅변하고 있었다.

제갈공을 비롯한 수뇌들의 염려는 바로 현실로 나타났다.

일곱 구의 독혈인!

만독문에서 이것들을 만들기 위해 수십 년을 준비하고 많은 희생 끝에 겨우 만들어냈다던가? 흑도를 통일한 패천궁의 절대적인 지원을 업은 만독문에서는 이번 싸움을 대비하여 또 한 번 독혈인을 만들어냈다. 이 일곱 구의 독혈인을 만들어내기 위해 패천궁이 들인 공은 실로 엄청났다. 패천궁의 지배 하에 놓인 지역과 독에 관련된 모든 문파에서 재료를 각출(各出)시켰고 그래도 부족한 것은 사람을 풀어 백방으로 수소문했다. 아무리 사소한 독풀이라도 보물인 양 아끼고 모았다.

그렇게 모인 독물과 독의 재료들이 창고로 다섯이 넘자 이것을 바탕으로 만독문에선 다시 한 번 독혈인을 만들고자 시도하였다. 하나 그럼에도 완벽한 재료를 구하지 못해 정상적인 독혈인은 만들어내지 못하니, 이번 독혈인은 과거 화산에 나타난 것은 물론이고 사천에서 소문과 조우한 독혈인보다도 위력이 떨어지는 것이었다. 도검이 불침했던 과거와는 달리 내뿜는 독기는 전과 다름이 없었지만 몸은 그다지 강하지 못했다. 그래도 그 어떤 고수들보다 상대적으로 단단한 몸과 강한 독을 지니고 있었고 정신마저 없는 강시였기에 웬만한 상처는 신경도 쓰지 않고 달려들었다. 그것만으로도 대적하는 상대에게 공포를 심어주기에 충분했다. 자연 상대를 찾아보기가 힘들었다.

이 일곱의 독혈인을 막기 위해 당가의 가주인 당문영, 종남파의 장문인 목인영은 물론이고 공동파의 장로들과 황보가의 가주, 그리고 각 문파의 고수들이 나서야만 했다. 그래도 미처 막지 못한 독혈인은 각 문파의 정예들이 목숨을 도외시한 채 덤비고 있었다. 그러나 상황은 그리 좋지 못했다. 큰소리쳤던 목인영은 물론이고 다른 고수들도 연신 뒤로 물러나며 쩔쩔매었다. 분명히 무공에는 앞서 있었지만 아무리 중한 상처를 입어도 멈출 줄 모르고 달려드는 독혈인의 기세에 기가 질린 것이다. 그리고 단 한 번이라도 공격을 허용하면 끝장이라는 위기감이 이들을 더욱 움츠리게 만들었다.

"예상은 했지만 이를 어쩌면 좋단 말인가! 저들은 아직 나서지도 않고 있는데……."

독혈인과의 싸움을 안타깝게 바라보던 제갈공이 탄식을 하였다. 그런 그의 눈에 한가로이 서 있는 혈참마대의 모습이 눈에 들어왔다. 그랬다. 저들은 지금 전력을 다해 싸우는 것이 아니었다. 만독문의 문도와 지옥벌의 무인들이 정도맹의 병력과 치열한 싸움을 하였지만 그것이 전부가 아니었다. 아무리 많은 적과 싸우고 그들을 쓰러뜨린다 하더라도 혈참마대가 남아 있는 한 그들에겐 언제나 전황을 뒤집을 여력이 남아 있었다. 제갈공은 그것을 염려하고 있었다.

"음!"

짧은 신음성과 함께 제갈공의 얼굴엔 암담함이 스쳐 지나갔다.

"으아악!"

덤벼들던 적의 머리를 날려 버렸다는 안도감도 잠시, 자신도 모르게 뒤에서 다가선 창에 목이 꿰뚫린 공동파 제자의 눈에선 죽음에 대한 절망감이 잠시 나타났다 빠르게 사라졌다.

"사제!"

온몸이 피투성이가 되도록 싸우던 사제가 허망하게 목숨을 잃자 그의 목숨을 앗아간 상대를 쫓아 또 다른 공동파의 제자가 몸을 날렸다. 하나 미처 그에게 다가가기도 전에 싸늘한 음성이 귓가에 들려왔다.

"흥! 어딜!"

"크윽!"

분노로 인해 앞뒤 정황을 가리지 못한 공동의 제자는 한쪽 다리에 밀려오는 고통에 눈을 치켜뜨며 그 자리에서 주저앉고 말았다. 그리고 자신의 목을 향해 날아오는 검날을 바라보며 피식 웃고 말았다.

'젠장! 큭!'

사내는 날아오는 검을 미처 피할 생각도 못하고 두 눈을 부릅뜬 채 그렇게 목숨을 잃고 말았다.

단숨에 공동파의 제자들을 격살한 사내들!

피에 젖은 적의를 펄럭이며 전장을 뛰어다니는 그들을 바라보는 제 갈공은 짧은 신음성을 내뱉었다.

"혈참마대… 역시 강하군!"

"역시 패천궁 주력 중의 주력이오. 하나같이 대단한 솜씨를 지니고 있소이다."

제갈공과 함께 정도맹의 무인들을 이끌고 있는 운상 진인 또한 탄성을 질렀다.

"그러나 오랜 싸움으로 인해 저들의 수도 많이 줄고 지쳤소이다. 또한 각 문파의 제자들이 연수하여 그나마 잘 막고 있으니 다행이오. 오히려 문제는 끝도 없이 밀려오는 저들이라 할 것이오."

운상 진인이 가리킨 곳에서도 역시 치열한 전투가 이어지고 있었다.

"지옥벌!"

제갈공은 무겁게 고개를 끄덕였다.

그들이 위치한 좌측은 무당파와 종남파의 제자들이 막고 있었다. 이들이 상대하는 자들은 패천궁과 끝까지 대립하다 결국 힘에 의해 굴복한 지옥벌의 무인들이었다. 개개인의 무공은 무당이나 종남파의 제자들에 비해 떨어질지 모르나 그 용맹이나 병력의 수가 양 파를 압도하고도 남음이 있었다. 어쩌면 서너 배가 넘는 병력의 차를 극복하고 용케도 막고 있는 무당과 종남의 제자들이 대단한 것이라 할 수 있었다.

특히 처음 패천궁의 도발이 시작되었을 때 살아남은 무당파 제자들의 실력이야 둘째 치고 웬만한 수준의 제자들은 거의 모두 복마단에 보낸 종남파 제자들의 선전은 실로 의외였다. 꼭 두 명씩 짝을 지어 적을 상대하는 그들은 서로를 도와주고 의지하며 적은 수로도 쉴 새 없이 밀려오는 적을 상당히 차분하게 막아내고 있었다. 그리고 그 가운데에 오상의 바로 아래 사제이자 평소 웃음만을 볼 수 있다 하여 사제들로부터 소면공자(笑面公子)라 불리는 봉학경(鳳鶴儆)이 서 있었다.

"정신을 차려라! 주위를 살피고 조금도 방심을 하지 마라! 단 한 번의 방심으로 자신은 물론이고 사형제가 죽는다! 또한 우리가 밀리며 뒤에 있는 백도가 끝장나고 만다! 죽음으로라도 이곳을 사수(死守)하여야 한다!"

다른 제자들과는 달리 단신으로 이리저리 움직이며 사제들을 독려하는 봉학경의 무위는 단연 발군이었다. 자신에게 밀려오는 적은 물론이고 혹, 위기에 빠진 제자들이 있으면 지체없이 달려가 위기에서 구해냈다. 하나 그런 그의 노력도 끊임없이 밀려오는 적 앞에서는 위태롭기만 하였다.

"정말 대단한 친구입니다. 저런 무위라면 복마단에서도 다섯 손가락 안에 꼽힐 정도로 뛰어나거늘 어찌하여 복마단에 들지 않고 남아 있는지 모르겠습니다."

"그러게 말이오. 언뜻 보기에도 지니고 있는 무공이 목 장문에 비해 조금도 부족한 것 같지 않은데 말이오."

운상 진인은 봉학경과 마찬가지로 제자들을 독려하며 싸우고 있는 목인영을 힐끔 바라보며 말을 하였다.

"설마 그렇기야 하겠습니까? 하나 정말 대단하기는 합니다."

잠시 웃음을 머금었던 제갈공의 안색이 다시 어두워졌다.

벌써 사흘째였다. 노산 분타에서만 서로 죽이고 죽이는 싸움이 사흘째 이어지고 있었다. 오늘만 하여도 오전부터 시작된 싸움이 오후가 되어도 끝날 기미가 보이지 않았다. 그토록 많았던 서로의 병력들이 눈에 띄게 줄어들었지만 남아 있는 자들이야말로 진정한 고수들, 싸움은 점점 치열해져만 갔다.

이것은 애초에 제갈공이 원하던 싸움이 아니었다. 복마단과 의혈단으로 하여금 적의 배후를 친다는 계획을 세운 제갈공은 그들의 성공 소식이 들려오기까지 밀려오는 적을 적당히 막으며 뒤로 물러나 전력을 보존코자 하였다. 그래서 여러 수뇌들의 양해와 영오 대사의 재가(裁可) 아래 비록 정도맹의 핵심적인 전력이라지만 배분은 낮은 호천단의 단주 이성진으로 하여금 둘로 나누어진 병력 중 한쪽 병력을 이끌게 하였다. 그리고 그는 기대만큼이나 잘해주고 있었다. 그런데 정작 자신이 이끌고 있는 병력은 한 치의 물러섬도 없이 치열하게 싸우느라 상당수의 병력을 잃고 있었으니 안타까움은 커져만 갔다.

"후~ 피해가 너무 큽니다. 이래선 안 되는데……."

자신의 계획이 성공하려면 아직도 며칠의 시일이 걸릴지 몰랐다. 그리고 그 계획이 성공한다 하더라도 전황이 어찌 변할지는 알 수 없는 미지수이기에 계속해서 쓰러져만 가는 병력을 보면 절로 한숨이 나올 수밖에 없었다.

"어쩔 수 없지 않았소? 이건 군사의 실수가 아니오. 저들이 저렇게 빨리 북상할 줄은 누구도 몰랐소이다. 독혈인인가 뭔가 하는 괴물 때문에……. 정히 마음에 걸리면 지금이라도 퇴각을 함이 어떠하오? 어차피 평정 분타로 물러나려고 하지 않았소?"

제갈공을 격려하던 운상 진인이 조심스레 의견을 내었다. 그러자 머리를 숙이고 한숨을 내쉬던 제갈공이 고개를 번쩍 들고 입을 열었다.

"안 됩니다. 장문인께서도 아시지 않습니까? 지금 여기서 물러나면 더 이상 갈 곳이 없습니다. 우리들이야 평정 분타로 물러가면 그만이지만 저들은 우리를 쫓지 않고 바로 병력을 돌릴 것입니다. 그리되면 효과적으로 적을 막으며 북진을 늦추고 있는 이성진 단주의 병력은 포위되고 맙니다. 우리가 도와주려 해도 그때는 이미 늦고 말지요. 물러나더라도 최대한 시간을 늦추며 이성진 단주의 병력과 발을 맞추어야 합니다."

제갈공의 태도는 확고했다. 제갈공에게 모든 계획을 들어 알고 있는 운상 진인은 크게 한숨을 내쉬고 고개를 돌렸다.

"미안하오. 노도가 어찌 그것을 모르겠소. 그저 군사께서 하도 답답해하여 한번 해본 말이외다."

"아닙니다. 제가 어찌 말씀의 진위(眞僞)를 모르겠습니까?"

고개를 끄덕인 운상 진인이 전장으로 고개를 돌리며 말을 이었다.

"후~ 비록 피해는 크겠지만 그래도 막을 수는 있을 듯하니 너무 걱정은 하지 마시오."

"예, 많은 목숨이 쓰러져 안타까워하는 것이지 패한다고는 생각하고 있지 않습니다. 그나마 다행이지요. 을지 소협이 만독문의 괴물들과 몇몇 고수를 쓰러뜨리는 바람에 이나마도 버티고 있는 것이 아니겠습니까? 지금 생각해 봐도 천행(天幸)이었습니다."

"흠! 그렇기는 하오. 하지만……."

제갈공의 말에 동의를 하면서도 소문의 모습을 떠올린 운상 진인의 기색은 그다지 좋지 않았다. 소문에 대한 앙금이 남아 있는 듯한 모습이었다.

'그래도 그가 있었기에 버틸 수 있었던 것을……'

운상 진인의 불편한 기운을 감지한 제갈공은 고개를 흔들며 그대로 무너질 뻔했던 첫째 날의 위기를 떠올리고 있었다.

"쳐라!"

무심히 서 있던 냉악의 명령이 떨어진 것은 팽가의 무인들과 치열한 싸움을 벌이던 독혈인이 쓰러지면서였다.

지난 화산의 싸움에서 패퇴하는 동도들을 살리기 위해 희생한 삼백의 무인들이 있었다. 얼마 버티지 못하고 모조리 전멸하고 말았지만 그들이 있었기에 화산을 지켜낼 수 있었다. 그리고 그들을 이끌었던 사람이 바로 팽가의 가주였던 팽덕신이었다. 당연히 독혈인에 대한 팽가의 반감은 다른 어떤 문파에 비해서 깊을 수밖에 없었다.

며칠 동안은 독혈인의 능력을 과대평가하여 두려움에 떨고, 또한 피해를 우려한 제갈공의 명령에 의해 제대로 싸워보지도 못하고 물러나기 바빴지만 지금은 상황이 달랐다. 그들이 맞을 독혈인이 지난번과 같이 막강한 괴물이 아니라는 것도 알게 되었고 더 이상 물러설 곳도 없었다.

싸움이 시작되자 새로이 가주 자리에 오른 팽언문을 위시하여 팽가의 주요 고수 다섯 명이 일곱 중 하나의 독혈인에게 득달같이 달려들었다. 팽가의 최고 고수들, 의혈단에 뽑혀져 간 무인들이 비록 팽가를 대표하고 있었고 나름대로 상당한 무공 등을 지니고 있었으나 그들은 팽가의 후기지수일 뿐 이들이야말로 연륜(年輪)과 실력을 지닌 팽가의 진정한 고수들이었다. 주변의 우려와는 달리 이들은 완벽한 연수합격으로 독혈인을 몰아붙였다. 하나 그럼에도 이들을 상대하는 독혈인은 조금도 물러섬이 없었으니… 과연 독혈인은 독혈인이었다.

오 인의 고수들과 독혈인의 처절한 혈전은 한참 동안이나 이어졌다. 한 명이 목숨을 잃고 두 명의 고수들이 부상으로 쓰러졌다. 그런 희생을 디딤돌로 마침내 팽언문이 독혈인의 목을 베어 떨어뜨리면서 결국 가장 먼저 한 구의 독혈인을 쓰러뜨릴 수 있었다. 연신 뒤로 밀리던 정도맹의 무인들은 이에 크게 사기가 오르고 전황은 새로운 방향으로 흐르게 되었다.

이때 이런 분위기를 감지한 냉악이 혈참마대를 움직인 것이다. 싸움이란 한번 기세가 오르면 아무리 압도적인 전력을 쏟아 부어도 좀처럼 꺾기가 쉽지 않은 법이다. 정도맹의 무인들에게 절대적인 공포를 심어주었던 독혈인이 쓰러졌으니 그들의 사기가 오름은 불을 보듯 뻔했다. 냉악은 그것을 용납할 수 없었다.

싸움에 끼어든 혈참마대의 행사는 독혈인이나 지옥벌의 무인들처럼 요란하지 않았다. 별다른 함성도 지르는 것 같지 않았고 서두르는 기색도 보이지 않았다. 하지만 천천히 다가오는 그들에게서 뿜어져 나오는 살기는 주변을 압도하고도 남음이 있었다.

주춤주춤!

혈참마대가 다가오자 그들과 맞서야 하는 정도맹의 무인들이 그 기세에 밀려 뒷걸음질쳤다. 그때 그들을 밀치고 나서는 사람이 있었다. 막 독혈인의 머리를 베어 기세를 올린 팽언문이었다.

"혈참마대는 우리가 막는다! 저들에게 팽가의 무서움을 보여주어라!"

"와아!!"

"팽가의 힘을!!"

주춤거리며 물러서던 무인들은 물론이고 팽언문을 따라 팽가의 무인들과 공동파의 제자들이 주축이 되어 혈참마대에 부딪쳐 갔다.

"후후! 불나방 같으니……. 죽는 것이 소원이라면 그리해 주지."

혈참마대의 최선봉에 서서 수하들을 지휘하던 부대주 낭치의 입가에 진한 살소(殺笑)가 맺혔다.

"죽여라!"

낭치의 명을 받은 혈참마대의 대원들은 일사불란한 움직임을 보이며 달려오는 적을 향해 무기를 빼어 들었다.

한창 치열한 싸움이 전개되는 노산 분타의 급박함과는 달리 전장에서 얼마 떨어지지 않은 곳의 나무 위에 자리 잡고 앉아 싸움의 전황을 살피는 한가로운 사내가 있었다. 소문이었다.

할아버지와 헤어진 소문이 세간에 퍼진 소문을 듣고 이곳 노산 분타에 도착한 것은 제갈공이 도착하고 나서 일각이 지나지 않은 거의 동시였다 해도 과언이 아닐 정도로 빠른 시간이었다.

다급히 싸움을 준비하는 그들을 보며 곧 패천궁의 병력이 도착할 것임을 직감한 소문은 수령이 오래되어 크기도 하고 가지가 울창한 나무 하나를 골라잡아 아무도 눈치 채지 못하게 숨어들었다. 제아무리 소문이라지만 지금껏 조금도 쉬지 않고 이동을 하였기에 내공과 체력의 소모가 상당했다. 앞으로 일어날 상황을 대비하기 위해서라도 약간의 휴식은 반드시 필요했는데 그가 택한 나무는 그 길이가 십 장에 이를 정도로 높고 잎이 무성하여 누구의 방해도 받지 않고 휴식을 취하기에 적당했으며 주변의 상황을 살피기에도 매우 용이했다.

소문의 예상은 틀리지 않았다. 제갈공이 노산 분타에 도착하고 정확하게 한 시진이 지나자 독혈인을 앞세운 패천궁의 무리들이 들이닥쳤다. 그들에겐 어떠한 작전도 전술도 없는 듯했다. 도착하여 잠시 숨을 고르기가 무섭게 독혈인을 앞세워 공격을 감행하자 충분히 대비하고 있었음에도 독혈인을 맞이하여 싸우는 정도맹의 무인들은 당황한 기색이 역력했다. 특히 각 문파와 세가의 우두머리들이 나서서 막음에도 연신 뒤로 밀리는 것을 보자 한심한 생각이 들기도 하였다.

"쯧쯧, 흉내만 낸 독혈인에게 저리 쩔쩔매는 것을 보니 이번 싸움은 보나마나 뻔하겠군."

당소희의 문제로 화산에서 백도와의 마찰이 있었고, 덮어두기는 하였지만 제갈영영의 술수에 정나미가 떨어진 소문에게 백도와 패천궁의 싸움은 그다지 중요한 것이 아니었다.

자고로 불 구경과 싸움 구경만큼 재밌는 것이 없다고 하던가?

나무 위 가지에 걸터앉아 다리를 흔들며 싸움을 지켜보고 있는 소문의 마음은 흥미, 그 이상도 그 이하도 아니었다.

"호오! 대단한데!"

혀를 차며 전황을 살피던 소문이 처음으로 감탄의 음성을 내뱉었다. 독혈인의 손에 가슴을 뚫리면서도 달려들어 끝내 사지를 결박한 한 사내의 용기와 정확한 솜씨로 벗어나고자 발버둥치는 독혈인의 목을 베어버린 무인에 대한 탄성이었다.

"흠, 팽언문 선배였군. 역시!"

그가 남궁세가에서 목숨을 걸고 함께 싸운 팽언문이라는 것을 알게 된 소문의 입에 살짝 미소가 걸렸다. 아무리 백도에 대한 마음이 굳어졌어도 몇몇 사람들에겐 그렇지 않았다. 팽언문도 그중 한 사람이었다.

"흠……."

팽언문을 바라보다 다시 시선을 돌린 소문에게 일단의 무리들의 움직임이 눈에 들어왔다. 미친 듯이 날뛰는 좌측의 무인들과 비교해 그 수는 많지 않았지만 온통 적의에 풍기는 기도들이 예사롭지 않았다.

"혈참마대로군! 쉽지 않겠어……."

혈참마대의 위력을 수차례 목도한 소문은 그들이 얼마나 대단한지 익히 알고 있었다. 그들을 막아가는 팽가의 무인들이나 공동파의 제자들의 수가 비록 많기는 했지만 역부족이란 생각도 들었다. 하지만 그 것뿐이었다. 엄청난 함성과 함께 양측의 격돌이 시작되자 소문의 눈은 벌써 다른 곳을 향해 움직이고 있었다.

"어디 숨어 있는 것이지?"

싸움을 하고 있는 무리 중에서 자신이 원하는 사람을 찾지 못한 소문의 눈이 아직도 싸움에 참여하지 않고 있는 자들에게 향해졌다. 중앙에 붉은빛이 감도는 도를 품고 오연한 자세로 서 있는 냉악이 보였고 그 주변에 혈참마대의 인원도 몇 보였다.

"자세 하고는……."

냉악의 자세에서 묘한 반감을 느낀 소문이 피식 웃으며 냉악의 주변을 살폈다. 그가 찾는 자의 신분을 감안했을 때 아마도 냉악과 함께 서 있으리란 생각에 차근차근 세심히 살펴갔다. 하나 그의 모습은 보이지 않았다. 욕이 절로 나왔다.

"제기랄."

피를 토하는 듯한 외침을 표출해도 시원치 않을 심정이었지만 괜한 시선을 끌 필요가 없다는 나름대로의 생각에서 입 밖으로 나오는 음성은 나지막했다.

'그렇다면 독혈인을 움직이고 있는 자는 누구인가?'

독혈인이라면 만독문의 최고 보물이나 다름없었다. 그런 독혈인이 한 구도 아닌 일곱이나 움직이는데 문주가 없다는 것은 말이 되지 않았다. 잠시 흥분된 마음을 진정시킨 소문은 다시 한 번 패천궁의 진영을 살피기 시작했다. 그리고 한 사람을 발견할 수 있었다. 독마수 봉천이었다.

사천에서 마주친 독혈인은 입에서 나오는 음파에 의해 조종되더니 이번 독혈인은 피리를 불어 조종을 하는 모양이었다. 냉악에게서도 멀찌감치 떨어진 곳에 자리 잡은 봉천은 한 자가량의 묵적(墨笛)을 입에 대고 있었는데 특별한 소리는 울리지 않았다. 그래도 독혈인이 그 피리에 의해 움직인다는 것을 모를 소문이 아니었다.

'기수곤이 아니라 저자가? 그렇다면 기수곤! 도대체 그놈은 어디 있단 말인가?'

독혈인이 있었고 독혈인을 움직이는 봉천이 있었다. 또한 당가의 무인들과 치열하게 싸우고 있는 만독문도들이 있었지만 정작 문주인 기수곤의 모습은 보이지 않았다. 아무리 살펴도 다시 보게 될 것이라며 마음껏 비웃던 기수곤의 모습은 어디에도 없었다. 마침내 여유로웠던 소문의 안색이 싸늘히 굳어지고 온몸에선 자신도 모르게 살기가 뿜어져 나왔다. 화를 참지 못해 이를 가는 소문의 가슴 깊은 곳에서 시작된 분노의 외침이 장내를 휩쓸었다.

"기수곤! 어디 있는 것이냐? 네놈이 이곳에 있는 줄은 벌써부터 알고 있다. 모습을 드러내라!"

퍼억! 퍽!

"크허허헝!"

연속적인 격타음과 함께 서서히 무너져 내리는 신형!

쓰러지는 신형의 입에선 비명인지 울부짖음인지 구분이 가지 않는 괴이한 외침이 터져 나왔다. 창졸간에 벌어진 상황에 누구 하나 입을 열지 못했다.

고작 한 사람의 비명이었고 한 사람의 등장이었다. 헤아릴 수도 없이 많은 사람들이 처절한 비명을 지르며 쓰러졌어도 신경 하나 쓰지 않고 오로지 앞의 적을 바라보며 적의에 불타던 사람들의 모든 행동이 단 한 사람의 등장으로 일시에 멈추어졌다.

쓰러진 자가 누구인가? 모든 사람들에게 공포를 안겨주던 괴물이 아니던가! 땅바닥에 처박혀 꿈틀거리는 물체가 만독문이 자랑하는 독혈인임을 감안하면 이는 너무나 당연한 반응이었다. 경악과 충격의 소용돌이 속에 갑자기 등장한 사내는 패천궁의 진영으로 천천히 걸음을 옮겼다.

"멈춰랏!"

어떤 방법을 썼는지는 모르지만 몇 명의 고수들이 달라붙어도 제대로 상대하지 못하던 독혈인을 단숨에 박살 낸 사내가 자신의 눈앞으로 걸어가자 적이라 판단한 지옥벌의 한 무인이 두려움에 떨면서도 본능적으로 그를 막아섰다. 두려움을 뛰어넘는 무인의 본능! 하나 그 결과는 바로 나타났다.

"크아악!"

이번 싸움에서 가장 재수없는 사나이로 기억될 그는 끔찍한 비명을 지르며 무려 오 장을 날아가 땅에 처박혔다. 사내의 무공이 그리 약하

지 않음을 알고 있던 지옥벌의 무인들은 경악을 금치 못했지만 그를
날려 보낸 사내를 알고 있는 사람들의 반응은 한결같았다. 숨이 끊어
지지는 않았는지 간간이 몸을 뒤척이는 사내를 동정 섞인 눈으로 바라
보던 냉악이 혀를 차며 고개를 돌렸고 독혈인을 조종하던 봉천은 어느
새 불고 있던 묵빛의 피리를 입에서 떼고 두려운 눈으로 다가오는 인
물을 바라보고 있었다.

단 두 발의 무영시로 막 목인영의 목숨을 취하려던 독혈인을 그리
만든 인물, 자신을 가로막던 사내를 단숨에 날려 버린 소문의 등장으로
피가 난무하고 피아를 구분하지 못할 정도로 치열했던 싸움은 어느새
멈추어져 있었고 장내는 침묵의 늪으로 빠져 버렸다.

팽가의 고수 다섯이 독혈인을 제압하자 내심 자신의 능력을 과신하
고 싶었던 목인영은 함께 싸우던 제자들을 물리고 홀로 독혈인과 맞서
싸웠다. 그러나 팽가의 고수들이 보통 인물이 아님에도 제법 피해를
입었다는 것을 감안했다면 절대로 그런 만용을 부리지는 않았을 것이
다.

처음엔 빠른 발과 검기를 이용하여 독혈인에게 상처도 입히고 나름
대로 조금은 버티는가 싶더니 결국 밀리고 밀려 하마터면 목숨까지 잃
을 뻔했다. 저승의 문턱까지 다녀온 목인영은 정신을 차리고 자신을
구해준 사람을 바라보았다. 패천궁을 공격한 것을 보니 백도의 사람일
것이고 독혈인을 제압할 정도의 무공이면 상당한 고수일 것이라는 생
각에 부끄럽기는 하였지만 내심 안도의 한숨을 내쉬며 감사를 표하려
고 하였다.

하나 고개를 돌려 자신을 구해준 사내를 바라보던 목인영의 안색이
처절한 정도로 일그러졌다. 나타난 사내는 을지소문이었다. 자신을 힐

끔 쳐다보며 지나가는 사내가 틀림없이 소문임을 확인한 목인영은 심한 수치심에 고개를 들지 못했다. 그리고 고작 한다는 짓이 소문에 대한 불평이었다.

"흥! 누가 도와달라고 했는가?"

"멍청한 짓을 했군."

소리를 지르는 자가 목인영임을 알아본 소문이 자신의 머리를 두들기며 어처구니없는 표정을 지었다.

"뭣이! 지금 뭐라 했느냐? 네놈이 감히!"

"한심하기는……."

고래고래 소리를 지르는 목인영을 무심하게 바라보던 소문은 별다른 대꾸도 없이 몸을 돌렸다. 자신이 이곳에 온 것이 저처럼 앞뒤 분간을 가리지 못하는 소인배(小人輩)와 다투려고 온 것이 아니고, 더욱이 도와주러 온 것도 아니라는 것을 의식했기 때문이었다.

"네놈은 누구냐?"

냉악의 손짓으로 아무런 제지도 받지 않고 자신들 앞에선 소문을 바라보며 흑의노인이 소문의 정체를 물었다. 지금 이 자리에 지옥별의 병력을 이끌고 온 마검사 뇌우현이었다.

"……."

"누구냐고 물었다."

소문이 아무런 대답도 없이 봉천만을 노려보자 뇌우현의 얼굴에 스산한 살기가 깔렸다. 잠깐 보여준 실력으로 보아 분명 만만치 않은 실력을 지니고 있는 자라는 생각이 들기는 하였지만 자신의 앞에서 이처럼 무례하게 서 있을 정도라고는 여기지 않았다. 그러나 소문은 여전히 그를 바라보지 않고 있었다. 잠시 후 소문의 입에선 전혀 엉뚱한 말이 튀어나왔다.

"기수곤은 어디 있소?"

"……."

봉천은 입을 열지 않았다.

"기수곤이 어디 있느냐고 물었소!"

봉천을 노려보는 소문의 음성이 높아졌다.

"네놈이 지금 누구 앞에서 헛소……."

자신의 질문에 대답은 하지 않고 소문이 엉뚱한 말만을 내뱉자 무시를 당했다고 생각한 뇌우현이 무기를 꺼내 들었다. 그러나 그의 행동은 더 이상 이어지지 못했다. 냉악이 그의 팔을 잡았기 때문이다.

"문주는 이곳에 없다."

봉천은 자신에게 쏟아지는 소문의 살기를 느낄 수 있었다. 그러나 조금도 위축됨이 없이 대꾸를 했다.

"이곳에 없다니! 독혈인이 있고 만독문도들이 여기 있소. 그런데 문주가 없다는 것을 나보고 믿으라는 말이오?"

"믿지 못하겠다는데 내가 무슨 말을 하겠느냐. 하나 문주는 틀림없이 이곳에 없다."

"정말이오?"

"나는 문파의 대적(大敵)에게 거짓말 따위를 할 이유가 없다."

담담히 대꾸한 봉천은 손에 쥐고 있던 피리를 조용히 입에 갖다 대었다. 그것이 독혈인을 부르는 것임을 소문은 잘 알고 있었다.

"나와 싸우자는 것이오?"

"문주가 있든 없든 그것은 중요한 것이 아니다. 다만 네놈은 우리 만독문과 한 하늘을 보고 살 수 없는 원수라는 것이고 또한 흑도의 입장에선 반드시 없애야 하는 존재라는 것이지."

"훗! 고작 저따위 괴물로 나를 쓰러뜨릴 수 있을 것 같소?'

피식 웃으며 대꾸하는 소문의 음성엔 조금 전과 같은 살기도, 노기도 들어 있지 않았다. 기수곤이 없다는 것을 안 이상 싸우고 싶은 마음도 생기지 않았다.

"힘들다는 것은 나도 안다. 하나 여기는 우리만 있는 것이 아니다."

자신의 주변에 서 있는 지옥벌의 수뇌들과 냉악을 슬며시 바라보며 말을 잇는 봉천의 음성엔 자신감이 묻어 나왔다.

소문 또한 봉천의 시선을 따라 고개를 돌리며 주변을 살펴보았다. 그가 알고 있는 사람은 냉악뿐이었다. 냉악의 주변으로 방금 자신에게 말을 걸었던 흑의노인과 몇몇 만만치 않은 기도를 흘리고 있는 노인들이 서 있었다. 또한 그다지 두드러지지는 않았지만 따로 떨어져 자신을 살피는 두 쌍의 눈이 있음도 느끼고 있었다. 어쩌면 이곳에서 가장 강할지도 모른다는 생각이 들 정도의 기운이 흘러나오고 있었다. 그러나 자신의 무공에 확실한 자신감을 가지고 있는 소문은 별다른 신경을 쓰지 않았다.

"난 당신들과 싸우고 싶은 마음은 없소. 후회하지 마시고 기수곤이 있는 곳이나 일러주시오."

다시 한 번 부드럽게 말을 하고 있는 소문의 태도에서는 절대강자만이 지닐 수 있는 여유로움이 흘러나오고 있었다.

'저놈! 더 강해졌구나! 지난번과는 비교도 할 수 없을 정도로!'

과거 소문과 한차례 격돌을 했던 냉악은 전신을 타고 흐르는 전율과 긴장감에 몸을 떨었다. 태연하게 서 있었지만 가슴에 품은 애도를 꽉 움켜쥐고 있는 손은 이미 흥건히 젖어 있었다. 두려움은 아니었다. 냉악 정도 되는 인물이라면 적이 아무리 강하다 하더라도 두려움 따위로 떨지는 않는다. 다만 그가 이토록 흥분하는 것은 소문이 강하다는 것, 그리고 그와 같은 상대와 또 한 번 싸우게 되었다는 기쁨에서 우러나오는 떨림이었고 긴장이었다.

"여러 말 할 것 없다. 잠시 후에도 네놈이 그런 말을 할 수 있나 두고 보자."

재빨리 뒤로 물러난 봉천의 입에는 벌써 피리가 물려 있었고 팽가와 방금 소문이 쓰러뜨린 독혈인을 제외하고도 다섯이나 되는 독혈인이 소문을 에워쌌다.

"쯧쯧, 결국 해보자는 것이로군. 아까 보지 못했소? 이놈들은 나의 상대가 아니오. 겨우 두 발이었소. 가슴에 하나 이마에 하나. 두 발의 무영시에 나가떨어지는 놈들을 믿고 나와 싸우자는 것이오?"

"시끄럽다! 목을 내놓아라!"

격노한 음성의 봉천, 그리고 곧바로 독혈인의 공격이 이어졌다.

"어쩔 수 없군. 기수곤이 없다면 그놈이 아끼는 네놈들이라도 없애야겠다."

소문의 얼굴에서 미소가 사라졌다. 대신 출행랑을 시전하면 나타나는 특유의 살기만이 번들거리고 있었다.

"독혈인만으론 무립니다! 합공하도록 하십시오!"

독혈인의 공격이 시작됨과 동시에 고개를 돌려 뇌우현을 바라본 냉악이 다급히 외쳤다.

"합공이라니! 나에게 합공을 하라는 것인가? 대관절 저자가 누구이기에 합공을 하라는 것인가?"

비록 병력을 이끌고 있는 것은 냉악이었지만 흑도에서 차지하는 배분이나 위치에 많은 차이가 있었던 뇌우현이 대뜸 화를 내었다.

"들고 있는 철궁을 보고도 모르시겠습니까? 저자가 바로 궁귀 을지소문입니다. 급합니다! 어서 공격을 하도록 하십시오. 저는 우선 저들을 막겠습니다."

잠시 소강 상태를 유지하고 있던 싸움이 독혈인이 움직임으로써 다시 발발되었다. 봉천의 명으로 독혈인이 소문을 공격하는 순간, 제갈공과 운상 진인은 때를 놓치지 않고 공격을 명하였다. 독혈인이 소문을 상대하기 위해 빠진 이상 적을 두려워할 필요도 없었다. 잠시 동안의 휴식으로 원기를 회복한 정도맹의 무인들이 기세를 올리며 달려오고 있었다.

"다시 한 번 말씀드리지만 절대로 방심하지 마십시오. 태상장로께서도 저자에게 목숨을 잃으실 뻔했습니다. 보아하니 그때와는 또 다른 경지를 이룬 것 같습니다. 주의에 주의를 기울이십시오."

혹시나 하는 마음에 거듭 당부를 한 냉악이 고개를 돌렸다.

"낭치!"

"예, 대주!"

얼굴이 온통 상처투성이인 털북숭이 사내가 공손하게 대답을 했다.

"오늘 이 자리에서 끝장을 본다. 수하들을 이끌고 저들을 막아라. 또한 나머지 병력들도 네가 직접 이끌도록 하라."

"알겠습니다."

"믿겠다."

혈참마대는 물론이고 모든 병력을 혈참마대의 부대주 낭치에게 맡긴 냉악의 두 눈은 어느새 독혈인과 싸우고 있는 소문에게로 향하고 있었다. 다섯 구의 독혈인은 맹렬한 기세로 소문을 공격하였지만 소문의 옷깃 하나 건드리지 못했다. 보이지도 않을 정도로 빠르게 움직이는 소문을 잡기엔 독혈인의 걸음이 너무 느렸다. 더구나 소문은 아직 별다른 공격도 하지 않는 듯했다. 과거에 보여줬던 무서운 검법도 쓰지 않은 채 간간이 철궁으로 독혈인의 공격을 막을 뿐이었다.

동작 하나하나에 여유가 흘러넘치고 있었다. 그러나 합공을 당부했던 뇌우현을 비롯한 지옥벌의 고수들은 아직 싸움에 참여하고 있지 않았다. 다만 주변을 포위하고 싸움의 양상을 살피고 있을 뿐이었다. 냉악의 당부가 있었음에도 합공을 하기엔 도저히 자존심이 허락지 않았기 때문이다.

'멍청한 인간들 같으니! 그리 말을 했건만!'

더 이상 강요하기도 무리라고 생각한 냉악이 고개를 흔들고 소문에게 다가갈 때였다. 지금껏 피하기만 했던 소문이 장내가 떠나가라 크게 웃음 지었다.

"하하하핫! 혹시나 했더니 역시 별 볼일 없는 괴물이었군. 그래도 독은 여전히 지독하구나."

독기로 인해 녹아내린 자신의 옷소매를 바라보며 혀를 내두른 소문이 다시 말을 이었다.

"지난번 독혈인과 싸우면서 뼈저리게 배운 교훈이 뭔지 아는가? 그것은 편한 길을 두고 괜스레 힘든 길로 가지 말라는 것이지. 그 말이 무슨 뜻인지 이제 가르쳐 주마!"

소문이 말을 마쳤을 땐 이미 그의 신형이 독혈인으로부터 십여 장이나 떨어진 상태였다. 그리고 서서히 철궁의 시위를 겨누고 있었다.

"아뿔싸!"

소문의 신형이 뒤로 움직이는 순간부터 냉악은 뭔가 일이 잘못되어

가고 있다는 것을 알 수 있었다. 소문의 경공이 어떠하다는 것은 벌써부터 경험한 터, 더구나 소문과 비무를 벌였던 궁왕이 우스갯소리로 한 말이 떠올랐다.

"헛헛! 그가 마음먹고 화살을 날린다면 무림에서 그를 당할 자가 몇이나 있을 것인가? 그의 경공을 따라잡지 못하는 한 아무리 용을 써봐도 그림자도 밟지 못할 것인데 말이지……."

주변에 있던 몇몇은 그러려니 하고 넘어갔지만 소문과 한 번이라도 손속을 겨누었던 사람들은 절대로 웃어넘기지 못했다. 가공할 정도의 속도를 자랑하는 그의 경공 실력을 너무나 잘 알고 있었기 때문이다.

'그랬기에 마음 놓고 물러서지 못하게 합공을 하라고 한 것인데……'

설마 소문이 뒤로 도망갈 줄은 예상도 못했다는 듯 황당해하는 지옥벌의 수뇌들을 바라보며 입술을 지그시 깨문 냉악이 서둘러 다가갔다. 하나 그가 몸을 움직이기도 전에 비극은 시작되었다.

퍽!

"꾸에엑!"

묘한 격타음과 함께 미처 대비하지 못한 독혈인이 거친 울부짖음과 함께 그대로 나가떨어졌다. 그런 독혈인의 가슴엔 커다란 구멍이 생겨났다. 정확하게 심장을 꿰뚫었는지 붉은 피가 금방 주변을 물들였다.

"흠, 독혈인도 비명을 지를 줄 알았던가. 내가 알기론 정신이 없어 고통을 느끼지 못할 뿐더러 아무런 말도 하지 못하는 것으로 알고 있는데… 더구나 붉은 피까지."

가슴을 관통당한 독혈인이 비명을 지르며 고통스러워하자 사뭇 의아하다는 듯 중얼거린 소문은 확실히 목숨을 끊으려는 듯 재차 무영시를 날렸다. 하나 독혈인들도 당하고만 있지는 않았다. 동료에게 날아가는 한 구의 독혈인이 무영시를 재빨리 막음과 동시에 나머지 독혈인이 소문을 향해 달려들었다.

"호! 정신도 없는 것들이 제법이로군. 하나 과연 막을 수 있을까?"

감탄을 하는 소문의 시선은 독혈인이 아니라 그 독혈인을 움직이고 있는 봉천을 향하고 있었다. 그리고 나머지 독혈인이 달려들었을 땐 소문의 신형은 벌써 좌측으로 이동하고 있었다. 소문은 빠르게 이동을 하면서도 순간적으로 또 한 번 활시위를 당기고 있었다.

퉁!

시위를 퉁기는 소리는 들렸지만 날아가는 화살의 모습은커녕 바람을 가르는 화살의 특유의 파공성 또한 들리지 않았다. 하나 천천히 몸을 일으키고 있는 독혈인의 앞에 서 있던 독혈인은 벌써부터 두 손을 들고 있었다. 의식이 없이 본능에만 의지하기에 어쩌면 제정신의 사람들보다 형체도 소리도 없이 날아오는 무영시를 보다 잘 파악할 수 있었을지도 몰랐다. 그러나 본능은 뛰어날지 모르지만 같은 수준의 고수들과 비교해 보았을 때 판단력이나 순발력은 현저히 떨어졌다. 그 단적인 예로 정확하게 날아오던 무영시가 갑자기 방향을 바꾸어 날아가자 미처 대비를 하지 못한 독혈인의 두 손은 화살의 방향을 잡지 못해 그저 허공만을 가르고 말았다.

픽!

이번엔 비명도 없었다. 간신히 몸을 추스르고 있던 독혈인의 이마에

명중한 무영시는 독혈인이 미처 소리도 지르기 전에 머리를 흔적도 없이 날려 버렸다.

"이기어시라는 것이다."

쫓아오는 독혈인을 피해 또다시 뒤로 물러난 소문이 조용히 내뱉었다.

"이, 이것이……!"

뇌우현을 비롯한 지옥벌의 수뇌들은 순식간에 벌어진 상황에 넋을 잃고 말았다.

"지금이라도 합공을 해야 합니다! 잡을 수 있을지는 모르겠지만 이대로 놔두면 독혈인은 모조리 파괴되고 맙니다!"

"냉 대주! 난 이해가 가지 않소. 어찌 독혈인이 저리 쉽게 파괴된단 말이오! 일전에 싸울 때는 정도맹에서도 제법 한다 하는 고수들의 검기에도 상처를 입기는 했지만 그다지 문제되지 않았소. 그런데 어찌 한 번의 공격에 제대로 움직이지 못할 뿐더러 종내에는 파괴되고 마니 이것을 어찌 이해해야 할지……."

뇌우현은 붉게 상기된 시선으로 냉악을 바라보며 도무지 이해가 가지 않는다는 듯 물었다.

"당연한 것입니다. 궁귀라는 명성을 생각해 보십시오. 저자가 기를 이용해 쏘는 화살의 위력은 실로 막강합니다. 저들이 쓰는 검기가 어린아이가 내지르는 주먹이라면 화살이 지닌 위력은 어른이 발길질을 하는 위력이라 보시면 정확할 것입니다. 그러니 제아무리 독혈인이라도 완벽하지 못한 이상 견디어내지 못하는 것입니다. 저들이 자랑하는 독은 이런 상황에선 아무런 도움이 되지 못합니다. 독이라는 것도 어느 정도 상대가 근접해 있어야 효과를 발휘하는 법입니다. 하지만 저리 떨어져 있으니… 이러고 있을 것이 아닙니다. 한시라도 빨리 막아야 합니다."

냉악의 설명은 정확한 것이었다. 완전한 신체를 지니지 못한 독혈인은 소문이 아니라 목인영이나 기타 정도맹의 수뇌들 정도의 실력이면 막지 못할 것은 아니었다. 다만 전신에서 뿜어져 나오는 극독으로 인해 접근이 용이하지 못했고 또한 상처를 입어도 좀처럼 물러서지 않는 독혈인의 저돌성에 막혀 제대로 손을 쓰지 못한 것이었다. 그런데 소문은 아예 독혈인의 접근을 허용하지 않음은 물론이고 일반 검기보다 훨씬 강맹한 화살을 날려대니 독혈인은 속수무책을 당할 수밖에 없는 상황이었다.

뇌우현과 말을 하는 동안에도 또 한 구의 독혈인이 허무히 쓰러지는 것을 바라본 냉악은 더 이상 머뭇거릴 수가 없었다. 지금껏 가슴에 품고 있던 도를 고쳐 잡고 소문을 향해 달려들었다.

'허! 명불허전! 궁귀라는 이름이 어찌하여 중원을 진동시키는지 알겠구나!'

궁귀라는 말을 잠시 곱씹어보던 뇌우현이 주변의 노인들에게 말을 했다.

"안 되겠네. 지금은 자존심을 내세울 때가 아닌 듯하네. 우리도 돕도록 하세나."

겨우 한 사람을 상대하는 데 합공은 절대로 있을 수 없다고 여기던 뇌우현의 입에서도 명이 떨어졌다. 뇌우현의 말에 가장 먼저 움직인 것은 철관음 여희였다. 그 뒤를 이어 지옥벌의 장로들이 줄줄이 몸을 날렸다.

"이것으로 네 번째!"

이리 뛰고 저리 뛰며 독혈인을 향해 집중적으로 무영시를 날리던 소문이 혹시나 하는 마음으로 봉천에게 날렸던 한 발의 무영시가 가져온 성과는 상당했다. 안 그래도 정신없이 피리를 불며 독혈인을 조종하던 봉천은 갑자기 날아오는 화살에 미처 몸을 가누지 못하고 큰 부상을 당하고 말았다. 간신히 목숨을 구하기는 했지만 언제 어디서 화살이 날아올지 몰라 전처럼 마음을 놓을 수 있는 상태가 되지 못했다. 자연 독혈인의 움직임에도 문제가 오기 시작했다. 그 틈을 이용해 손쉽게 또 한 구의 독혈인을 파괴한 소문은 여유가 넘치다 못해 흐르고 있었다.

"그러고 보면 사천에선 내가 얼마나 멍청했는지……."

자신이 날린 무영시의 위력에 내심 흡족해한 소문은 지난 사천에서의 싸움을 잠시 상기하며 쓴웃음을 짓고 말았다. 할아버지의 말대로 그때 자신이 좀 더 현명했다면, 독혈인과 치고 받으며 싸우다 무공을 잃지만 않았다면 그 고생을 하지도 않았을 것이고 면피도 죽지 않았을 것이라는 생각이 들었다.

'하하! 그러면 청하도 만나지 못했을까?'

생각이 여기에 미치자 소문은 어색한 웃음을 지었다. 하지만 너무 손쉽게 독혈인을 파괴한 나머지 소문이 미처 생각하지 못한 것이 있었다. 그것은 그 당시 사천에서 만난 독혈인은 웬만한 검기는 물론이고 무영시로도 파괴가 힘들 정도로 강했다는 것이었다.

그때였다. 여유롭게 화살을 날리던 소문이 좌측에서 느껴지는 서늘한 기운에 깜짝 놀라 고개를 돌렸다.

"흥! 오랜만에 만났는데 너무 매정한 듯하오이다."

"누가 할 소리! 본 궁이 애지중지하는 독혈인을 저리 만들어놓고 무

슨 할 말이 있는 것이냐!'

소문이 잠시 방심한 틈을 타 오 장여까지 접근한 냉악의 얼굴에는 싸늘한 서리가 내려앉아 있었다.

"받아랏!'

오 장이라는 거리가 고수들에겐 얼마나 가까운 거리인지를 알려주려는 듯 한 번의 도약으로 소문이 서 있던 자리에 이른 냉악은 혼신의 힘을 다해 도를 휘둘렀다. 우두커니 바라보는 소문의 몸이 둘로 갈라지는 듯했다. 하나 냉악이 가른 것은 소문의 그림자일 뿐이었다. 냉악의 움직임이 빨랐다면 소문의 신형은 그보다 더 빨랐다. 어느 틈에 냉악이 다가온 거리만큼 뒤로 물러난 소문은 무척이나 한가한 모습으로 서 있었다.

"너무 그렇게 몰아붙이지 마시구려."

"이형환위(以形換位)!!'

냉악은 자신도 모르게 소리를 질렀다.

"이형환위는 무슨……. 그것이 뭔지는 모르지만 출행랑을 그런 것에 비교하지 마시오. 그리고 그다지 빠르게 움직이지도 않았는데 그리 감탄을 하면 내가 더 무안해지지… 웃!'

소문의 말을 더 이상 이어지지 못했다. 냉악을 따라 몸을 움직인 지옥벌의 고수들이 좌우사방에서 공격을 했기 때문이었다.

'이크! 아주 작정을 했군. 그런데…….'

묵직한 압력을 가미하며 밀려오는 뭇 고수들을 차분히 바라보던 소문의 눈가에 이채가 띠어졌다. 자신의 공격에 부상을 당했던 봉천이 마침내 몸을 가누지 못하고 쓰러지는 것이 눈에 들어왔기 때문이다.

"이런!'

다급해진 소문은 최대한의 속도로 앞으로 전진했다.

"헉! 이런 살기가!"

정면에서 공격을 하던 뇌우현은 도저히 인간의 움직임이라 볼 수 없는 속도로 다가오는 소문을 바라보며 급히 검을 들었다. 특히나 신형에 앞서 자신의 피부에 와 닿은 살기는 지금껏 경험해 보지 못한 끔찍한 것이었다. 하나 그런 그의 행동은 아무런 의미도 없는 것이었다.

"하압!"

뇌우현과 마주치기 바로 직전에 다가오던 속도와 마찬가지로 뒤로 물러난 소문은 뒤에서 다가오던 철관음 여희의 가슴을 순간적으로 파고들며 들고 있던 철궁을 휘둘렀다.

"크악!"

다급한 마음에 손을 들어 막기는 했지만 철궁에 실린 힘은 결코 만만한 것이 아니었다. 처절한 비명과 함께 오랜 단련으로 거의 금강불괴의 수준에 오른 그녀의 양손은 그대로 부러지고 말았다. 단 한 번의 충돌로 낭패를 당한 여희는 아득한 심정으로 소문을 바라보았다. 죽음을 각오한 눈이었다. 그런데 그녀를 공격했던 소문의 신형은 벌써 보이지 않았다. 소문이 애초에 그녀를 어찌하겠다고 마음먹은 것은 아니었다. 철궁에 되돌아오는 반탄력을 이용하여 또 한 번 도약한 소문은 멍청하게 서 있는 뇌우현의 키를 넘어 단번에 봉천에게 다가갔다.

뇌우현을 농락하고 흑도 최고의 여고수로 손꼽히는 철관음 여희의 두 손을 단번에 망가뜨린 이후, 다시 뇌우현의 키를 넘어 봉천에게까지 이른 일련의 과정에서 소문이 보여준 경공은 정녕 두 번 다시 찾아보기 힘든 멋진 신기(神技)였다. 물론 당하는 사람은 그렇지 않겠지만.

"대, 대단하다!"

뇌우현은 물론이고 냉악마저 입을 벌리고 우두커니 서 있었다.

"꺼져!"

봉천의 조종을 받지 않는 독혈인은 다른 사람에게는 모르나 소문에 겐 허수아비보다 못한 존재였다. 들고 있던 철궁을 이용해 그다지 힘도 들이지 않아 앞을 막고 있던 두 구의 독혈인을 삼 장 밖으로 날려보낸 소문은 간신히 고개를 들고 있는 봉천에게 다가갔다.

"기수곤은 어디 있소?"

"……."

봉천은 원독이 서린 눈으로 소문을 노려볼 뿐 입을 열지 않았다.

"나를 시험하지 마시오. 여기 있는 만독문도들의 목숨을 모조리 빼앗을 수도 있소."

순간 봉천의 두 눈이 흔들렸다.

"우리는… 정도맹의 적… 어차피… 네… 놈에게 죽을 것이 아니더냐!"

간신히 입을 열고 말을 하는 봉천의 얼굴은 고통으로 일그러졌다. 입에선 한줄기 선혈도 비치고 있었다.

"천만에! 뭔가 오해를 하고 있는 모양인데 난 정도맹과 패천궁의 싸움에 끼어들고 싶은 마음은 없소. 다만 기수곤을 원할 뿐이지."

잠시 말을 멈춘 소문이 고개를 돌렸다.

"그와 할 말이 있소. 해치지 않을 것이니 거기서 멈추는 것이 좋을 것이오."

놀란 정신을 수습하고 자신에게 다가오는 냉악과 뇌우현에게 조용히 경고한 소문은 힘겹게 숨을 몰아쉬고 있는 봉천의 곁으로 한 걸음 더 다가갔다.

"기수곤은 어디 있소? 그것만 말해 준다면 난 이대로 떠날 것이오. 만독문도들과 악연이 있기는 하지만 구태여 싸우고 싶은 마음은 없소. 하나 끝내 입을 다문다면 내 마음이 어찌 움직일지는 장담하지 못하오."

"……."

두 눈을 감고 있던 봉천은 쉽게 입을 열지 않았다. 소문은 조금의 미동도 없이 봉천의 대답을 기다렸다. 봉천의 감겨진 눈은 오랫동안 지속되지 않았다. 천천히 눈꺼풀을 밀어낸 봉천의 눈동자가 소문을 찾았다.

"정말… 문도… 들의 목숨을 보전… 해 줄 수 있느냐?"

"물론이오. 저들이 싸우려는 것을 말리진 못하겠지만 내가 손을 쓰는 일은 없을 것이오."

소문은 지체없이 대답을 했다.

"좋다. 네가 그리 찾지 않아도 문주님은 어차피 네놈 앞에 나타나실 것이다. 하니 미리 말을 한다 해도 달라지는 것은 없겠지. 문주님은 패천궁의 강남 총타에 계신다. 아직 연공이 끝나시지는 않았겠지만 조만간 모든 준비를 마치실 것이다. 문주님을 찾아가려느냐?"

'회광반조?'

너무나 익숙한 봉천의 반응, 형조문이 그랬다. 자신의 품에서 죽어간 형조문의 모습이 봉천의 얼굴로 겹쳐졌다.

"크크크! 네놈은 곧 알게 될 것이다. 어째서 만독문이 독술이 천하제일인지. 왜 독혈인이 무적으로 군림했는지 문주님께서 친히 알려주실 것이다. 그때가 네놈이 세상을 하직하는 날이 될 것이다. 크하하하!"

두 눈을 부릅뜨고 광소를 터뜨리던 봉천의 눈동자가 급격하게 흔들렸다.

"야… 약속은… 지키리… 라… 믿… 는다……."

소문은 고개를 끄덕였다.

"좋… 아……."

그 말을 끝으로 봉천의 말은 더 이상 이어가지 못했다. 결국 만독문의 재건을 위해 동분서주하던 봉천은 그렇게 목숨을 잃고 말았다. 그나마 나머지 문도들의 생명을 보장받았다는 안도감에서였을까? 생기가 사라진 그의 안색은 평온하기만 했다.

봉천의 죽음을 확인한 소문은 천천히 몸을 일으켰다.

"강남 총타라… 이것을 우연이라고 해야 하는 것인가?"

정도맹의 정예가 강남 총타를 치기 위해 이동 중이고 곽검명과 단견 등의 안위를 걱정한 소문의 다음 행선지가 바로 그곳이었다. 그런데 봉천의 말에 의하면 기수곤도 바로 그곳에 있다고 하지 않는가?

"어쩌면 백일이라는 시간이 무척이나 긴 시간이 될 것 같군."

주변에선 한참 치열한 싸움이 전개되고 있었지만 기수곤이 이곳에 없다는 것을 안 이상 소문에게 별다른 감흥을 주지 못했다. 몸을 돌린 소문은 조용히 장내를 빠져나가려 하였다. 하나 모든 일이 소문의 바램대로 풀리지는 않았다.

"어디를 가려 하느냐?"

자리를 떠나려는 소문의 앞을 가로막은 것은 흔들렸던 평정심을 회복한 뇌우현이었다. 고수와의 싸움은 사소한 것에서부터 생과 사가 좌우되는 법이었다. 소문과의 싸움에서 지나치게 흥분했다는 것을 의식한 뇌우현은 차분히 마음을 가라앉혔다.

"만독문과 나와의 악연은 잘 아시지 않소? 이쯤에서 끝냈으면 좋겠소이다."

뇌우현의 곁으로 걸어오는 냉악을 바라보며 대꾸를 한 소문은 그러나 조금의 긴장도 풀지 않고 있었다. 벌써 좌우에서 포위하여 들어오는 고수들의 모습이 눈에 들어왔기 때문이다.

"만독문은 이미 패천궁과 하나다. 또한 이대로 덮어두기엔 우리가 입은 피해가 너무 크지."

"자존심도!"

뇌우현이 냉악의 말을 거들었다.

"그래서… 나와 싸우겠다는 말씀이오? 내가 그리 간단히 내 목숨을 내놓을 것이라 보시오?"

"물론 쉽지는 않겠지. 그렇다고 이대로 보낼 수야 없는 노릇이다. 준비를 하도록!"

냉악은 더 이상의 대화는 무의미하다는 듯 도를 곧추세웠다.

[거리를 벗어나면 잡기가 힘듭니다. 절대로 포위망을 빠져나가게 해서는 안 될 것입니다.]

[알고 있네. 이미 단단히 준비를 시켰네. 그러나 과연 잘될는지 자신은 없네.]

[그래도 최선을 다해야겠지요. 그럼 먼저 가겠습니다.]

[그러지.]

슬쩍 고개를 돌려 전음을 주고받은 냉악과 뇌우현은 거의 동시에 몸을 날렸다.

"하앗!"

"죽어라!"

둘의 공격이 신호인 양 사방에서 일시에 공격이 시작되었다. 누가 보더라도 빠져나갈 구멍이 보이지 않는 소문의 위기였다. 그러나 그렇게 생각하는 것은 공격을 하는 자들이나 그들을 살피던 주변 사람들의 생각일 뿐 소문의 생각은 전혀 그렇지 않았다. 자신에게 다가오는 공격을 바라보는 소문은 조금의 동요도 두려움도 보이지 않았다. 차갑게 가라앉은 두 눈은 모든 공격을 냉정하게 직시하고 있었다. 그러나 그들의 공세는 순식간에 멈추어졌다.

"흥! 창피를 모르는 인간들이 아닌가! 소위 고수들이라는 자들이 어찌 다수의 힘으로 한 사람을 핍박하려는 것인가?"

소문이 움직이기도 전에 분노를 터뜨린 것은 패천궁의 무인들과 치열한 싸움을 하고 있는 제자들을 격려하며 잠시 휴식을 취하던 정도맹의 고수들이었다. 안 그래도 독혈인을 앞세우고 여유로이 싸움을 지켜보던 냉악 등의 태도에 분통을 터뜨리고 있었던 그들인지라 독혈인이 없어진 이상 거리낄 것은 아무것도 없었다.

가장 먼저 달려온 팽가의 가주 팽언문이 같은 도를 쓰는 냉악에게 달려들었고 뒤이어 도착한 공동파의 장로 멸각(滅殼) 진인과 당문영 또한 각각 자신의 상대를 골라 공격을 시작했다. 다만 박빙(薄氷)의 싸움을 하고 있는 병력을 지휘하느라 운상 진인과 황보세가의 가주는 싸움에 뛰어들지 못했고 물론 목인영이 소문을 도와주러 달려오는 일도 일어나지 않았다.

'호오~ 일이 한결 수월해지겠는데.'

팽언문 등의 도움이 없어도 절체절명의 위기에 빠지기는커녕 포위망을 풀고 빠져나갈 자신이 있던 소문이었지만 의외의 도움을 받아 순식간에 자신을 에워싸고 있던 포위망이 풀리자 약간은 허탈한 표정을 지었다. 이상한 형태로 잡고 있던 철궁을 다시 고쳐 잡은 소문이 여전히 자신을 노려보고 있는 뇌우현을 물끄러미 쳐다보았다.

"그래도 해보시겠소?"

"흥! 물론이지."

뇌우현이 노성을 터뜨렸다.

"흠, 말리지는 않겠지만 힘들 것이외다."

"네 실력은 인정한다만 길고 짧은 것은 대봐야 아는 법! 승리를 너무 과신하지는 말아라. 그럼 간다."

뇌우현은 이번 일전에 자신이 평생에 걸쳐 이룩한 명성에 중대한 분수령이 될 것이라는 것을 느끼고 있었다. 내딛는 발걸음 하나 움직이는 손동작 하나에 혼신의 힘을 쏟아 부었다. 자연 그의 검에서 쏟아져 나오는 기세는 좌중을 쓸어갈 정도로 강력했다.

"쯧쯧, 고집 하고는……."

이미 자신의 최대 장점이 무엇인지 잘 알고 있는 소문은 덤벼드는 뇌우현과 직접적으로 맞부딪치지 않았다. 물론 그의 기세가 아무리 강맹하다 하더라도 자신을 위협할 정도는 아니라는 것을 알고 있었지만 굳이 그러고 싶은 마음이 들지 않았다. 슬쩍 몸을 돌려 피한 그는 점차 거리를 벌렸다.

"너도 무인이라면 피하지 말고 덤벼랏!"

한번 거리가 벌어지면 혼자서는 절대로 따라잡을 수 없다는 것을 알고 있는 뇌우현이 크게 소리를 질렀는데 그 속에는 분노와 함께 뭔가 절박한 기운이 감돌기까지 했다.

"무인이라… 원래 궁이라는 것이 접근전에서 쓰는 것이 아니지 않소. 하나 그렇게까지 말한다니… 좋소. 난 이 자리에서 한 발짝도 움직이지 않을 것이니 마음 놓고 공격해 보시오. 그러나! 조.심.해야 할 것이오!"

갑자기 발걸음을 멈춘 소문이 한 자 한 자 힘을 주어 말을 하였다.

"이놈!!"

움직이지 않겠다니? 평생 이렇게 무시를 당한 적이 있던가! 발작적으로 몸을 날린 뇌우현의 얼굴에서 무시무시한 살기가 느껴졌다. 그 살기가 바탕이 된 검기가 소문에게 쏘아져 갔다. 그러나 뇌우현의 공격이 미처 소문에 접근하기도 전에 소문의 무영시가 뇌우현의 가슴팍을 노리고 접근하였다.

"헛!"

벌써 몇 번이나 보아온 무영시였다. 아무리 흥분을 하고 분노에 휩싸였어도 싸움에 임해서 조심하지 않을 수는 없었다. 순식간에 거리를 좁히고 날아온 무영시에 절로 외마디 비명을 지른 뇌우현은 들고 있는 검을 이용하여 무영시를 막아갔다.

파앙!

뇌우현의 검은 분명 허공을 갈랐지만 아무것도 보이지 않는 허공 속의 어떤 힘은 뇌우현의 가슴을 단번에 진탕시키기에 조금도 손색이 없었다. 충돌의 여파로 인해 생긴 서늘한 기운이 자신의 귀밑을 스쳐 지나가자 그제야 상황을 이해한 뇌우현의 얼굴 표정이 무척이나 심각해졌다.

'보는 것과 막상 경험해 보는 것이 이리 차이가 있을 줄이야! 위력이 있다고는 생각했지만 설마 이 정도일 줄이야! 자칫 하다가는 명년(明年)의 오늘이 내 제삿날이 될지도 모르겠구나.'

그러나 그의 생각은 더 이상 이어지지 않았다. 한 번 기회를 잡으면 절대로 놓치지 않는 것이 싸움의 기본이었다. 첫 발은 막아내었지만 그 뒤를 잇는 소문의 공격은 실로 간단치 않는 것이었다.

무서운 기세로 자신을 노리고 날아오는 기의 화살! 미처 당도하기도 전에 또 하나의 기운이 뒤를 이어 따라오고 있었다. 이래서는 정녕 곤란했다. 처음 한두 번이야 막아낼 수 있었지만 검기를 저처럼 연속적으로 발출할 수는 없는 법. 끊임없이 날아오는 공격을 무슨 수로 막는단 말인가!

좌우와 공중을 완벽하게 차단한 소문의 공세, 오직 비어 있는 곳은 허리 아래의 공간뿐이었다.

"놈! 나에게 수치를 강요하려는 것이냐!"

허리 아래의 공간! 그 정도의 공간을 효과적으로 빠져나갈 방법은 오직 하나뿐이었다. 그랬다. 소문은 지금 뇌우현으로 하여금 나려타곤을 펼치라 핍박하는 중이었다.

"죽으면 죽었지 그렇게는 못한다!"

벌써 수발의 무영시를 막은 뇌우현의 검은 드문드문 이가 빠져 있었고 손잡이를 잡고 있는 손에선 피가 흐르고 있었다. 또한 입에서도 상당한 양의 피를 흘리고 있는 것을 보아 심각한 내상을 입었음이 틀림없었다.

파파팡! 퍽!

"크아악!"

불에 덴 듯한 충격! 마침내 오른쪽 가슴에 한 발의 무영시를 허락한 뇌우현의 신형이 급격히 무너져 내렸다.

"헉!"

거의 동시에 허벅지를 꿰뚫은 무영시는 더 이상 뇌우현의 반발을 용납하지 않았다.

"끝난 것 같소이다."

"……."

고통을 참고 있는 뇌우현은 고개를 숙이고 입을 열지 않았다. 단 한 발로 독혈인을 날려 버린 위력을 지닌 무영시였다. 그런 무영시를 맞고도 살아 있다는 것은 무엇을 의미하는가! 소문이 손속에 인정을 담았다는 것을 알게 된 순간 지금까지 자신을 지탱했던 모든 자부심과 신념들이 한꺼번에 무너져 내림을 느낄 수 있었다.

"졌다. 죽여라!"

들고 있던 검을 땅에 박으며 힘겹게 몸을 일으킨 뇌우현. 비록 패배는 했지만 구차하진 않았다. 흔들리는 몸을 바로 세운 그는 패배를 자인하고 목숨을 내놓았다. 그런 뇌우현을 바라보는 소문의 얼굴엔 감탄 어린 표정이 떠올랐다.

"비무를 한 것이외다. 이미 우위를 확인했는데 목숨을 빼앗을 필요가 있겠소이까?"

"비무라… 하하핫! 어쩌다 내가 적의 동정을 사게 되었는가!"

가슴을 부여잡은 뇌우현이 고개를 쳐들고 광소를 터뜨렸다. 공허한 웃음소리에서 그의 충격이 얼마나 컸는지 새삼 알 수 있었다.

"후~"

이럴 때 자신이 무슨 말을 한다면 그건 오히려 뇌우현을 기만하는 것이라 생각한 소문이 한숨을 내쉬며 몸을 돌렸다. 또 다른 적이 이미 접근했다는 것을 알고 있었기 때문이다.

'역시 이들이었군.'

몸을 돌린 소문이 마주하게 된 인물들은 둘이었다. 처음 이곳에 왔을 때 느꼈던 기운. 싸움과는 상관없다는 듯 한가로이 서 있던 두 명의 노인에게서 풍기는 기운이 이곳에 있는 다른 누구보다 위험하다는 것을 본능적으로 느끼고 있던 소문은 이미 예상했다는 듯 고개를 끄덕였다.

"나서실 줄 알았습니다."

소문의 태도와 말투가 몹시 정중해졌다.

"호~ 자네도 우리를 의식하고 있었나? 그것 보게. 이 친구는 알고 있을 것이라 하지 않았는가?"

두 명의 노인 중 키가 크고 몸이 마른 노인이 입가에 미소를 지으며 옆의 동료를 바라보았다.

"홍! 재수도 없군. 그래, 네놈이 궁귀라는 놈이냐?"

'네놈? 이 괴물 같은 노인네가!'

오 척이 될까 한 단구의 노인. 키에 비해 몸에 붙은 살이 심각할 정도로 비대한 노인이었다. 얼굴과 목의 구분이 가지 않았고 만삭의 여인보다 더 불러온 배는 보는 사람들로 하여금 혐오감을 느끼게 할 정도였다. 그럼에도 체구에 어울리지 않는 작은 옷을 입고 온갖 장신구로 몸을 치장한 것이 마치 토실토실 살찐 돼지를 꾸며놓으려다 실패한 듯 해괴한 것이었다. 결국 잠시 동안 노인의 모습을 살펴본 소문이 내린 최종 결론은 간단했다.

'틀림없이 정신 상태가 이상한 노인이군!'

"험험! 자네는 무슨 말을 그리 험하게 하는 것인가? 비록 내기에 졌다지만 그리 말을 할 것은 없지 않나?"

깨끗한 백의를 입은 학자풍의 노인이 옆의 동료를 점잖게 나무랐다. 나이가 많이 들었지만 젊은 사람 못지않게 건강한 피부를 지니고 있는 노인은 젊어서 꽤나 인물이 좋았을 듯한 인상을 지니고 있었다.

"미안하네. 이 친구가 입이 좀 걸걸하니 자네가 이해를 하게."

"아닙니다. 사과까지 하실 필요는 없습니다."

정말 비교되는 노인들이란 생각을 한 소문이 공손하게 대답을 했다.

"후~ 그나저나 실력은 잘 봤네. 자네가 요즘 명성을 날리고 있는 궁귀 을지소문이었군. 정말 대단했네."

인상 좋은 노인이 진정 감탄했다는 듯 가볍게 손가락을 치켜 올리자 이를 지켜보던 또 다른 노인이 코웃음을 쳤다.

"흥! 실력은 무슨! 그까짓 잔재주야 누구나 부리는 것. 나에게 걸리면 어림도 없지. 못 믿겠느냐? 그럼 어디 덤벼보거라. 당장에 네놈의 목숨을 끊어놓아 주마."

소문은 아무런 말도 하지 않지만 혼자서 흥분한 노인은 금방 달려들듯 자세를 잡았다.

"그만 하게. 이 친구와는 어차피 싸워야 하네. 그리고 잔재주라는 말이 어디 가당키나 한가? 자네 또한 조금 전만 하더라도 혀를 내두르며 감탄하지 않았는가?"

"그, 그건……."

대답이 궁색해진 노인이 뭐라 말을 하려 했지만 노인의 시선은 벌써 소문에게 향해져 있었다.

"이 친구 말이 지나치기는 했지만 일이 이쯤 되었으니 어차피 한번은 겨루어야 하지 않겠는가? 우리들 또한 세력 다툼에는 그다지 관심은 없지만 기왕 흑도를 돕기 위해 강호에 출도한 것, 돕기는 해야 하는 입장이네."

"서로의 입장이 그런 것은 어쩔 수 없지요. 하지만 저는 이번 싸움에 관여하고 싶은 생각이 없습니다. 만독문과도 개인적 원한이 있어서 그리되었을 뿐 어느 한쪽을 돕기 위함이 아니었습니다. 더구나 어르신 들과 손속을 겨루고 싶은 마음이 일지 않으니 제게 양보를 해주시지 요."

뇌우현과도 그러했지만 소문은 별로 싸우고 싶은 마음이 없었다. 그 저 하루라도 빨리 모든 일을 해결하고 고향으로 돌아가고 싶을 뿐이었 다. 괜한 사건에 얽매여 시간을 허비하다 보면 발걸음이 하염없이 지 체될 수도 있기 때문이었다.

"그럴 수는 없다. 네놈이 엄연히 우리를 공격했거늘 그냥 물러가게 놔두라고? 그게 어디 말이나 되느냐? 정녕 싸움을 하고 싶지 않다면 어 깨 위의 물건을 내려놓고 가거라!"

"미안하군. 어쩔 수 없네. 사실 자네가 더 이상 싸우고 싶지 않고 이 일에도 개입을 하지 않는다고 했으니 우리가 싸워야 할 이유는 없지만 그것이 아니더라도 나나 이 친구는 자네를 그냥 보낼 수 없다네."

괴상한 노인의 말은 말 같지가 않아서 그냥 흘려보냈지만 백의의 노 인마저 거들고 나서자 소문 또한 가만히 있을 수는 없었다.

"만독문을 공격했기 때문입니까?"

소문이 질문을 했다.

"아니네. 난 저따위 괴물들이 설치는 것을 가히 좋아하지 않는 사람 이네."

"그럼 무엇 때문에……?"

노인의 말을 들어보면 싸울 이유가 없었다. 의아한 듯 반문을 한 소 문에게 노인은 너무나 당연한 듯 대답을 했다.

"자네가 강자이기 때문이지. 애초에 우리가 은거를 깨고 강호에 나온 것도 강자와 마음껏 상대하게 해주겠다는 패천궁의 제의가 있었기 때문이네. 명예? 지위? 힘 따위는 다 개에게나 줘버리라지. 우리가 원하는 것은 그것이 아니네. 우리에겐 그동안 우리가 익히 무공을 시험할 상대가 필요하네. 그것 아나? 강자가 되면 고독하다는 것을. 아무리 무공을 익히면 뭣 하는가? 그 무공을 알아줄 사람이 없으면 아무 짝에도 쓸모없는 것인데. 자네가 보기엔 어떤지 몰라도 우리는 나름대로 한 경지를 이루었다고 자부하는 사람들이네. 그럼에도 오랜 시간 동안 보다 높은 성취를 위해 은거를 한 것이지. 그리고 오랜만에 발을 들여놓은 강호에서 전율이 일어날 정도로 강한 자네를 보게 되었네. 더구나 사용하는 무공이 우리에게 뼈아픈 패배를 안겨준 한 인물을 생각나게 하는군. 그러니 우리의 마음이 어떠하겠는가? 그러니 힘들더라도 상대를 해주게나. 저들을 상대하느라 지쳤다면 잠시 운공할 시간을 주도록 하겠네."

노인의 태도는 참으로 진지했다. 그렇게 괄괄하던 단구의 노인도 잠시 입을 다물고 있는 것을 보아 그 노인과 별반 다르지 않은 모양이었다.

'미치겠구나! 그놈의 호승심!! 내가 만나는 노인들은 왜 하나같이 이런 사람들인가? 구양 노인도, 궁왕도, 심지어 소림의 노스님도 그러시더니만……'

도저히 벗어날 길이 없음을 인식한 소문은 더 이상 물러서는 것이 예의가 아니라고 생각했다. 미친 듯이 강자를 쫓는 무인들의 속성이 어떤지 이제는 어렴풋이 파악을 했기 때문이다.

"후~ 그렇게까지 말씀을 하시니 어쩔 수가 없지요. 준비를 하겠습니다."

"고맙네. 그럼 바로 시작을 하도록 하지. 부끄러운 말이지만 자네는 우리 둘을 상대해야 할 것이네. 한날한시에 한 사내에게 무릎을 꿇은 뒤 그를 꺾기 위해 함께 무공을 익혔네. 생각해 보면 조금 비겁한 행동일지는 몰라도 벌써 수십 년이 흐르니 따로 공격을 하고 수비를 한다는 것이 영 어색해서 말이네. 이해해 주게."

약간은 부끄러웠는지 노인의 얼굴에 붉은빛이 감돌았다.

"알겠습니다. 그렇게 하시지요."

소문은 담담히 대답을 하고 자세를 취했다. 말은 그리했지만 내심은 결코 담담할 수가 없었다. 전해오는 기운을 감안했을 때 노인 개개인이 지닌 기도는 냉악이나 뇌우현을 능가하고도 남음이 있었다. 그런 사람들이 수십 년을 함께 무공을 익혔다니 그 합격술이 얼마나 가공할지 미루어 짐작할 수 있었다.

'자칫 방심을 하다가는 큰 낭패를 볼 수도 있겠구나! 조심해야겠다.'

소문의 전신에서 팽팽한 긴장감이 흘렀다. 그리고 싸움은 시작되었다.

"이런, 내 정신 좀 보게. 우리 소개를 잊었군. 나는 유성혼(流星魂) 강무(姜武)라 하고 이 친구는 무적부(無敵斧) 박옹(膊翁)이라 하네. 그다지 알려진 이름도 아니고 오래된 이름이라 잘 알지는 못할 것이네. 그럼 시작하세나."

자신들을 소개한 백의노인은 천천히 몸을 움직이며 소문과의 거리를 좁혔다. 그런데 그들이 지니고 있는 무기가 상당히 의외였다. 소문은 검성을 연상시키는 예기 하며 절도있는 몸가짐에서 강무라는 노인을 틀림없이 검의 고수라 생각했지만 그런 예상을 비웃기라도 하듯 노인은 은백색의 줄에 매달린 괴상한 쇳덩이를 꺼내 들더니 천천히 돌리기 시작했다.

횡! 횡!

바람을 가르며 공중을 선회하던 쇳덩이는 몇 번의 돌리지도 않았는데도 눈에 보이지 않을 정도로 빠르게 움직이고 그것에 의해 갈라지는 공기의 외침 또한 커져만 갔다.

'유성추(流星錘)인가?'

유성추가 아주 흔한 무기는 아니었지만 또 아주 찾아보기 힘든 무기는 아니었다. 어렸을 적엔 누구나 한두 번 정도는 다 가지고 논 경험이 있는 것이 유성추였다. 다만 검이나 도에 비해 다루기도 힘들었고 살상력도 떨어져서 무기로써의 효용성은 그다지 인정받지 못했다. 그런데도 노인이 유성추를 들고 있으니 이것은 무엇을 의미하는가?

언뜻 보기에도 노인이 지니고 있는 유성추는 뭔가 달랐다. 은백색의 줄도 그렇고 그 끝에 매달린 추도 심상치 않았다. 특히 왼쪽 팔에 친친 감긴 줄의 양을 보아 일반 유성추가 지니는 길이보다 훨씬 더 길 듯했다. 노인은 추에서 정확히 열 뼘 정도 떨어진 곳의 줄을 잡고 유성추를 움직이고 있었다.

'그나마 이쪽은 이해가 가는군.'

소문은 슬쩍 고개를 돌려 자신의 뒤에서 살기를 풀풀 내뿜는 박웅을 바라보며 내심 고소를 지었다. 박웅은 거의 자신의 키와 비슷한 큰 도끼[巨斧]를 들고 있었다. 손잡이는 그렇다 쳐도 날카로운 날이 거의 반이나 차지할 정도로 거대한 도끼였다. 빛깔 또한 거무튀튀한 것이 노인의 외양과 그럴듯하게 맞아떨어졌다.

'정말 잘 어울리는 무기로군.'

보면 볼수록 웃음이 터져 나왔다. 하지만 소문의 이런 여유는 오래 가지 못했다.

"하앗!"

힘찬 기합성과 함께 강무의 머리 위에서 빠르게 움직이고 있던 유성추가 소문에게 폭사되었다.

"헉!"

자신과 노인과의 거리가 무려 칠 장여. 비록 유성추의 사정거리가 제법 되는 것으로 알고는 있었지만 이 정도의 거리를 단숨에 건너뛸 줄은 몰랐던 소문의 입에선 절로 바람 소리가 새어 나왔다.

파악!

간발의 차이로 피한 소문의 다리 아래로 지나간 유성추, 끝에 달린 추는 주먹보다 작음에도 불구하고 그보다 몇 배는 됨 직한 큰 구멍을 만들어내며 땅에 박혔다. 아니, 박혔다는 것을 인식하게 되었을 땐 이미 강무의 손에 회수되어 처음과 마찬가지로 공중에서 돌고 있었다.

강무의 공격을 어찌 피하기는 하였지만 소문의 적은 강무뿐만이 아니었다. 소문이 놀란 틈을 타 어느새 이 장 가까이 접근한 박옹이 거대한 도끼를 들어 소문을 내려쳤다. 하나 크기만큼이나 무서운 파공성을 내며 소문에게 접근한 박옹의 도끼는 역시 허공을 가르고 말았다.

"쥐새끼 같은 놈!"

거친 숨을 내쉰 박옹은 끔찍할 정도로 비대한 몸과는 어울리지 않는 속도로 방향 전환을 하며 소문의 뒤를 쫓았다. 그러나 그가 아무리 빨리 움직여도 출행랑을 펼치는 소문을 잡기란 쉽지 않았다. 아차 하는 순간에 세상을 하직할 뻔한 소문은 지금 최선을 다해 출행랑을 시전하고 있었다. 이것은 박옹의 공격을 피하자는 의도도 있는 것이었지만 그것보다는 강무의 공격을 두려워했기 때문이었다.

강무의 유성추를 간신히 피하고 박옹의 도끼를 피하는 순간부터 소문의 수난은 시작되었다. 처음 공격을 실패한 강무는 소문의 주변을 돌며 연신 유성추를 날리고 있었다. 강무와 박옹이 앞뒤로 포위를 하여 공격하고 있었기에 소문이 움직일 수 있는 방향은 그리 많지 않았다. 더구나 소문을 추격하는 강무나 박옹의 경공이 실로 만만치 않았다.

아무리 출행랑이 천하제일의 경공법에 보법임을 자랑했지만 그에 못지 않은 보법도 있는 법이었다. 물론 출행랑을 능가하지는 못했지만 그 차이라는 것이 그다지 큰 것이 아니었다. 특히 강무의 보법이 그러했는데 마치 구름이 흘러가듯 유연히 움직이는 그의 신형은 소문에게 큰 압박감을 맛보게 해주었다.

그럼에도 출행랑의 위력을 알고 있는 소문은 이들을 충분히 따돌릴 수 있다는 자신감을 가지고 있었다. 하나 그런 믿음마저 흔들리게 되니 강무의 유성추는 그들과의 거리를 벌리려는 소문의 뒤를 집요하게 쫓아왔다. 길게는 무려 십여 장이나 되는 거리를 날아오는 유성추의 모습에 기가 질린 소문은 반격을 생각할 겨를이 없었다. 요리조리 몸을 트는 소문을 향해 뱀이 먹이에게 달려들듯 잠시의 여유도 주지 않고 쫓아오는 강무의 유성추는 하나의 무기가 아니라 마치 의식이 있는 생명체처럼 느껴지기도 하였다.

소문은 날아오는 유성추를 피하며 줄을 잡아챌 생각도 해보았으나 줄에 걸린 나무가 단번에 잘리는 믿을 수 없는 광경을 목도한 소문은 내밀었던 손을 재빨리 회수할 수밖에 없었다. 그렇다고 그렇게 도망만 다닐 수는 없는 법, 밀린다고 하여 마냥 도망만 다닌 것은 아니었다.

움직이는 속도가 약간은 떨어짐을 감수하며 연신 무영시를 날려댔지만 이미 무영시의 위력을 보았고 간파한 그들은 그다지 힘을 들이지 않고 피해냈다.

'젠장! 좋다.'

힘들게 날린 무영시가 번번이 목표를 빗나가자 이를 악문 소문은 궁여지책으로 강무에게 이기어시를 날렸다. 그러나,

"웃차!"

하는 함성과 함께 소문의 어깨를 스쳐 갔던 유성추가 어느새 강무의 곁으로 회수되어 동그란 원을 그리더니 날아오는 이기어시를 막아내는 것이 아닌가!

엄청난 충격이 일었지만 강무나 강무가 들고 있는 유성추엔 별다른 피해가 없는 모양이었다.

이기어시, 더구나 무영시를 통한 이기어시가 이렇게 실패한 적이 과연 있었던가? 순간 당황한 소문은 거의 극성으로 펼치던 출행량이 잠시 흐트러졌다. 그리고 줄기차게 쫓아다니던 박웅에게 기회를 주고 말았다.

"죽어라!"

휘융!

'위기다!'

상상할 수도 없는 압력과 밀려오는 박웅의 도끼! 더구나 자신의 퇴로를 차단하며 날아오는 유성추!

만약 몸을 물린다면 날아오는 유성추의 줄에 감겨 몸뚱이가 두 동강이 나고 말리라!

생각은 길지 않았다. 결국 소문은 철궁을 믿기로 했다. 날아오는 도

끼를 막기 위해 철궁을 들었다.

"감히!"

소문의 행동에 기도 안 찬다는 소리를 지른 박옹은 도끼에 온 힘을 실었다.

꽝!

"피해랏!"

그 옛날 폭약으로 일가를 이루었다는 벽력가(霹靂家)의 진천뢰(震天雷)의 소리가 이 정도였을까? 거대한 울림과 함께 주변을 휩쓰는 강기와 흙과 자갈의 공세에서 피하려고 하는 사람들의 움직임이 부산했다. 장내의 모든 싸움은 이미 중단되어 있었다. 소문과 이들의 싸움이 보기 힘들 정도로 대단했던 이유도 있었지만 또한 이들의 공세가 피아를 가리지 않고 마구 이어졌기 때문이었다. 박옹의 무시무시한 공세에 그가 움직이는 곳에 위치한 정도맹의 무인들은 물론이고 패천궁의 무인들 또한 목숨을 잃었으며 가뜩이나 날카로운 유성추에 목숨을 잃은 자들도 부지기수였다. 자연 싸움은 멈추어질 수밖에 없었다.

"크윽!"

그 소란을 뚫고 흐르는 신음 소리!

주변을 휘감고 치솟았던 흙먼지가 가라앉자 상황은 극명하게 드러났다. 삼 장 가까이 밀려난 박옹은 내상을 입었는지 가슴을 부여잡고 입에서 피를 흘리고 있었고, 위에서 내리꽂히는 도끼를 철궁을 들어 가까스로 막은 소문은 별다른 부상을 입지는 않았지만 다리가 무릎까지 땅에 박힌 채로 서 있었다. 무위공으로 인해 내공만큼은 그 누구도 따라올 수 없는 경지에 이르러 그토록 위력적이었던 박옹의 공격을 막아내고 그 반탄력으로 내상까지 입혔지만 상황은 소문에게 절대적으로 불리했다.

　퇴로를 막았던 유성추가 그 와중에도 흙먼지를 뚫고 소문을 재차 공격했고 발이 묶여 있어 미처 피할 방법이 없던 소문은 또다시 철궁을 들어 가슴을 노리고 들어오는 유성추를 막아갔다. 다행히 가슴을 보호할 수는 있었지만 철궁에 유성추의 줄이 감기는 것을 막지는 못했다.

　"대단하네. 공격을 막아낼 줄은 알았지만 자네는 멀쩡하고 오히려 저 친구만 내상을 입다니. 정말 감탄을 금치 못하겠네. 자네의 나이로 어찌 그리 엄청난 내공을 지니고 있다는 말인가? 그러고도 힘이 남았다는 말인가?"

　강무는 유성추의 줄을 타고 서서히 밀려오는 힘을 느끼곤 거듭 감탄했다. 그러나 소문은 감탄을 즐길 만큼의 여유가 없었다. 비록 박웅의 공세를 막고 내상까지 입히기는 했지만 그를 완전히 쓰러뜨린 것은 아니었다. 그 증거로 자신이 부상을 입었다는 것에 경악을 하며 잠시 멍하니 소문을 바라보던 박웅이 끈적한 살기를 내뿜으며 다가오고 있었기 때문이다.

　제대로 된 사냥꾼은 상처 입은 멧돼지가 얼마나 무서운지 알고 있었다. 이때만큼은 백수의 제왕이라는 호랑이도 흉포함에서 멧돼지에게 자리를 양보해야만 했다. 지금 소문에게 다가오는 박웅의 모습이 그러했다. 살기로 번들거리는 눈은 붉게 변해 있었고 코에서는 연신 거친 숨이 쏟아져 나왔다. 입만 벌려 이빨을 보이면 성난 멧돼지, 바로 그 모습과 조금도 다름이 없었다.

　'빌어먹을!'

　자신의 모습에 스스로 화가 치민 소문 또한 거친 호흡을 하고 있었다. 아무리 생각을 해도 이 위기를 벗어날 방법이 없었다. 들고 있는 철궁은 강무의 유성추에 완전히 묶여 있었다. 물론 온 힘을 동원한다면 문제될 것은 없었지만 문제는 박옹이었다. 어느새 코앞까지 당도한 박옹은 소문의 목을 향해 또 한 번 도끼질을 했다.

꽝!

쿵!

두 번의 충격음! 하나는 소문의 목을 노렸던 박옹의 도끼가 땅을 내려찍는 묵직한 소리였고, 다른 하나는 다급했던 소문이 들고 있던 철궁을 버리고 몸을 날렸기에 주인을 잃은 철궁이 땅에 떨어지는 소리였다.

"훗! 제법 묵직하군. 하긴 이 정도의 물건은 되어야 그 정도의 화살을 쏠 수 있겠지. 자, 이제 어떻게 하려는가? 자네의 무기인 철궁을 빼앗겼으니 말이네."

소문과 자신의 중간쯤에 철궁을 휘감고 있던 유성추를 풀어낸 강무가 몸을 빼고 허탈한 표정으로 서 있는 소문을 바라보았다.

"이쯤에서 물러간다면 말리지는 않겠네. 자네의 경공을 쫓아갈 자신도 없고 경공도 경공이려니와 무기도 없는 상대를 핍박해서 무엇 하겠는가?"

승리감에 만족을 해서일까? 강무의 음성엔 여유가 넘쳐흐르고 있었다.

"하긴, 지금 도망간다면 목숨만은 살려주마. 꽁무니 빼는 놈을 쫓아가 죽일 정도로 인정없는 내가 아니다. 크하하하! 과거엔 물론 아니었지만 말이다. 그래도 네놈이 덤벼서 목숨을 빼앗으면 더 좋겠지만 목숨이 귀한 것은 네놈도 알 것이니 나의 이런 바램이야 이루어지지 않겠지만 말이다. 크하하하하!"

자신은 실패를 했지만 어차피 합공을 하기로 한 이상 누가 되었든 이겼으니 그것으로 만족이었다. 박옹은 크게 웃음을 터뜨렸다.

"이런! 을지 소협이 패한 것인가?"

소문이 무기를 빼앗기고 뒤로 물러나자 제갈공의 안색은 흙빛이 되어버렸다.

산 넘어 산이었다. 독혈인이란 괴물은 어찌하여 처치를 하였지만 강무와 박옹의 등장은 정도맹에게 또 한 번 절망을 안겨주었다. 특히 소문의 무공을 믿고 은연중 추앙하고 있던 젊은 무인들의 충격은 대단했다.

"저들이 패천궁에 있을 줄이야!"

강무와 박옹이 등장할 때부터 뚫어지게 쳐다보던 운상 진인이 제갈공과 다른 의미의 탄식을 내뱉었다.

"그러게 말입니다. 혹시나 했건만……"

제갈공이 무겁게 고개를 끄덕였다. 그 또한 노인들의 정체를 아는 듯했다.

"아시는 자들입니까?"

항상 운상 진인의 곁에서 수발을 드는 사손이 질문을 했다.

"안다. 알다마다. 특히 저 박옹은 절대로 잊을 수 없는 이름이다."

운상 진인은 고개를 돌려 박옹을 노려보았다.

"저자는 과거 산동 지방에서 악명을 떨치던 인물이다. 강도, 강간, 살인 등 젊어서부터 온갖 악행이란 악행은 다 저지르고 다녔지만 원체 무공이 고강하여 누구 하나 함부로 건드리는 사람이 없었지. 우리 무당파와도 시비가 붙어 무려 이십이나 되는 제자들을 도륙하기도 했다. 대노한 사부께서, 네게는 태사조가 되시는 분이구나. 고수들을 파견하여 죄를 묻고자 하였지만 그것을 어찌 알았는지 그날로 산동에서 자취를 감추었다. 근 일 년에 걸쳐 추격을 하였지만 결국 놓치고 말았다. 그런데 저자가 패천궁에 몸을 담고 있을 줄이야!"

젊어서부터 무당의 후기지수로 촉망받던 운상 진인도 그 추격대에 뽑혔고 한번은 그와 직접 손속을 겨룬 적도 있었다. 말을 하던 운상 진인의 손이 슬쩍 가슴께로 향했다. 그때 당한 상처가 은근히 아려왔기 때문이다.

"그러나 진정 무서운 자는 바로 저자다."

운상 진인의 시선은 유성추를 거두고 뒷짐을 지고 있는 강무를 향해 있었다.

강무는 별거 아닌 듯 소개를 했고 소문 또한 그러려니 했지만 이들의 이름이 갖는 의미는 결코 만만한 것이 아니었다.

특히 유성혼 강무라는 이름은 지금도 전대 고수들에 의해 똑똑히 기억되고 있었다.

궁왕이 도검이 난무하는 무림에 혜성처럼 등장하여 궁 하나로 뭇 고수를 쓰러뜨렸다면 궁왕만큼 널리 알려지진 않았지만 그에 못지 않게 특이한 무기를 사용하여 명성을 얻은 고수가 있었으니 그가 바로 강무였다. 왼손에 줄을 감고 오른손을 이용하여 자유자재로 놀리는 유성추에 무릎을 꿇은 자가 그 얼마이던가!

"그는 비록 흑도에 몸을 담고 있지만 일신에 지닌 무공과 성품이 어떤 무인보다 고고하기로 유명한 인물이었다. 한때는 궁왕과 더불어 명성을 날리기도 했지. 갑자기 사라져서 많은 사람들이 의아하게 생각했는데 여기서 보게 되다니… 더구나 저런 악마 같은 놈과 함께……."

저들이 갑자기 나타난 것도 이상했지만 운상 진인은 전혀 어울리지 않아 보이는 강무와 박옹이 함께 있다는 것을 더 이상하게 생각하고 있었다. 그때 냉악과의 싸움에서 승부를 가리지 못하고 뒤로 물러서 있던 팽언문이 입을 열었다.

"하지만 저 친구라면 잘 해낼 수 있을 것입니다. 제가 보기에 그는 아직 모든 실력을 발휘하지는 않았습니다. 기다려 보지요."

"어쨌든 걱정입니다. 을지 소협의 실력은 알지만 저들의 명성이 실로 만만치가 않으니……."

소문의 실력을 익히 알고 있는 팽언문은 그다지 걱정하는 빛이 없었지만 제갈공의 어두운 신색은 펴질 줄 몰랐다. 특히 소문의 실력을 직접 보지 못하고 단지 소문으로만 들었던 운상 진인의 얼굴은 그 누구보다 심각했다.

그런데 이들과는 비교할 수도 없이 심각하게 서 있는 사람이 있었다. 철궁을 빼앗기고 뒤로 물러난 소문이었다.

무인이 자신이 지닌 무기를 빼앗기는 것은 죽는 것보다 더한 수치였다. 차라리 죽음을 택할지언정 무인들은 자신의 분신과도 같은 무기를 절대로 손에서 놓는 법이 없었다. 당장 주변에 쓰러진 무인들을 보더라도 몇몇을 제외하고는 손에 자신의 무기를 끝까지 움켜쥐고 있었다.

"허허! 이것 참!"

사람이 너무 화가 나거나 황당한 일을 당하면 웃음밖에 나오지 않는다고 하던가? 소문이 지금 그러했다. 고개를 숙이고 있는 소문의 어깨가 간간이 들썩이고 있었다.

'할아버지가 알면 그날로 나는 죽은 목숨이구나!'

무너진 자존심도 자존심이지만 그보다 걱정인 것은 이런 사실이 혹시나 할아버지의 귀에 들어갈까 하는 점이었다. 생각만으로도 끔찍한 일이었다. 휘소가 있으니 내가 끊길 염려도 없었고, 할아버지의 평소

성격이라면 두들겨 맞거나 밥을 굶는 것은 고사하고 어쩌면 가문에서 쫓겨날지도 모르는 일이었다.

"어쩔 것이냐? 더 덤비겠느냐, 아니면 꼬리를 말고 도망을 칠 것이냐?"

자신의 몸보다 더 큰 도끼를 지팡이 돌리듯 돌리던 박옹이 조롱 섞인 어투로 이죽거렸다.

"……."

소문은 아무런 대꾸도 없이 자신을 놀려대거나 말거나 고개를 숙이고 뭔가를 중얼거리고 있었다.

과연 소문이 어떻게 할 것인가? 모든 시선이 소문을 향했다. 정도맹의 무인들은 열망이 담긴 눈으로 소문을 바라보았고 패천궁의 무인들은 기대 반 우려 반의 시선이었다. 특히 소문이 검을 들고 싸울 때의 모습을 기억하던 이들은 이대로 싸움이 끝났으면 하는 바램도 있었지만 그들 또한 한 명의 무인, 평생에 다시 기회가 있을지 모르는 싸움을 끝까지 보고 싶은 마음도 지니고 있었다.

그리고 그들의 소망은 외면받지 않았다.

"흐흐! 이 정도의 배포도 실력도 없는 놈이 명성만 높았구나. 유명세를 탔으니 계집도 꽤 따랐겠지? 하나 고작 이따위 능력으로 제 계집이나 건사할 수 있겠느냐? 차라리……."

"그만!"

박옹의 말을 중간에서 자른 소문의 고개가 천천히 들려졌다. 그리고 지금껏 볼 수 없었던 기운이 소문을 감싸기 시작했다. 그리고 싸늘한 음성!

"늙은 돼지! 입에서 나온다고 다 말이 아니다!!"

역린(逆鱗)이었다. 박웅은 절대로 입에 담지 말아야 할 말을 내뱉고 말았다. 소문이 왜 기수곤을 찾고 있는지 너무나 잘 알고 있던 냉악의 눈이 절로 감겨졌다.

"뭐, 뭐라 했느냐? 늙은 돼지?! 네놈이 마지막 기회마저 버리는구나!"

일순 달라진 소문의 기도에 순간 흠칫한 반응을 보이긴 했지만 그것보다는 소문이 자신에게 던진 말에 더 화가 치민 박웅이 고개를 돌려 강무를 쳐다보았다. 친구였지만 은연중 자신의 위로 인정을 하는 강무에게 공격을 하겠다는 의사 표시였다. 그런데 강무는 소문의 기도가 바뀌는 순간 벌써부터 유성추를 다시 돌리고 있었다.

"크악!"

비명은 엉뚱한 곳에서 터졌다. 분노로 인해 눈이 뒤집힌 소문이 이런저런 사정을 보아줄 리 만무했다. 자신에게 가장 가까운 무인에게 다가가 검을 빼앗은 소문은 천천히 몸을 돌렸다. 그런 소문의 뒤에는 지옥벌에 속한 한 무인이 게거품을 물고 차가운 대지 위에 큰대 자를 그리며 쓰러져 있었다.

"늙은 돼지를 잡기 위해선 이런 칼이 제격이지."

방금 전의 치열한 싸움을 반증이라도 하듯 이곳저곳에 피가 엉겨 붙은 검을 들고 히죽 웃는 소문을 바라보는 강무는 조금 전과 같은 여유를 부리지 못했다.

[심상치가 않아. 조심하게.]

[그래 봤자 애송이야. 궁왕에게 패하고 은거한 지가 벌써 삼십 년이 넘었어. 지금의 우리라면 그 누구와 싸워도 지지 않아.]

[나도 그리 믿고는 있지만 조심해서 나쁠 것은 없지. 그리고 저 친구

가 검에도 일가견이 있다는 말을 듣지 않았나?]

[낭설이야. 조금 쓰는 정도겠지. 한 가지를 익히기도 힘든 판에 무슨…….]

[어쨌든 조심하게.]

서로 전음을 주고받으며 간격을 벌린 강무와 박옹은 어느새 조금 전과 마찬가지로 앞뒤로 소문을 포위했다.

"오라! 늙은 돼지!"

"네, 네놈이 정녕!"

"아니면 내가 갈까?"

소문은 말이 끝나기도 전에 몸을 날리고 있었다.

"으헛!"

엄청난 속도로 쏘아져 오는 소문의 신형에 대경실색한 박옹은 재빨리 도끼를 휘둘렀다.

챙!

"큭!"

한 번의 충돌! 그리고 비명이 들렸다.

"보기보다 살가죽이 얇군. 겨우 이 정도에 피를 보다니!"

자신에게 날아오는 유성추를 여유있게 피하며 말을 던진 소문은 갈라진 박옹의 살 틈으로 흘러내리는 피를 보고 있었다.

극성의 출행랑을 이용하여 단숨에 박옹에게 접근한 소문이 사용한 검법은 절대삼검 중 제일초 무심지검이었다. 성공을 의심치 않았음에도 예상외로 재빠른 박옹의 움직임에 검이 막히자 당황하였지만 그것도 잠시, 검에 실린 내공을 견디지 못한 박옹이 허점을 보이자 소문은 군더더기없는 동작으로 연속적으로 검을 날렸다. 그때 만약 강무의 유성추를 피하느라 몸의 자세가 흐트러지지만 않았어도 저 정도의 상처에서 끝나지는 않았으리라!

그럼에도 말과는 달리 은근히 놀라고 있었으니 비록 몸이 흔들려 완벽한 검을 날리지는 못했지만 검의 빠름과 거기에 실린 힘을 감안했을 때 박웅이 입은 상처는 생각보다 미미했기 때문이었다. 물론 평범한 사람에게는 치명적인 상처가 될 정도였지만.

'두껍긴 두껍구나!'

고개를 설레설레 흔들던 소문이 자신의 얼굴을 향해 날아오는 유성추의 추를 검을 이용하여 살짝 쳐내고 힐끔 고개를 돌려 벌어진 살을 부여잡고 믿을 수 없다는 표정으로 자신을 노려보는 박웅을 바라보았다.

"그 정도를 보고 놀라선 안 되지. 아직 보여줄 것이 많은데 말이지."

소문이 궁을 빼앗기고 검을 든 이상 강무가 날리는 유성추는 조금 전과 같은 위력을 보여줄 수 없었다. 소문은 지금 확실히 검이 궁보다 접근전에 강한 이유를 보여주고 있었다. 철궁을 들고 있을 때는 날아오는 유성추를 쳐내거나 피하고 시위를 당기는 두 가지 동작을 해야만 했지만 검을 들고 있는 이상 그럴 필요가 없었다. 수비와 공격이 거의 동시에 이루어졌다.

무식하게 도끼를 휘두르는 박웅을 상대로 할 때도 그랬다. 조금 전에야 다가오는 도끼를 막아내도 바로 근접한 박웅에게 화살을 날린 틈을 찾지 못한 소문이 그렇게 밀리고 말았지만 검을 들고 내공에서 절대적으로 앞서는 지금은 일부러 피할 필요가 없었다.

그렇다고 안심을 할 단계는 아니었다. 생명이 있는 것처럼 꿈틀거리며 허점을 파고드는 강무의 유성추, 단단한 것이 아니라 너무나 유연하고 강인하여 잘리지도 않는 유성추의 줄이 감겨들어 들고 있던 검을 놓칠 뻔한 경우도 있었다. 다만 다리를 땅에 박고 있어 운신하기가 힘들었던 조금 전과는 달리 박옹의 공격을 피해 오히려 강무에게 접근하니, 강무는 감겨 있는 줄을 풀 수밖에 없었다.

또한 잠시의 틈만 보여도 상상할 수도 없는 빠름으로 밀려오는 검의 기운 또한 강무에게 전과 같이 마음껏 공격을 할 수는 없게 만들었는데, 소문의 검에서 줄기줄기 쏟아져 나오는 검의 기운은 실로 예사롭지 않았다. 기억을 더듬어봐도 이런 기운을 내뿜었던 상대를 찾기가 힘들었다. 자신이 생각하기에 소문은 궁왕 이후 최고의 고수였다.

"최고로구나!"

강무의 얼굴은 흥분과 희열로 붉게 상기되어 있었고 이마에는 땀방울이 송골송골 맺혔다. 하나 이런 강무와는 달리 계속해서 공격을 해도 온몸 이곳저곳에 상처만 입고 번번이 헛손질만 하는 박옹의 분노는 극에 달해 있었다. 그리고 그런 박옹을 향해 소문의 조롱은 계속되었다.

"그렇게 무식하게 밀고 들어온다고 잡힐 사람이 있는 줄 아나 보지?"

소문은 거칠게 도끼를 휘두르며 다가오는 박옹의 몸에 또 하나의 상처를 남겼다. 워낙 살이 많고 단단한 신체를 자랑했지만 머리에서 발끝까지 이어진 자잘한 상처에서 끊임없이 피가 흘러나와 형형색색으로 치장을 해 빛나던 옷은 오직 한 가지, 붉은색으로 변해 버렸다. 특히 처음 당한 옆구리의 상처는 계속되는 격렬한 움직임에 버티지 못하고 더욱 벌어져 언뜻 내장이 비칠 정도의 중한 상처가 되었다.

소문의 옷도 붉은색으로 변해 버린 지는 오래였다. 아무리 재빠르게 몸을 날리고 들고 있는 검으로 강무의 공격을 막았지만 박옹과 함께 연속적으로 들어오는 공격을 모조리 막아낸다는 것 자체가 불가능했다. 비록 치명적인 상처는 입지 않았지만 몸 이곳저곳에 제법 많은 상처를 입고 말았다. 그러나 그것은 박옹이 입은 상처에 비하면 그저 조금 생채기가 생긴 정도에 불과했다.

세 사람 중 오직 강무만이 멀쩡했는데 우선 그가 쓰는 유성추의 공격 반경이 실로 광범위했고 그 움직임이 도저히 예측 불가능했다. 공격을 할라치면 길이의 끝이 보이지도 않는 유성추의 줄이 강무의 주위를 둘러싸고 소문의 접근을 막았다. 무리해서 뚫자고 하면 못할 것 같지는 않았지만 비록 소문에게 낭패를 당하고 있어도 박옹 또한 평범한 고수가 아닌지라 모든 것을 감안한다면 위험 부담이 너무 컸다. 차라리 도끼를 쓰는 박옹을 먼저 쓰러뜨리는 것이 조금은 덜 위험할 듯했다. 그래서 집중적으로 박옹을 노린 것이었고 박옹 또한 피하지 않고 소문과 정면으로 맞부딪쳤다. 물론 강무의 지원을 업었음에도 박옹은 거의 일방적으로 당했지만.

"크아아! 죽인다!"

평범한 사람이면 이미 열 번을 죽고도 남을 정도의 피를 쏟은 박옹은 더 이상 버틴다는 것이 무리임을 알았다. 적이 눈앞에서 움직이고 있음에도 동작은 점점 느려지고 심한 구역질도 올라왔다. 체력이 바닥 남은 물론이고 심각한 내상까지 입은 그가 지금까지 버텨온 것은 이대로 무너질 수 없다는 자존심의 발로였다. 그러나 이제 그것만으로 버틸 수 있는 한계가 지났다.

거친 숨을 몰아쉬던 박옹은 마침내 숨 쉴 힘까지 쥐어짠 마지막 공격을 감행했다. 그런 박옹을 바라보는 소문의 눈은 차갑게 빛났다. 사냥꾼이 상처 입은 맹수의 주변을 돌며 최후의 일격을 감행하려고 노리는 듯한 그런 눈빛이었다. 그러나 막상 온몸의 신경은 강무의 유성추의 움직임에 쏠려 있었다. 지금까지 그래 왔지만 박웅이 최후의 공격을 감행함과 동시에 강무 또한 틀림없이 이전과는 비교도 할 수 없을 정도의 공격을 해올 것이다. 소문은 지금이 이번 싸움의 마지막 고비가 될 것임을 믿어 의심치 않았다.

'왔다!'

눈으로 보이지는 않았지만 뒤통수에 느껴지는 묘한 기운이 강무가 발한 유성추로 인한 것임을 알아챈 소문은 회심의 미소를 지었다. 그들이 최후의 공격을 감행했다면 그 또한 나름대로 계획이 있었다.

소문이 노린 것은 박웅이 아니었다. 이미 박웅은 그가 손을 쓰지 않아도 스스로 무너질 만큼 심각한 상태였다. 이번 공격만 잘 막아내면 박웅은 더 이상 신경 쓰지 않고 강무와 일 대 일의 승부를 펼치게 될 것이었다. 하나 그마저 귀찮게 여긴 소문은 단번에 모든 싸움을 끝내려 하였다.

휘잉!

꽝!

소문에게 접근한 박웅의 도끼와 소문이 내민 칼이 허공에서 얽혔다.

"크아악!"

박웅이 혼신의 힘을 다해 휘두른 도끼이기에 소문이 막기는 막았으나 밀려오는 압력에 의해 몸이 하늘을 날았다. 일견 보기에도 박웅의 공격이 성공한 듯했다. 소문이 피하거나 박웅의 공세를 이겨냈을 때를 예측하고 쏘아오던 유성추의 움직임이 잠시 흔들렸다. 그때였다. 하염없이 뒤로 날아가던 소문의 몸이 공중에서 뒤집히는가 싶더니 어느새 땅을 박차고 뛰어오르고 있었다.

"헛!"

십여 장을 단숨에 점하고 접근한 소문을 바라보며 깜짝 놀란 강무는 재빨리 줄을 잡아당겨 무기를 회수하려고 하였지만 너무 늦고 말았다. 더구나 정상적이라면 박웅이 소문의 뒤를 쫓아와 제대로 된 공격을 하지 못하게 하여야 했지만 최후의 공격을 감행하고 그 자리에서 쓰러진 지금 그에겐 아무것도 기대할 것이 없었다. 결국 무기를 회수할 시간을 벌어야 했던 강무는 뒤로 물러서야만 했다. 그러나 이 한 번의 공격으로 모든 것을 끝내려고 한 소문의 일격을 감당해 내지 못했다.

"······."

뭔가 번쩍이는 것을 감지한 강무가 급한 대로 막아보려 했지만 그가 볼 수 있었던 것은 왼손과 오른손에 각각 나뉘어져 힘없이 흔들거리고 있는 유성추의 줄뿐이었다.

"음······."

고통은 곧바로 나타나지 않았다. 강무가 자신의 손에 힘없이 늘어진 줄을 바라보고 나서야 신경의 아우성이 뇌리에 전달되었고 전신이 사시나무 떨리듯 떨려왔다. 그리고 사람들은 그의 정수리로부터 얼굴을 지나 가슴 어귀까지 늘어진 가느다란 혈선을 볼 수 있었다.

"자, 자⋯ 네⋯ 가⋯⋯."

강무는 더 이상 말을 잇지 못했다.

"아, 안⋯ 돼!"

소리칠 기운마저 다 써버린 것일까? 친구의 신형이 서서히 무너져 내리는 것을 바라보는 박웅이 안타까이 외쳤지만 소리는 널리 퍼지지 않았다. 그러나 그의 외침을 듣기라도 하였는지 쓰러지던 강무의 시선이 박옹을 향했다. 입가에는 살짝 미소가 그려졌다.

"안… 돼……."

평생에 걸쳐 단 하나뿐인 친구였다. 어려서 부모를 잃고 천덕꾸러기 신세를 면치 못하던 어린 시절에 사귄 친구였다. 자신이 아무리 악행을 일삼아도 친구만은 늘 자신을 보호하고 감싸주려고 노력하였다. 그가 궁왕과 싸우게 된 것도 자신이 그에게 패했기 때문이었다. 결국 친구마저 궁왕에게 패해 약속대로 같이 은거를 하고 말았지만 친구는 아무런 불평도 원망도 하지 않았다. 그랬기에 친구의 당부대로 그동안의 행위들을 반성도 하고 있었는데… 지금 그에겐 복수할 힘도 남아 있지 않았다. 이제 모든 것이 끝나 버린 것이었다.

"같이… 가지……."

이미 삶의 목적을 잃어버린 박옹은 어디서 그런 힘이 났는지 자신의 손을 들어 그대로 천령개(天靈蓋)를 내려치고 말았다.

퍽!

묘한 격타음과 함께 허연 뇌수를 흘린 박옹의 머리가 땅에 처박혔다.

과거, 흑도인이었지만 고결한 인품으로 백도에서도 명망 높았던 유성혼 강무와 희대의 악인으로 악명이 자자했던 무적부 박옹은 결국 그렇게 세상을 달리하고 말았다.

순식간에 벌어진 일에 장내는 일순 깊은 침묵 속으로 빠져들었다. 그러나 그런 침묵은 오래가지 않았다.

"와아!"

"을지 소협 만세!!"

숨도 못 쉬고 싸움을 지켜보던 정도맹의 무인들이 저마다 함성을 질렸다. 젊은 무인들은 물론이고 각 파의 수뇌들 또한 감탄에 감탄을 금치 못했다. 반면 패천궁의 진영에서는 한숨만이 흘러나왔다. 그럴 만도 한 것이 그들이 자랑하는 독혈인이 모조리 파괴되었고, 만독문을 이끌던 봉천이 죽었으며 철관음 여희, 마검사 뇌우현 또한 심각한 부상을 당해 쓰러지고 말았다. 그리고 무엇보다도 존재도 알지 못했던, 오직 냉악을 비롯한 핵심 수뇌 몇만이 알고 있었던 강무와 박웅마저 죽임을 당하고 말았으니 그저 망연자실할 수밖에 없었다. 이 모든 것이 소문 한 사람이 만들어낸 일이었다.

"후~!"

이기기는 했지만 그다지 기분이 유쾌하지 않았던 소문은 재빨리 자리를 떠나고자 하였다. 우선 들고 있던 검을 내던진 후 한쪽에 떨어져 있는 철궁을 집어 들었다. 그리곤 천천히 냉악을 향해 걸음을 옮겼다. 혹시나 하는 마음에 혈참마대의 대원들이 무기를 겨누고 경계를 하였지만 소문은 개의치 않았다.

"만독문의 목숨을 약속했소. 오늘은 이대로 물러가시오."

소문이 봉천의 시신을 바라보며 말을 했다.

"거부한다면?"

"죽소."

"음!"

소문은 힘도 들이지 않고 대답을 했다. 자존심이 상하는 일이었지만 사기가 떨어질 대로 떨어진 병력을 데리고 싸움을 해봤자 득될 것은 아무것도 없었다. 냉악은 입술을 깨물었다.

"물러간다."

냉악의 명이 떨어지자 패천궁의 무인들은 주섬주섬 무기를 챙기고 물러나기 시작했다. 그들에겐 동료의 주검을 챙기고 다른 어떤 것을 할 힘도 정신도 없었다.

"그대가 무서워서 피하는 것이 아니다. 이분들의 장례를 위해서 잠시 물러나는 것이지."

최후의 자존심이었을까? 천천히 주변을 살피는 소문을 바라보며 중얼거린 냉악은 조금도 미련없이 몸을 돌렸다. 그러나 모든 일이 뜻대로 풀리는 것은 아니었다.

"어디를 간다는 것이냐?"

종남의 제자를 몰고 나타난 목인영이었다. 차마 냉악을 막아서지는 못하고 소문의 주변으로 다가온 목인영이 노호성을 터뜨렸다.

"싸우자면 피하지는 않는다."

냉악은 목인영을 바라보지 않았다. 그가 보고 있는 사람은 소문이었다. 소문은 다시 제갈공을 바라보았다.

"오늘은 그만 하시지요? 그것이 좋겠습니다."

소문에겐 제갈공이 이곳의 책임자라는 확신이 있는 듯했다. 그러나 음성엔 은근한 냉기가 흐르고 있었다. 제갈공, 다름 아닌 제갈영영의 아버지였다.

"좋은 기회인데……."

제갈공은 확답을 하지 못했다.

"그건 안 되네. 이처럼 좋은 기회를 그냥 보낼 수는 없지. 비록 독혈인이 없어졌다고는 하지만 저들이 전력을 재정비하면 벅차기는 매한가지. 군사! 여기서 끝장을 보아야 하오."

"그렇기는 하지만……."

누구인지는 몰랐지만 제갈공이 공손하게 대우하는 것을 보니 제법 지위가 높은 듯한 인물이란 생각을 한 소문이 운상 진인을 바라보았다.

"그들과 약속을 하였습니다. 오늘은 이만 물러서 주시지요."

"감히 어디서 그런 말을 하는 것이냐? 우리가 네… 그대의 말을 들어야 할 이유가 없다. 이번 기회를 놓치면 절대로 안 되오, 군사!"

소문과의 관계가 그다지 좋지 못한 목인영은 제갈공의 결단을 촉구했다.

"만약 물러서지 않는다면… 내가 막을 것입니다."

소문의 음성은 단호했다.

"감히!"

운상 진인이 발끈하여 화를 내려 하였지만 재빨리 막아선 제갈공에 의해 입을 닫고 말았다.

그것으로 끝이었다. 절대로 적으로 삼아서는 안 되는 인물! 그가 바로 소문이었다. 더구나 이미 화산에서 백도와 한차례 충돌이 있었다는 것을 전해 들은 제갈공인지라 그가 하고자 한다면 하는 인물임을 알고 있었다. 제갈공은 더 이상 망설이지 않았다.

"오늘은 그만 하는 것이 좋겠습니다."

"군사!"

운상 진인은 말도 안 된다는 듯 제갈공을 불렀고 목인영은 벌써 행동에 들어가려 하였다. 그러나 그는 자리에서 한 발도 움직이지 못했다.

"죽고 싶소?"

조그맣게 귀에 들려오는 말, 조금의 감정도 어감도 실리지 않는, 말 그대로 얼음장 같은 음성을 들은 목인영은 차마 발을 움직일 수가 없었다.

"끝난 것 같군."

흥미롭게 사태를 지켜보던 냉악이 목인영을 향해 비웃음을 흘리며 다시 몸을 돌렸다.

패천궁의 무인들이 사라지는 것은 순식간이었다. 그들이 모두 물러간 것을 확인한 소문도 간단한 인사와 함께 그곳을 벗어나려 하였다.

"어디로 가는 것인가?"

제갈공이 그런 소문을 붙잡고 질문을 했다. 소문은 제갈공을 물끄러미 응시했다.

"패천궁의 강남 총타로 갈 것입니다. 기수곤이 그곳에 있다는군요."

"흠, 그곳엔 우리 정도맹의 무인들… 아니네, 조심하게. 말 그대로 호랑이 굴이 아닌가? 자네의 실력을 믿지 못하는 것은 아니지만 말이지."

뭔가를 말하려고 하던 제갈공은 말꼬리를 흐렸다. 처음 제갈공이 하려 했던 말이 무슨 말인지 너무나 잘 알고 있던 소문은 내심 고소를 지었다.

'흠, 제갈영영이 나에게 서찰을 보낸 것을 모르고 있는 것인가? 아니면 알고도 모른 체하는 것인가? 모르겠군. 상관이야 없겠지.'

"그럼 이만 가보도록 하겠습니다."

"알았네. 몸조심하게. 그리고… 고마웠네."

제갈공은 소문의 도움을 진정으로 고마워했다. 소문의 도움이 없었다면 어쩌면 백도의 운명이 끝나 버렸을 수도 있었던 위기의 순간이었다. 소문은 그저 고개를 가볍게 숙이는 것으로 인사를 대신하고 몸을 돌렸다.

"그에게 말을 할 것을 그랬나? 도와주기만 한다면 그 이상 큰 힘은 없을 텐데……."

떠나는 소문을 바라보는 제갈공의 얼굴엔 아쉬움이 물씬 드리워져
있었다.

제 33 장

혈영대(血影隊)

혈영대(血影隊)

봉수현에 위치한 정도맹의 일상은 평소와 다름이 없었다. 대부분의 무인들이 패천궁을 막기 위해 떠난 지금 본성을 지키기 위해 남아 있는 기본적인 병력들만이 분주히 오고 가며 주변을 경계했고 연무장에 모여 무공을 익혔다. 그러나 겉으로 드러난 이런 모습과는 달리 맹주인 영오 대사를 비롯한 남아 있는 수뇌들은 연일 긴장의 나날을 보냈다. 패천궁과 싸우고 있는 전선에서 매일같이 전서구가 날아왔고 전황에 대한 보고와 함께 적진 깊숙이 침투해 있는 첩자들로부터도 연락이 왔다.

모든 정보를 가장 먼저 접하고 분석하는 제갈영영은 수시로 맹주를 만났고 의견을 교환했다. 지금도 그녀는 화산에서 날아온 소식을 들고 성의 가장 심장부에 위치한 맹주의 집무실을 찾았다.

"어서 오십시오. 적들의 움직임은 어떻다고 합니까?"

오후 늦게 집무실로 찾아온 제갈영영을 반가이 맞은 영오 대사는 그녀에게 자리를 권했다. 그녀가 의자에 앉자마자 뜨거운 김이 일어나는 차를 따라주며 묻는 영오 대사의 음성은 차분했다.

"예, 위험한 고비는 넘긴 것 같습니다. 이성진 단주가 밀려오는 적을 맞아 적절히 막으며 퇴각을 하고 있고, 노산에서도 위기는 넘겼다는 전갈이 있었습니다."

"아미타불! 그것참 다행입니다. 빈승은 일이 잘못되는 줄 알고 많이 걱정했습니다. 이번에도 을지 시주의 공이 컸다지요?"

이미 보고를 받아 소문의 활약을 알고 있던 영오 대사는 또 한 번 그의 이름을 거론했다.

"을지 소협뿐만 아니라 많은 분들의 희생이 있었기에 가능했던 일입니다. 물론 큰 힘이 된 것 또한 사실이지요."

"아미타불! 왜 그것을 모르겠습니까? 안타까운 일이지요. 후~ 그래, 또 다른 소식이 있는 것입니까? 부군사의 안색이 그다지 좋지 않습니다."

"예, 보고드릴 것이 있어 다시 들렀습니다."

영오 대사의 말대로 제갈영영은 그리 편한 얼굴이 아니었다.

"우선 차를 드시지요. 그다지 귀한 것은 아니나 향이 제법 괜찮습니다."

제갈영영은 영오 대사가 권한 차를 들이켰다. 적당히 뜨거운 차가 목을 넘어가며 속을 시원하게 하자 한결 마음이 가벼워지는 것을 느낀 제갈영영이 들고 온 서찰을 맹주에게 전했다.

"화산에서 온 것입니다. 또 한 분의 선배께서 목숨을 잃으셨다고 합니다."

"아미타불!"

영오 대사는 서찰을 읽기 전에 얼굴을 굳히고 불호를 외웠다.

"그들에게 당한 정도맹과 백도의 무인들이 벌써 기습을 헤아리고 있습니다. 무슨 대책을 세우기는 해야겠지만 딱히 병력을 동원하기가 마땅치 않습니다."

"하지만 이렇게 당하고야 있을 수만은 없지요. 정도맹에 남아 있는 나머지 병력을 동원해서라도 막아야 할 것입니다."

내용이 간단했는지 펼침과 동시에 한눈에 읽고 서찰을 내려놓은 영오 대사의 음성은 약간 격앙되어 있었다.

"그래도……."

제갈영영이 곤란하다는 듯 조심스레 반론을 제기하려 하였으나 이어지는 영오 대사의 말이 그녀의 말을 잘랐다.

"이곳에 있는 병력이 얼마나 중요한지는 나도 잘 알고 있습니다. 특히 패천궁에 제대로 파악되지 않은 분들의 정체를 쉽게 드러내서도 안된다는 것 또한 알고 있지요. 하나 그렇다고 우리의 안방에서 백도의 무인들이 무참히 살해되는 것을 바라볼 수만은 없는 일입니다. 남아 있는 복마단과 의혈단의 무인들 중에서 추격대를 만들어 보내도록 하십시오."

"하오나 맹주님, 그들 또한 중요한 일을 해야 합니다."

복마단과 의혈단의 모든 무인들이 작전에 참여한 것은 아니었다. 복마단과 의혈단의 인원이 정확히 육백, 그중 약 삼 분지 이의 병력인 사백 명이 강남 총타를 치기 위해 떠난 지 오래고 그 나머지는 곧 있을 백도의 반격에 대비해 정도맹에 남아 있었다.

"더구나 그들 중의 반은 벌써 노산으로 떠났습니다. 이곳에 남아 있는 인원을 다 합쳐도 백이 못 됩니다. 그런데 또 추격대를 만든다면 남아 있는 인원이 너무 적습니다. 이성진 단주가 이끄는 병력과 아버님께서 이끄는 병력이 이제 곧 평정 분타로 집결합니다. 이곳에 남아 있는 병력 또한 이동할 때가 되었습니다. 이런 상황에서 더 이상 병력을 분산시키면 안 됩니다."

제갈영영은 조목조목 이유를 대며 맹주의 의견을 반박했다. 하나 영오 대사의 결심은 확고했다.

"싸움을 할 때 가장 신경 쓰이는 적이 누구인지 아십니까? 바로 배후에서 호시탐탐 기회를 노리는 자입니다. 비록 그자의 무공이나 실력이 어떤지는 모르지만 언제 어떤 순간에 나타나 암습을 할지 모르기 때문에 자연 신경이 쓰이지요. 바로 저들이 그렇습니다. 음자문이라면 수백 년 간 중원의 밤을 지배했다고 자부하는 자들입니다. 지금은 겨우 암습만을 일삼고 있지만 그들이 어떻게 돌변할지는 아무도 모르는 것입니다. 우리는 저들의 수가 얼마인지도 제대로 파악하고 있지 못하지 않습니까? 충분히 대비를 해야 합니다. 조그만 상처라도 방치를 했다가는 그것이 곪아 나중에 다스리지 못하는 병으로 발전할 수도 있습니다. 그러니 조금 무리가 따르더라도 빈승의 말대로 추격대를 만들어 주시기 바랍니다."

간곡하게 부탁은 했지만 맹주의 그 음성에 거역하기 힘든 힘이 있었다. 그래도 다시 한 번 제고를 당부하고 싶었지만 너무 자기의 주장을 내세우는 것도 예의가 아닐 것이라는 생각에 제갈영영은 목까지 치밀어 오른 말을 자제하고 고개를 끄덕였다.

"맹주님의 생각이 그러하시니 그렇게 하겠습니다. 어쨌든 배후를 혼란케 하려는 저들의 의도는 성공을 한 듯 보입니다."

"하지만 우리가 계획하고 있는 것은 그들과는 비교도 되지 않는 것이지요. 물론 잘되어야겠지만 말입니다."

"잘될 것입니다, 틀림없이!"

제갈영영은 자신을 바라보며 희미하게 웃는 영오 대사에게 마주 미소를 보이며 대답했다.

＊　　　＊　　　＊

"몇 명째이더냐?"

부인곡은 옆에 서 있는 배명에게 질문을 했다. 그의 시선은 온몸에 상처를 입고 피를 흘리며 쓰러져 있는 수하에게 향해 있었다.

"스물두 명째입니다."

배명은 즉시 대답을 했다.

"후~ 임무를 수행하다 희생한 인원을 합하면 이제 남은 인원이 삼십이 채 안 되는구나."

부인곡의 음성엔 안타까움이 가득했다. 처음 하남과 섬서를 오가며 정도맹을 향하고 있는 무인들이나 각 백도문파를 기습하고 주요 인물을 암살하며 백도의 안방을 크게 휘젓고 다닌 음자문은 상당한 성과를 올렸다. 하지만 그들에 의한 희생자가 백여 명이 넘어가자 정도맹에서도 더 이상 좌시하지 않고 그들을 추격하기 위해 상당한 고수들을 파견했다. 아무리 살수의 신분이었고 은신에 능했지만 그들의 행동은 자연 위축될 수밖에 없었다. 또한 상당수의 수하들이 목숨을 잃었다.

"사부님, 이렇게 된 것 차라리 정면 대결을 펼치면 어떻습니까? 너무 분산되어 각개 격파를 당하니 힘 한번 써보지 못하고 당하고 있습니다."

사냥을 당하듯 쫓기는 수하들을 생각하며 분통을 터뜨린 배명은 고
갯짓으로 정면에 쓰러져 있는 수하의 시신을 치우라고 명령하였다.

"흠, 나도 그런 생각을 해보지 않은 것은 아니다. 하지만 정면적인
대결로는 승산이 없다. 아무래도 그들에 비해 실력이 떨어짐은 부인하
지 못하는 것. 차라리 조금 더 은밀하게 움직이는 것이 좋을 듯하구나.
또한 저들에게도 빈틈이 있을 것이다. 그때를 보아 한 명씩 해치우면
지금과 같이 함부로 날뛰지는 못할 것이다."

"알겠습니다."

"절대로 두 명 이상 모여 있지 말고 철저하게 분산하여 몸을 은신하
라 일러두어라. 또한 힘들기는 하겠지만 우리의 목적은 저들의 주요
인물 제거와 교란에 있는 것, 본래의 임무에도 만전을 기하라 하여라."

부인곡은 말을 마치고 두 눈을 감았다. 그리 말은 하였지만 이미 당
할 대로 당한 저들인지라 철저히 대비를 하고 있을 것이고 자신의 말
처럼 되기가 쉬운 일이 아님을 알고 있었다. 그래도 여기서 물러설 수
는 없었다.

"그리 일러두겠습니다. 그나저나 조금 쉬시지요. 며칠 동안 잠도 제
대로 주무시지 못하셨습니다."

"수하들이 저렇게 당하고 있는데 잠이 오겠느냐?"

"그래도 조금 쉬시는 것이 좋겠습니다. 그동안 제가 수하들을 이끌
겠습니다."

부인곡은 물끄러미 배명을 바라보았다. 그러고 보니 정도맹에서 추
격이 시작된 것을 알게 된 이후 잠을 자본 적이 없는 것 같았다. 갑자
기 피로가 밀려왔다. 그럼에도 가슴 깊은 곳에서 훈훈한 감정이 밀려

왔다. 아직은 어리다고 생각했던 배명이 어느새 자신을 대신할 위치까지 올라와 있음을 알게 된 까닭이었다.

"그래, 그렇게 하마."

부인곡은 천천히 고개를 끄덕이고 몸을 돌렸다. 잠시 눈을 붙이러 가던 부인곡이 문득 발걸음을 멈추었다.

"참, 혈영대는 어찌하고 있다더냐? 통 그들의 소식을 들을 수가 없구나."

그러나 그가 모르는 일을 배명이라고 알 리 없었다.

"저희는 하남에서 섬서로 이동을 했지만 저들은 바로 하남에서 활동을 한다고 하였습니다. 별다른 소식은 없지만 저들 또한 본 문과 마찬가지의 상황에 처해 있으리라 생각합니다."

"흠, 그렇구나. 알았다. 일 보거라."

배명의 말에 일리가 있었기에 별다른 말을 하지 않았다. 하지만 혈영대는 그들의 예상과는 전혀 다른 상황에 빠져 있었다.

*   *   *

"크악!"

숲에 울려 퍼지는 비명 소리와 함께 안당은 피가 나도록 입술을 깨물었다. 또 한 명의 수하가 쓰러졌음이 틀림없었다.

"또… 당한 것인가?"

"그런 것 같습니다."

허탈하게 묻는 안당의 말에 대답을 하는 하문도 역시 힘이 없기는 마찬가지였다. 이제 그들에겐 화를 내거나 분노를 표출할 기운이 조금도 남아 있지 않았다.

"그럼 몇 명이 남은 것인가?"

"열… 아홉입니다……."

하문도의 음성은 조금 전보다 더욱 절망적으로 변해 있었다.

"열아홉이라… 허허! 칠십이 넘는 병력이 움직였건만 남은 것이 고작 열아홉? 그것도 변변한 싸움을 해본 것도 아니고 말이지……."

안당이 씁쓸히 웃고 있을 때 머리까지 검은 두건을 쓰고 단지 두 눈만을 드러내고 있는 사내 한 명이 뛰어왔다.

"이십칠호가 쓰러졌습니다. 화살이 날아온 방향을 추정하여 추격하였습니다만 적은… 어느새 사라지고 없었습니다."

평소에 감정을 드러내지 않도록 훈련이 되어 있었지만 보고를 하는 혈영 칠호의 음성은 가볍게 떨리고 있었다. 그것이 두려움이 아니라 분노라는 것을 안당은 잘 알고 있었다.

"그래, 이번에도 다리인가?"

"예, 화살이 왼쪽 허벅지를 관통했습니다."

"움직이기 힘들겠지?"

"생명에는 지장이 없지만 역시 움직이기에는 무리가 있습니다."

혈영 칠호는 고개를 들지 못하고 있었다. 예상했다는 듯 짧은 신음성을 내뱉은 안당이 하문도를 쳐다보았다.

"이것을 어찌 해석해야 하는 것인가?"

"한 가지는 확실합니다. 적이 비록 우리를 공격하고 있지만 죽일 생각은 없다는 것이지요. 그렇지 않았으면 하나같이 부상으로 끝나지는 않았을 것입니다. 물론 목숨을 노린다고 막을 수도 없었겠지만 말입니다."

"그렇다면 더 이상한 것이 아닌가? 우리를 공격하는 자들이라면 백도에 관련된 인물이 분명하거늘 왜 부상만을 입힌 것이지? 난 그것이 더 이해가 가지 않네."

비록 느리기는 했지만 아무런 충돌 없이 하남성에 들어선 혈영대는 누구보다 적진 깊숙이 숨어들 수 있었다. 정확하게 나흘 전까지는 그랬다. 그런데 나흘이 지나고 가랑비가 부슬부슬 내리던 오후부터 갑자기 날아온 화살은 수하들을 하나둘 쓰러뜨리고 있었다.

한 발에 한 명씩!

목숨을 빼앗는 것도 아니었다. 화살은 이동 중이거나 휴식 중인 혈영대 대원들의 다리에 박히기 시작했고, 부상을 당한 혈영대원들은 좀처럼 움직이지를 못했다. 사태의 심각성을 인식한 그들이 눈에 불을 켜고 달려들어도 화살을 날린 사람은 좀처럼 발견할 수가 없었다. 아무리 빨리 움직여도 그들이 발견할 수 있었던 것은 화살을 날렸음 직한 자들이 남긴 바닥의 흔적뿐이었다.

"살수의 훈련을 받아 암습과 기습에는 누구보다 자신있다고 한 우리들이 상대의 암습에 이처럼 속수무책으로 당할 수가 있단 말인가?"

안당이 분통을 터뜨렸다. 하문도는 입을 열지 못했다.

"적이 몇이나 된다고 보는가?"

잠시 진정을 한 안당이 물었다.

"모르겠습니다. 분명한 것은 많은 수는 아니라는 것입니다."

"어째서 그런가?"

확신을 하는 하문도와는 달리 안당은 약간은 미심쩍은 듯 반문을 했다.

"모든 공격은 화살로 이루어졌습니다. 그런데 화살의 위력이 보통이 아닙니다. 아무리 화살이 다리에 박혔다 치더라도 모두 죽음의 과정을 겪은 살수들입니다. 그 정도의 고통을 참지 못할 것이 없습니다. 그러나 화살에 맞은 대원들치고 움직일 수 있는 자가 전무합니다. 대주께서도 보셨겠지만 다리를 관통한 화살이 남긴 흔적을 생각해 보십시오. 이건 화살이 아니라 거대한 창에 찔린 듯한 그런 형상이었습니다."

"그랬지."

"더욱 기가 막히는 것은 나중에 발견된 화살이 고작 손가락 굵기에 불과한 나뭇가지였다는 것입니다. 결국 그 정도의 화살을 날릴 수 있는 자라면 궁술로 일가(一家)를 이룬 자이거나 아니면 막강한 내공을 바탕으로 하는 고수가 날렸다고밖에는 생각할 수 없습니다."

"제대로 궁술을 익히지 않으면 내공이 아무리 막강하여도 그렇게 될 수는 없네."

안당이 하문도의 말에 무겁게 고개를 가로저으며 말을 했다.

"어쨌든 그 정도의 궁술을 익힌 자들이 여럿 있다고는 생각하지 못하겠습니다. 그리고 수하들이 추적을 해 찾아본 흔적도 많아야 두 명 정도가 남긴 흔적뿐이었습니다."

하문도의 말이 끝나자 뭔가 깊은 생각에 잠겨 있던 안당이 망설이며 입을 열었다.

"혹시… 궁귀가 아닐까?"

"……."

"아무리 생각해도 그 정도의 궁술을 지닌 자가 백도에 있다는 소리를 들어본 적이 없네. 더구나 우리의 이목을 이처럼 감쪽같이 속이고 도망을 칠 수 있는 자가 과연 있다고 보는가? 하나 그자라면, 일전에 그가 보여준 무공이라면 능히 가능한 일이라고 보네만."

안당은 굳게 입을 다물고 있는 하문도를 응시했다.

"자네도 그를 의심하고 있었군."

"처음엔, 하지만 지금은 아닙니다."

하문도는 간단하게 대답을 했다.

"그건 무슨 소리인가?"

"방금 보고가 있었습니다. 수하가 전해온 소식인데 남쪽의 냉악대주가 이끄는 병력이 정도맹과 큰 충돌이 있었는데 그가 그곳에 나타나 아군에게 큰 낭패를 주었다고 합니다. 그는 아닙니다."

상황은 더욱 심각해졌다.

"그렇다면 도대체 누구인가? 누가 우리를 막는 것인가? 적인가? 적이라면 어찌하여 목숨을 빼앗지 않고 다리만을 공격하여 쓰러뜨리는 것인가?"

답답한 마음에 마구 소리를 질러보았지만 하문도 역시 그에 대한 답을 알지 못했다.

"귀신이라도 된단 말인가?"

안당과 하문도의 심정을 아는지 모르는지 이들과 삼십여 장 떨어진 숲 속에서 몸을 숨기고 있는 할아버지는 또다시 나뭇가지를 시위에 재고 있었다.

"응? 자네 왜 그렇게 못마땅한 얼굴을 하고 있나?"

땅에 바짝 엎드려 주위를 살피고 있는 사내를 노리던 할아버지는 휘소를 안고 있는 구양풍의 눈초리가 심상치 않자 슬그머니 시위를 풀었다.

"몰라서 물으십니까?"

"모르니까 묻지. 알면 내가 왜 묻겠나? 설마 저들을 공격한다고 그러는 것은 아니겠지?"

할아버지는 막 깨려던 휘소를 어르는 구양풍에게 의아한 눈길을 던졌다. 휘소가 잠든 것을 확인한 구양풍이 다시 할아버지에게 고개를 돌렸다.

"그래도 한때는 내가 데리고 있던 수하들입니다. 또한 저놈은 늘그막에 거둔 제자이기도 하지요. 비록 제대로 가르쳐 준 무공이 없어 밥값을 하지는 못해도 나름대로 사랑하는 제자란 말입니다."

"아, 자네 말이 무슨 말인지 알아들었네. 그래서 다리를 노리는 것이 아닌가? 그렇지 않았으면 괜히 힘 빼며 다리에 맞추려고 고생하지는 않았을 걸세."

"그러니까… 사정을 많이 봐줬다는 것입니까?"

기도 안 찬다는 듯 반문을 하는 구양풍의 말엔 가시가 돋아 있었다. 그러나 할아버지는 조금의 거리낌도 없이 고개를 끄덕였다.

"암! 소문이 놈 같았으면 모조리 황천길로 갔을 것이네. 이 정도로 끝나는 것이 다행이지. 사실 저들이 모든 것을 포기하고 돌아갔으면 이런 일도 없었을 것이네. 곧 죽어도 소림으로 향하니 어쩔 수 없이 말리는 것이지. 자네 설마 나보고 저들이 소림으로 가는 것을 방치하라는 뜻은 아니겠지?"

할아버지의 눈매가 서늘해졌다.

"휴우~ 아닙니다. 누가 그렇답니까?"

소림이란 말이 나오자 딱히 대꾸할 말이 없었다. 할아버지의 말대로 소문이라면 다리가 아니라 머리를 노렸을지도 모르는 일이었다. 구양풍은 그저 한숨을 내쉬며 안당을 노려보았다.

'멍청한 놈! 지나가도 하필이면 이 길로 지나갈 이유가 뭐란 말이냐!!'

구양풍의 뇌리엔 어느새 혈영대의 운명을 결정짓던 그날 밤의 일들이 떠올랐다.

"이보게!"

어느덧 휘소도 꽤 성장을 하여 비록 말은 하지 못했지만 할아버지를 보면 까르르 웃기도 하고 제법 손도 놀리게 되었다. 할아버지는 자신의 품에 안긴 휘소에게 수난을 당하던 수염을 구해내고 퉁명스런 목소리로 구양풍을 불렀다.

"언제까지 이런 산길로만 걸어야 하는 것인가? 가도가도 인가는 없고 산뿐이 아닌가? 준비했던 음식도 떨어지고 휘소에게 죽을 해 먹일 쌀도 떨어졌네. 날이 어두워진 지 오래건만 하룻밤 기거할 곳도 찾지 못했으니……."

소문이 떠나고 지금까지 험난한 산길만을 걸어와서인지 그들의 행색은 몹시 초라했다.

"번잡한 곳은 싫다고 하시며 소림으로 가는 지름길을 택한 것은 내가 아닙니다. 이제 와서 책임을 저에게 돌리면 안 되지요."

구양풍도 은근히 짜증이 났는지 대꾸하는 말이 그다지 곱지 않았다.

"험험! 누가 자네에게 뭐라 하는 것이던가? 그저 갑갑해서 그래 본 것이지."

"이제 소림도 얼마 남지 않았습니다. 또한 이 산을 벗어날 날도 말이지요. 내 기억이 틀리지 않는다면 머지않아 작은 마을이 나타날 것입니다. 필요한 것은 거기서 구하도록 하지요."

기억을 더듬으며 말을 하는 구양풍, 그러나 그 또한 자신은 없었다. 그의 기억은 벌써 수십 년이나 지난 과거의 기억이었다.

그때였다. 툴툴거리며 걷던 할아버지의 신형이 갑자기 멈춰졌다.

"쉿! 잠시만 조용히 하게."

할아버지가 긴장된 음성으로 구양풍의 입을 막았다. 갑작스런 할아버지의 행동에 당황을 했지만 구양풍은 즉시 그 이유를 깨달을 수 있었다. 자신이 엉뚱한 생각을 하는 동안 비록 아직 그 모습은 보이지 않았지만 상당한 기운이 접근하고 있었다.

"흠, 웬 사람들이지?"

정신을 집중하여 갑작스레 나타난 일단의 무리들을 경계하던 할아버지는 속속 모습을 드러내는 자들의 수가 상당하자 일단 조용히 몸을 숨겼다. 그때까지 칭얼대던 휘소의 수혈은 이미 점해져 있는 상태였다.

할아버지와 구양풍이 우거진 수림으로 몸을 숨겼을 때 키가 육 척에 이르고 체구가 호리호리한 사내를 필두로 하여 두 눈을 제외하고 온몸을 흑의로 감싼 사내들이 무더기로 나타났다. 이런 지형에 익숙한 듯 어두운 산길을 걷는 그들에게선 조금의 망설임도 보이지 않았다.

인적이 없는 산속, 이미 날은 어두워져 주위가 칠흑같이 어두워진 지 오래건만 어디서 나타났는지도 모르는 인원들이 무리를 지어 이동하는 모습. 쉽게 볼 수 있는 장면이 아니었다. 슬쩍 고개를 빼고 그들을 살피는 할아버지의 눈에는 호기심이 가득했다.

'호~ 대단한데! 일견하여 백 명은 되어 보이는데 그 많은 인원이 움직이면서도 거의 기척을 내지 않는구나.'

할아버지가 감탄을 하는 것과는 달리 그들을 바라보는 구양풍의 표정이 어딘가 이상했다.

'혈영대로군. 그런데 하필 이곳을⋯⋯.'

그들이 아무리 모습을 감추고 사방이 어두운 밤이라지만 얼마 전까지만 하더라도 측근에 두고 있던 수하들임을 알아채지 못할 구양풍이 아니었다. 더구나 맨 앞에서 무리를 이끄는 자는 자신의 막내 제자인 안당이 분명했다.

'후~ 이를 어쩐다.'

구양풍은 신기하다는 듯 이리저리 고개를 돌리는 할아버지를 곁눈질로 살피고는 조그맣게 한숨을 내쉬었다. 소문의 성격이 괴팍하다지만 그 또한 자신의 의형이자 소문의 할아버지인 그를 닮은 것, 지금은 저렇게 호기심에 웃고는 있지만 언제 어떻게 상황이 변할지 예측하기가 힘들었다. 그리되면 그와 함께 있는 자신이 곤란해질 것은 불을 보듯 뻔한 일이었다.

무리의 앞에 섰던 안당이 신호를 하자 뒤따라오던 자들의 움직임이 일시에 멈추어졌다. 그리고 삼삼오오 짝을 지어 주변 숲과 조용히 동화(同化)되어 갔다.

[대단한 은신술(隱身術)이군. 그런데 저 살기! 느껴지나? 감춘다고 감추는 것 같지만 은연중 드러나는 것을 다 감출 수는 없지.]

[⋯⋯.]

[일전에 만났던 그 친구들과 비슷한 무공을 지닌 듯하군. 음자문이라고 했던가?]

[그들이 무슨 일을 하던 저희와는 상관이 없지 않습니까?]

일이 점점 이상해지는 것을 느낀 구양풍이 서둘러 진화에 나섰다.

[상관은 없지. 그냥 그렇다는 것이네. 그런데 이 밤중에 저렇게 은밀

하게 움직이는 것을 보니 큰 사단이 날 모양이군.]

[패천궁과 정도맹이 싸움을 하고 있으니 당연한 일이지요. 그만 가는 것이 좋겠습니다. 어차피 저들의 일에 관여하실 생각은 없지 않습니까? 괜히 저들과 엮여서 좋을 것은 하나도 없습니다.]

구양풍은 조금이라도 빨리 자리를 벗어나고 싶었다.

[물론이네. 그렇지만 지금 움직이기도 애매하지 않은가? 사방이 저들로 포위가 되었는데… 또 일이 어떻게 돌아가고 있는지 궁금하기도 하니 잠시 기다려 보게. 무슨 말을 하는지 들어나 봐야겠네.]

할아버지는 옷소매를 잡아끄는 구양풍을 물리치고 귀를 세웠다. 지금까지 침묵으로 일관하던 자들의 입에서 말소리가 새어 나왔기 때문이다.

"주변 경계는 잘하고 있나?"

"예, 대주님. 방원 삼십 장 내에는 철저하게 경계를 하고 있습니다."

구양풍은 입을 연 사내가 안당을 보필하는 혈영대의 부대주 하문도라는 것을 단번에 알 수 있었다.

[철저하게 경계를 하고 있다는군. 철저하게 말이네. 흘흘흘!]

할아버지가 구양풍을 바라보며 전음을 보냈다.

'경계는 무슨 경계! 코앞에 있는 우리도 감지하지 못하는 것들이! 이것들이 아주 망신을 시키는구나!'

하문도의 말을 살짝 비웃는 할아버지를 본 구양풍은 그것이 마치 자신을 비웃는 것 같아 내심 기분이 상했다. 그럴 리야 없겠지만 자신이 기르던 개가 욕을 먹으면 기분이 나쁜 법이듯 지금은 손을 뗐지만 얼마 전만 하더라도 그들은 엄연히 구양풍의 수하들이었다. 그것도 정예라고 일컬어지는 혈영대. 그런 그들이 비웃음이나 사고 있으니 기분이

상할 수밖에 없었다. 그러나 내색을 하지는 못했다.

그사이 안당과 하문도의 대화는 계속되었다.

"음자문은 어떻다고 하던가?"

"일단 저희보다 앞선 것은 확실합니다. 무엇을 하는지 자세한 활동 상황은 알 수가 없지만 간간이 전해오는 소식에 의하면 상당한 전과를 올리고 있다고 합니다."

별 감정이 실리지 않은 하문도의 말에 안당 역시 냉소로 대답했다.

"흥! 전과는 무슨! 보나마나 아직 싸움에 참여하지 않은 문파의 조무래기들이나 공격하고 있을 테지. 하나 우리는 아니다. 사내가 칼을 꺼냈으면 뭐라도 잘라야지. 적진에 뛰어드는 것이 목숨을 내놓는 것이나 마찬가지라 가능하면 오고 싶지 않았지만 기왕 여기까지 온 것, 우리의 위명에 알맞은 상대를 찾아야지."

"아직까지 아무런 말씀을 하지 않았습니다. 어떤 생각을 하고 계십니까?"

이곳까지 혈영대가 무사히 온 것은 경험이 풍부한 하문도의 힘이 실로 지대했다. 하지만 하문도는 정확히 안당이 무엇을 노리는지 어떤 의도를 가지고 이렇게 깊숙하게 잠입했는지 알지 못했다. 알 필요도 없었기 때문이다.

"궁금한가?"

"별로 궁금하지는 않습니다."

안당이 웃으며 반문을 하자 하문도는 심드렁한 표정으로 대꾸를 했다.

"후후! 궁금한 모양이군. 감출 것도 없겠지. 우리는 소림을 친다."

"헛! 소, 소림을 말입니까?"

소림이란 말에 안색이 확 바뀐 하문도가 떨리는 음성으로 물었다. 그가 얼마나 놀랐는지 화급히 묻는 그의 목소리가 주변에 울려 퍼졌다.

"쯧쯧, 놀라기는……. 목숨을 걸고 여기까지 왔는데 그럼 그 정도의 목표는 되어야지."

너무나 태연한 안당의 태도에 하문도는 기가 질리고 말았다. 자고로 훌륭한 수하란 주군의 결정이 잘못되었으면 그에 대한 과감한 반론을 할 줄 알아야 했다. 그리고 하문도는 나름대로 훌륭한 수하라 인정받고 있었다.

"소림이 어떤 곳인지나 알고 그러십니까? 태산북두입니다. 이 정도의 인원으로 소림을 공격하는 것은 계란으로 바위를 치는 격입니다!"

"……."

안당은 점점 언성을 높이는 하문도를 바라보며 빙긋이 웃음 지었다. 그것이 하문도로 하여금 더욱 초조하게 만들었다.

"그렇게 웃을 일이 아닙니다! 애꿎은 수하들만 죽이는 길입니다! 저는 절대로 찬성할 수 없습니다!"

하문도의 음성은 점점 높아졌다. 그러나 주변의 혈영대원들은 조금의 미동도 없이 주변을 경계하는 데 주의를 기울이고 있었다.

"자네의 목소리가 온 산을 울리는군. 그래서야 비밀이 유지되겠나?"

"흠흠, 그러나 소림만은 안 됩니다."

자신의 실수를 깨달은 하문도가 헛기침을 하며 음성을 낮추었다. 그렇지만 그는 자신의 주장을 굽히지 않았다.

"하하! 내가 이래서 자네를 좋아한다니까."

"칭찬을 해도 소용없습니다. 그래도 안 되는 것은 안 되는 것입니다."

하문도는 시큰둥한 표정으로 안당을 바라보았다.

"귀곡자가 나와 혈영대를 이곳으로 보낼 때 내가 얼마나 그 인간의 욕을 해댔던가?"

"사돈의 팔촌까지 들먹였지요."

하문도는 중요한 순간에 뜬금없이 무슨 소리를 하느냐는 듯 멍청한 표정을 지으며 대답했다.

"그렇지. 그 이유가 무엇인가? 내 수하들이 다치는 것이 싫어서였지. 그런 내가 자네의 말처럼 애꿎은 수하들을 죽일 짓을 하겠는가?"

"그렇다면 더욱더 소림은 안 됩니다. 결과가 뻔하지 않습니까? 보나마나 전멸입니다."

하문도는 고개를 흔들며 대답을 했다.

"지금 소림에 누가 있나?"

"예?"

"지금 소림에 누가 있냐고 물었네."

"……"

"소림이 비록 태산북두라 하여 넘보지 못할 성역으로 인정받고 또 그만한 실력을 지니고 있지만 지금 소림에 누가 남아 있는가? 방장인 영오를 비롯하여 장로들과 웬만한 무승은 모조리 이번 싸움에 동원되었네. 특히 저 유명한 나한진, 그 나한진을 이루는 나한들의 대부분이 산문을 벗어났네."

일순 말이 막힌 하문도는 뭐라 할 말을 찾지 못했다. 그런 하문도를 물끄러미 바라본 안당의 말이 계속 이어졌다.

"수호신승 또한 소림에 없네. 결국 소림에는 무공을 모르는 학승들과 얼마 안 되는 무승들만이 남아 있을 뿐이지. 물론 전대의 몇몇 고승들은 남아 있겠지. 그러나 그들로는 우리를 막지 못하네. 더구나 정면 승부도 아니고 우리의 특기는 기습과 암습이지 않은가?"

"하, 하지만 소림이라는 곳에는 얼마나 많은 고수가 있는지 아무도 알지 못합니다. 전대 궁주님께서도 절대무적이라 여겨지는 백팔나한 진을 격파하셨지만 그때까지 이름도 없었던 수호신승에게 패해 물러나지 않으셨습니까? 비록 많은 고수들이 산문을 벗어났지만 또 누가 있을지는 장담을 못합니다."

안당의 말에도 일리는 있었지만 하문도에게 소림은 너무나 큰 그림자였다.

"허! 그렇게 생각해서야 어떤 문파인들 공격할 수 있겠나? 이미 결정은 내려졌네. 이번만은 내 생각을 따라주게."

"대주!"

"그만 하게. 이미 결정은 내려졌다고 했네. 이제 자네와 내가 걱정할 것은 어떻게 하면 수하들의 목숨을 최대한 보장하면서 소림을 공격하느냐 하는 것이네. 하하! 그렇게 울상만 짓지 말고 좋은 생각을 해보게. 아직 소림까지 당도하기엔 제법 긴 시간이 있으니 말일세. 자, 그럼 어느 정도 휴식을 취한 것 같으니 다시 움직이도록 하지."

마치 썩은 음식을 입에 넣고 씹는 사람처럼 죽을상을 하고 있는 하문도의 어깨를 툭 치며 지나가는 안당은 아무런 걱정도 없는 편안한 얼굴이었지만 어처구니없이 서 있는 하문도의 안색은 좀처럼 밝아지지 않았다.

그런데 편치 않은 얼굴을 하고 있는 사람은 하문도만이 아니었다. 숲 속에 몸을 숨기고 이들의 대화를 엿듣던 할아버지의 표정이 시시각각으로 변하는 것을 관찰하고 있는 구양풍 또한 하문도와 똑같은 심정이었다.

'흠, 소림이라……'

할아버지는 뭔가를 골똘히 생각하는 듯했다.

[저들의 말을 들으니 일리가 있는데… 소림이 무너질까?]

갑자기 들려온 전음성에 사라져 가는 안당의 모습을 뒤쫓던 구양풍의 고개가 황급히 돌아왔다.

[놀라기는. 소림이 저들에게 무너질 수 있냐고 물었네.]

[글쎄요. 소림이 지닌 힘을 뭐라 확언할 수는 없지만… 지금 소림에 남아 있는 고승이 없다는 것은 아마 맞는 말일 것입니다.]

[그렇군.]

할아버지의 눈치를 살피며 대답을 한 구양풍은 뭔지 모를 불안감이 가슴속에서 꿈틀대는 것을 느끼고 있었다. 고개를 끄덕이며 별것 아닌 것처럼 말은 했지만 할아버지의 표정이 심상치 않았기 때문이다. 그리고 그의 불길한 예감은 얼마 지나지 않아 정확하게 적중을 했다.

잠시 동안 휴식을 취하던 혈영대가 다시 이동을 시작했다. 이만한 인원이 정도맹의 이목을 숨기고 이동을 하자면 야음을 틈타는 수밖에는 없었다. 아직도 불안한 마음이 가시지 않았지만 안당의 결심이 확고하다는 것을 인식한 하문도가 그 선두에 서 있었다.

"우리도 가세."

혈영대의 자취가 사라지기를 기다리던 할아버지가 천천히 몸을 일으켰다.

"어디를 말입니까?"

"어디긴, 저들의 뒤를 쫓아서지."

"아니, 뭣 때문에 저들을 쫓아간다고 그러시는 것입니까? 괜한 싸움을 할 필요는……."

당연하다는 듯 말하는 할아버지. 깜짝 놀란 구양풍은 재빨리 반문을 했다. 그러나 그의 말은 이어지지 못했다.

"우리가 가는 곳이 어디인가?"

"소, 소림입니다."

"저들이 가는 곳은 어디인가?"

"소림입니다."

그제야 할아버지의 말을 이해한 구양풍의 안색이 흐려졌다. 그리고 이어지는 할아버지의 설명은 혹시나 했던 구양풍의 마음을 철저하게 무너뜨렸다.

"결초보은(結草報恩)이라! 자고로 사람이란 은혜를 입었으면 그 은혜를 갚아야 할 줄 알아야 하네. 노스님과 소림의 힘이 없었다면 어찌 청하가 버틸 수 있었고, 우리 휘소가 태어날 수 있었단 말인가? 어림도 없는 일이지. 그런데 저들이 소림을 친다고 하는군. 내가 그 꼴을 가만히 보고만 있을 줄 아는가? 보아하니 자네는 그들이 누구인지 아는 모양인데 안 그런가?"

"혈영대라고 하지요. 그들을 이끄는 자가 내 막내 제자입니다."

구양풍이 힘없이 고개를 끄덕였다.

"그럴 줄 알았네. 아까 자네의 표정을 보고 알았지. 하나 저들과 자네의 관계가 어찌 되었든 난 저들이 소림에 가는 것을 막아야 하겠네."

"저들과 싸우겠다는 것입니까?"

"훗! 그건 너무 걱정하지 말게. 애초에 싸움이 되지 않는다네. 그렇다고 목숨을 빼앗지도 않을 것이라네. 자네의 얼굴도 있고, 또 사람의 목숨은 귀한 것이거든."

누구를 염려하는지 모를 구양풍의 말에 자신감이 넘치는 몸짓을 해 보인 할아버지는 여전히 깊은 잠을 자고 있는 휘소를 내려다보며 묘한 웃음을 지었다.

"후후, 벌써부터 교육이 시작되는군. 물론 보지는 못하겠지만 말이지. 흘흘흘!"

어이없이 바라만 보던 구양풍이 할아버지의 말이 어떤 의미인지 알게 된 것은 일 다경이 채 지나지 않아서였다.

구양풍은 잠시 잊고 있던 것을 생각해 냈다. 중원에 궁귀라는 명성을 쩌렁쩌렁 울리고 있는 소문의 궁술이 어디서 시작되었는지를.

한 치 앞도 보이지 않는 어둠 속에서도 할아버지가 날리는 화살은 한 치의 오차도 없었다. 아무렇게나 꺾은 하나의 나뭇가지가 어둠을 뚫고 날아가면 여지없이 비명이 울려 퍼졌다.

'혈영대의 대원들이 비명을 지른다? 얼마나 고통이 크기에 그런다는 말인가?'

혈영대의 실수들을 익히 알고 있는 구양풍은 정적을 깨고 울리는 비명 소리에 경악을 금치 못했다.

그러나 그것은 시작에 불과했다. 처음 비명이 울리고 정확하게 나흘이 지나도록 혈영대가 움직인 거리라고는 고작 백 리에 불과했다. 야음을 틈타 이동을 하면서도 하루에 삼백여 리를 우습게 이동하던 그들로서는 마치 기어간 것이나 다름없었다. 그리고 그들이 지나간 곳곳에는 대여섯 명의 환자들이 몰래 몸을 숨기고 남아 있었다. 하나같이 허벅지에 커다란 상처를 입은 그들. 비록 목숨에는 지장이 없었지만 다리의 근육이 완벽하게 파괴되어 도저히 걸을 수 없는 혈영대의 대원들이었다.

"어찌하면 좋겠나? 이러다간 소림을 공격하기는커녕 우리가 몰살을 당하게 생겼네."

"아직 죽은 수하는 없습니다."

"무인이 부상을 입어 다리가 묶였다면 그것은 죽은 것이나 진배없는 것. 더구나 은밀함을 생명으로 하는 살수가 그리되었으니 더 말해 무엇 하겠나."

힘없이 말을 하는 안당의 얼굴엔 씁쓸한 미소가 떠올랐다. 잠시 머뭇거리던 하문도가 차분한 음성으로 말을 하였다.

"지금이라도 물러나는 게 어떻습니까?"

"물러나라……. 자넨 그 말을 참 쉽게도 하는군."

"절대로! 그렇지는 않습니다."

단호한 하문도의 음성에 자신의 실책을 깨달은 안당이 피식 웃고 말았다.

"그렇겠지. 내가 괜히 쓸데없는 소리를 했군. 그런데 지금 물러난다고 적이 공격을 하지 않을까?"

"지금껏 우리를 공격한 자는 우리의 이동을 막자는 의도를 지녔을 뿐 다른 생각은 없다고 보입니다. 그렇지 않다면 애당초 목숨을 빼앗았겠지요. 다시 한 번 말씀드리지만 적에겐 그만한 능력이 있습니다. 이렇게 다리를 쏘아 맞히는 수고를 하는 것을 보면 틀림없이 뭔가 다른 이유가 있을 것입니다. 공격할 필요는 없었을 것입니다."

하문도의 말이 자신이 생각하는 것과 다름이 없음에 고개를 끄덕인 안당은 심한 갈등에 사로잡혔다. 지금 심정으로야 자신들을 괴롭히는 적을 단숨에 베어버리고 예정대로 소림을 치고 싶었지만 적이 어디 있는지 얼마나 있는지조차 알지 못했고 또한 우연찮게 적을 발견하여 지금껏 쌓인 울분을 되갚아주더라도 나머지 인원으로 소림을 친다는 것은 어불성설(語不成說)이었다. 그렇다고 이대로 물러나기엔 지금껏 애써 가꾸어왔던 혈영대의 명예와 자부심이 용납하지 않았다. 안당은 명예와 수하들의 안전 사이에서 한참을 고민했다.

안당이 굳게 입을 다물고 생각에 잠기자 하문도는 그런 안당의 주변을 지켰다. 한참의 침묵이 흐르고 결국 큰 탄식과 함께 안당의 말문이 열렸다.

"후~ 어쩔 수 없지. 자칫 잘못하여 정도맹의 이목에라도 걸리는 날에는 부상이 아니라 말 그대로 황천행이 뻔한 것. 괜한 고집으로 수하들을 희생시킬 필요는 없겠지. 하문도!"

마침내 결정을 내린 안당, 풀이 죽어 허탈한 모습은 어느새 사라지고 없었다.

"옛! 대주!"

중대한 명령이 떨어지리라는 것을 예상한 하문도의 대답에 힘이 들어갔다.

"돌아간다. 지금 즉시 수하들을 부르라. 돌아가는 길에 부상을 당해 은신해 있는 나머지 수하들도 데리고 가야겠지. 기왕 퇴각하기로 한 것, 빠르게 움직이게."

"알겠습니다."

"그러나! 수하들에게 한 가지는 말해 두도록! 이것은 잠시 물러나는 것일 뿐, 동료들의 부상이 치료되면 언제든 다시 오게 될 것이라는 것을 말이네."

은근히 떨리고 있는 안당의 마지막 말엔 참을 수 없는 그의 분노가

고스란히 담겨져 있었다. 항상 안당을 옆에서 보필하고 있던 하문도는 그런 안당의 심정을 너무나 잘 헤아리고 있었다.

"알고 있습니다. 대주께서 말하지 않아도 수하들은 대주의 심정을 잘 알고 있습니다. 너무 걱정하지 마십시오. 그리고… 이번 결정은 옳은 것이었습니다."

"후후! 그런가? 그리 말해 주니 고맙군. 그러나저러나 정말 궁금하군. 도대체 어떤 인물이 우리로 하여금 이런 절망감을 맛보게 하는지 말이네. 그가 적이라는 것을 떠나 너무도 그의 정체가 보고 싶네."

약간은 기운을 되찾은 듯 밝은 얼굴로 말을 하는 안당의 말에 하문도 또한 마주 보며 웃음을 지었다.

"저도 그렇습니다."

그런데 하늘은 사람들이 아무리 간절히 기원하여도 끝내 외면하다가도 때때는 너무나 쉽게 그 소원을 들어주는 경향이 있었다. 지금이 그랬다. 이들의 말이 끝나기가 무섭게 숲을 울리는 소리가 있었다.

"응애! 응애!"

너무나 갑자기 울려 퍼지는 아이의 울음소리!

비록 사방이 어두워 아무것도 보이지 않는 숲이라지만 너무나 또렷이 들려오는 소리의 진원지를 찾지 못할 혈영대원들이 아니었다. 안당과 하문도의 명령이 없음에도 울음소리가 들려온 방향을 향해 사방에서 움직이는 소리가 들렸다.

"이런! 이를 어쩌나!"

안당과 하문도의 대화에 귀를 기울이고 있던 할아버지와 구양풍은 너무나 갑작스런 반전에 당황을 금치 못했다.

할아버지는 저들의 행동을 예측하기 위해, 구양풍은 제자가 빨리 사태의 심각성을 알아주기를 바라는 마음에서 그들의 대화를 주시하였다. 그런데 그사이 잠이 들었던 휘소가 깨버리고 말았다.

아이들의 특성상 언제 어디서 울음을 터뜨릴 줄 몰랐기에 할아버지와 구양풍은 낮에는 혈영대와 멀리 떨어져 있었고, 밤이 되면 적당한 시기에 휘소의 수혈을 점하고 데리고 다녔었다. 그럼에도 아이의 본능이란 실로 무서워 배가 고픈 새벽이 되면 휘소는 여러 번 잠에서 깨어나곤 하였다. 그럴 때마다 휘소를 안고 있던 구양풍은 재빨리 조치를 취했는데 시의 적절한 그의 움직임에 휘소의 울음은 단 한 번도 울려 퍼지지 않았다. 어차피 그 조치라는 것이 수혈을 점하는 것이었지만.

그런데 하필이면 지금, 안당과 하문도가 회군을 결정한 지금 그들의 대화에 너무나 신경을 빼앗긴 나머지 할아버지는 물론이고 구양풍마저 휘소가 깨어난 것을 미처 깨닫지 못하는 우를 범하고 말았던 것이다.

놀라기는 안당과 하문도 또한 마찬가지였다. 다만 할아버지와 구양풍이 예상치 못한 휘소의 울음에 당황하여 놀란 것이라면 안당과 하문도는 끓어오르는 분노를 뒤로한 채 물러서려는 순간, 어쩌면 적의 정체가 파악될 수도 있다는 생각이 들어서 놀란 것이었다. 물론 전혀 상관이 없는 사람들일 수도 있었지만 이렇게 접근하도록 알아채지 못했다는 것은 전자의 생각에 힘을 실어주었다.

"쯧쯧, 하필이면 지금……."

빼앗듯이 휘소를 안아 드는 할아버지의 표정엔 구양풍을 책망하는 빛이 역력했다.

"험험!"

구양풍은 할아버지를 보기가 약간은 민망했는지 연신 헛기침을 해대고 있었다.

"나오라!"

벌써 이들이 운신해 있는 넝쿨의 정면에 이른 안당이 소리를 질렀다. 그때까지 휘소의 울음은 멈추지 않았다. 어차피 들킨 것, 일부러 수혈까지 점하며 아이를 재울 필요까지는 없다고 생각한 할아버지가 그냥 안고 달랬기 때문이었다.

"나오라고 했다."

너무나 차분하여 북풍한설(北風寒雪)의 한기가 느껴질 만한 음성의 주인공 안당은 당장에라도 공격을 시작할 자세를 갖추고 있었다. 아이의 울음이 울리는 순간 이미 주변은 나머지 혈영대원들에 의해 포위되었다. 자신들을 괴롭힌 적의 정체를 알게 되었다는 기대감에 휩싸인 안당은 최대한 마음을 진정시키려고 애써야만 했다. 또한 적이 상당한 고수라는 것은 이미 잘 알고 있는 사실, 혹여 기습적인 공격이라도 있을까 하여 긴장의 끈을 놓치지 않고 있었다.

하문도의 눈짓을 받은 수하 하나가 넝쿨로 접근하려는 순간 흰옷을 입고 연신 울어대는 아이를 품에 안은 노인이 천천히 모습을 드러냈다. 그 뒤를 이어 우아한 자태를 뽐내는 매를 어깨에 앉힌 노인이 걸어나왔다. 한 손을 잃었는지 왼쪽 팔이 있어야 할 자리엔 빈 소매만 펄럭이는 노인이었다.

"나왔다."

휘소를 안은 할아버지가 대꾸를 했다.

너무나 태연한 자세. 적이 사방을 에워싸고 있음에도 조금도 두려워하지 않은 할아버지의 눈은 안당을 보고 있지 않았다. 할아버지가 정신을 빼앗긴 곳은 숲이 떠나가라 울고 있는 휘소에게였다. 그러나 안당은 할아버지가 모습을 드러낸 순간부터 한시도 눈을 떼지 않고 노려보고 있었다.

'예상대로군. 저토록 여유로운 것은 그만한 실력이 있다는 것. 가히 좋지 않다. 그러나 이대로 물러설 수는 없겠지.'

고통에 몸부림치며 쓰러지던 수하들을 생각한 안당은 전의를 불태웠다. 그러나 마음만큼은 차분하게 가라앉혔다.

"노인장이 우리를 공격한 사람이오?"

안당은 자신이 할 수 있는 범위 내에서 최대한 정중하게 질문을 하였다. 하나 할아버지는 여전히 휘소에게 신경을 쓸 뿐 그를 쳐다보지도 않고 있었다.

"이……!"

이미 무기를 겨누고 있던 하문도가 몸을 움직이려는 찰나 할아버지의 눈에 섬광이 스쳐 지나갔다. 그것을 눈치 챈 안당이 하문도의 움직임에 한발 앞서 앞을 가로막고 재차 물었다.

"노인장이 우리를 공격한 사람이 맞느냐고 물었소만!"

"……."

약간 이채를 띤 할아버지의 눈이 안당을 바라보았다. 보통 사람이라면 일이 이쯤 되고 보면 이성을 잃고 덤벼들었어도 한참을 그랬을 것이지만 정면의 사내는 용케도 참고 있었다. 아니, 끓어오르는 화를 분출시킬 기회를 엿보고 있는 것이 아닌가!

"좋은 눈을 지녔군."

"그건 무슨……."

난데없는 말에 안당의 눈빛이 잠시 흔들렸지만 할아버지는 이미 고개를 돌리고 있었다.

"원래 일이란 만든 사람이 해결해야 하는 법이지만 자네는 책임을 회피할 것이고 결국 내가 이 늙은 몸뚱이를 또 움직여야 한단 말이군."

"애초에 시작을 누가 했는지 생각해 보십시오."

"흥, 핑계는… 휘소나 달래게."

겸연쩍은 웃음을 짓고 있는 구양풍에게 휘소를 넘긴 할아버지가 안당을 향해 몸을 돌렸다.

"자네들을 공격한 사람이 나인지 물었나?"

"그렇소."

"이것이면 대답이 되겠지."

할아버지는 들고 있는 궁을 슬쩍 들어 올렸다.

"충분하오."

모든 것을 확인한 안당이 하문도를 향해 신호를 보냈다. 어차피 혼자서는 절대로 상대할 수 없는 상대. 더구나 자존심을 내세울 상황이 아니었다. 안당의 눈짓을 받은 하문도는 다른 수하들을 데리고 서서히 포위망을 좁혀왔다.

일촉즉발(一觸卽發)의 순간!

안당의 공격이 시작되면 할아버지를 포위하고 있는 모든 혈영대원들이 공격을 할 터였다. 그때까지 여유를 잃지 않은 할아버지가 서서히 안색을 굳히며 입을 열었다.

"하나만 알아두도록! 이 정도의 인원이면 사정을 봐줄 수 없는 법. 이번엔 단순한 상처만으로 끝나지는 않을 것이네. 조심하는 것이 좋을 것이야."

말을 마친 할아버지의 손엔 두 개의 나뭇가지가 들려 있었다.

"미친 소리!"

안당이 움직이지 않았기에 먼저 손을 쓰지는 못했지만 화가 치민 하문도가 소리를 질렀다. 그러나 그리 말을 하는 하문도는 물론이고 안당 또한 할아버지의 말이 절대 허언이 아님을 알고 있었다. 그때였다. 막 공격을 하려는 안당의 귀에 한줄기 전음이 흘러들었다.

[그건 저분의 말이 옳다. 내 단언하건대 살아남을 수 있는 사람은 없을 것이다.]

너무나 친숙한 음성! 깜짝 놀란 안당이 고개를 돌릴 때였다.

[그대로 있거라. 수하들이 알아서 좋을 것은 없다.]

[사, 사부님!]

경악에 휩싸인 안당의 눈동자는 이미 구양풍에 고정되어 있었다. 비록 많은 것이 달라졌지만 안당은 한눈에 사부를 알아볼 수 있었다. 어느새 휘소를 잠재운 구양풍이 담담한 미소로 제자의 시선을 받고 있었다.

[서, 설마 사부님께서 저희를 공격하신 것입니까?]

[그건 아니다. 네 앞에 서 계신 분, 궁귀 을지소문의 조부 되시는 분이 너희들이 가고자 하는 길을 막으신 것이다.]

[어째서……?]

[사정이야 길지만 요지는 간단하다. 을지 가문이 소림에 은혜를 입었기 때문이지. 그러니 가슴은 아프겠지만 그리 알고 돌아가거라.]

구양풍은 안당의 심정을 이해한다는 듯 안타까운 음성으로 제자를 다독거렸다. 하지만 안당은 그리 쉽게 물러설 수 없었다.

[사부님께 죄송스럽지만 이대로 물러서기엔 저의, 혈영대의 자존심이 용납하지 않습니다. 복수를 해야 합니다.]

[복수라… 네가 하나 착각하는 것이 있구나. 나는 지금 다른 누구도

아닌 너희들을 염려해서 하는 말이다. 내 체면을 생각하여 일이 그 정도에서 끝난 것이지, 그렇지 않다면 혈영대는 이미 사라졌을 것이다. 혈영대 전원이 덤벼도 승부를 점칠 수 없거늘 겨우 몇 남은 수하들을 이끌고 싸우겠다는 것이냐? 어림없는 짓이지.]

[……]

안당은 잠시 침묵을 지켰다.

[싸움에선 물러날 때를 잘 알아야 한다. 지금이 바로 그때다.]

[정말 저희에게 승산이 없습니까?]

[절대로 없다. 내 이름을 걸고 맹세하건대 절대로 없다.]

구양풍은 못을 박듯 딱 잘라 말했다. 안당은 다시 입을 닫고 한참 동안이나 할아버지를 노려보았다. 구양풍의 실력을 익히 알고 있는 안당은 사부의 말을 믿지 않을 수도 없었다. 더구나 애써 몸을 감춘 사부가 아니던가! 얼마나 위급했으면 몸소 몸을 드러내셨을까 하는 것에 생각이 이르자 더 이상 고집을 피울 수 없었다. 결국 그가 선택할 길은 이미 정해져 있었다.

"물러간다."

천천히 고개를 떨군 안당의 입에서 전혀 예상치 못한 말이 나오자 지금까지 살기를 뿜어대며 명을 기다리던 혈영대의 대원들이 적잖이 당황한 듯했다. 수하들이 갑작스런 명령에 일순 어떤 행동도 하지 못하자 하문도가 안당에 이어 재빨리 명을 내렸다.

"뭣들 하느냐? 대주님의 명이다! 물러서라!"

수하들을 거두며 물러나는 하문도가 슬그머니 고개를 돌려 구양풍을 바라보았다. 그리고 살짝 고개를 숙여 인사를 했다. 하문도는 안당이 구양풍과 전음을 나누고 있을 때부터 이미 구양풍의 정체를 알아보고 있었다. 그랬기에 두말하지 않고 안당의 명에 따른 것이었다.

구양풍은 가벼운 눈인사로 하문도의 인사를 받았다.

"사부님께 묻고 싶은 것이 많지만 오늘은 이대로 물러가겠습니다."

수하들이 모두 뒤로 이동한 것을 확인한 안당이 입을 열었다.

"그래, 너무 서운해하지 말고 조심해서 돌아가도록 하여라."

"보중하십시오."

안당은 별다른 대꾸 없이 구양풍을 향해 허리를 숙여 인사를 하고 몸을 돌렸다. 물론 그러기 전에 들고 있던 나뭇가지를 버리고 궁을 거둔 할아버지를 응시하는 것을 잊지는 않았다.

안당과 혈영대가 어둠 속으로 완전히 사라지자 할아버지가 너털웃음을 터뜨렸다.

"헛헛! 상관없을 듯 행동하더니 결국은 나섰구먼."

"그렇지 않으면 어떡합니까? 결과가 빤히 보이는데 가만히 있을 수도 없고."

그러자 할아버지가 가만히 구양풍을 쳐다보았다.

"자네, 혹시 휘소가 깬 것을 알고도 방치한 것이 아닌가?"

"그랬을 것 같습니까?"

구양풍이 대뜸 화를 냈다.

"알았네, 알았어. 화를 내기는……. 그나저나 휘소는 언제 재운 것인가? 금방 울음을 멈추던데."

"빤하지 않습니까? 상황이 급하니……."

약간은 겸연쩍은 듯 말하는 구양풍. 그 모습을 본 할아버지가 혀를 찼다.

"쯧쯧, 장차 이 녀석이 성장하여 요 며칠 일어났던 일을 알게 된다면 제일 먼저 점혈을 피하는 무공을 익히려고 할 것이네."

"알 리가 있습니까? 혹 안다면 제가 가르쳐 주면 되지요."

"그런가? 허허허!"

구양풍이 언제 울었냐는 듯 곤히 잠든 휘소를 바라보며 웃음을 지었
다. 별다른 충돌 없이 일이 해결되어 할아버지 또한 기분이 좋은지 크
게 웃음을 터뜨렸다.

제 34 장

강남 총타(江南總舵)

강남 총타(江南總舵)

"오늘도 역시 마찬가지인가?"

태사의에 앉아 전황을 보고하러 들어온 귀곡자를 바라보는 관패의 음성엔 별다른 감정이 실리지 않았다. 마치 귀곡자가 보고할 내용이 무엇인지 이미 알고 있다는 듯한 태도였다.

"예, 궁주님. 천수유 장로가 이끄는 병력이 느리지만 확실히 점령을 하며 북상하고 있다는 것과 서면을 치고 올라가는 병력이 노산을 점령하였다는 전갈이 막 도착했습니다."

"호오~ 노산을? 노산만큼은 쉽지 않았다고 들었는데?"

관패의 얼굴에 처음으로 표정다운 표정이 떠올랐다.

"쌍방에 많은 피해가 있었다고 합니다. 궁주님의 말씀대로 쉽지는 않았지만 열세라 느낀 적들이 야음을 틈타 물러났다고 합니다. 냉 대주는 이를 두고 적이 지원군을 두려워한 나머지 퇴각을 했을 것이라는 예측을 했습니다.”

“흠, 어쨌든 고생했군. 예상치 못한 인물이 끼어드는 바람에 일에 상당한 차질이 있을 줄 알았는데 이것을 두고 다행이라 해야 하는 것인가?”

이미 보고를 받은 바 있는 관패는 노산에서의 소문의 행적을 잘 알고 있었다. 비단 관패뿐만 아니라 독혈인을 파괴하고 여러 고수들을 쓰러뜨린 소문의 무용담은 그들이 원하든 원하지 않았든 이미 전 중원에 퍼져 있었다.

“다행일지도 모르겠습니다만 왠지 기분이 좋지 않습니다.”

“응? 그건 무슨 말인가?”

관패가 어두운 안색을 하고 있는 귀곡자에게 질문을 던졌다.

“이번 싸움은 시작부터 뭔가 이상합니다.”

“뭐가 말인가?”

관패가 왼손으로 턱을 괴며 물었다.

“호북도 아니고 저들의 안방이나 다름없는 하남성이 뚫리면서도 전혀 당황하는 기색이 없습니다. 방어하는 전력이 약한 것도 아니면서 애써 싸우려는 모습을 보이지 않고 있습니다.”

“흠······.”

관패가 괴었던 손을 풀고 태사의 깊숙이 몸을 뉘었다. 그건 관패가 귀곡자의 말을 진지하게 들을 준비가 끝났다는 것을 의미했다.

“천수유 장로가 이끄는 병력이 정도맹으로 가는 길목에 위치한 평정분타에 근접했고, 냉 대주가 이끄는 병력 또한 그곳으로 후퇴하는 적을 쫓아 추격하고 있다고 합니다. 그런데 점령을 하는 동안 적들의 저항이 실로 미미했습니다. 그나마 노산에선 큰 전투가 있었지만 천수유

장로는 별다른 제지 없이 밀고 올라갔습니다. 그동안 목숨을 잃은 자들이 적과 아군을 합해 겨우 백여 명에 불과하다고 합니다. 시장 뒷골목의 세력 싸움에서도 그 정도의 희생은 흔히 있을 수 있습니다. 하물며 무림의 운명을 결정짓는 싸움에서 발생하는 희생자치고는 너무 적습니다."

잠시 관패를 살핀 귀곡자가 멈추었던 말을 이었다.

"그리고 가장 심각한 것은, 물론 저의 불찰일 수도 있습니다만 저들의 주력이 어디로 사라졌는지 알 수가 없다는 것입니다."

"아직도 찾지 못했는가?"

귀곡자가 하는 말의 의미를 알고 있는 관패가 약간은 노기 섞인 음성으로 되물었다.

"죄송합니다. 저들의 행사가 얼마나 교묘한지 비혈대의 대원들을 총동원하고 여러 가지 방법을 써보았지만 아직 찾지 못했습니다. 다만 이곳저곳에서 수상한 움직임이 있다는 전서구는 빗발치고 있습니다. 그런데……."

"그런데?"

"그것이… 확실한 진위 여부가 가려지지 않아서 조치를 취하기에 무리가 있습니다."

말을 마친 귀곡자가 부끄러운 듯 얼굴을 붉혔다. 그런 귀곡자를 물끄러미 응시하던 관패가 입을 열었다.

"하하! 천하의 귀곡자가 이리 당황할 때가 있다는 말인가? 도대체 누가 자네를 이리 곤란하게 만드는지 보고 싶구먼. 아마 제갈세가의 사람들이겠지."

자신의 말이 맞을 게 틀림없을 것이라는 듯 고개를 끄덕인 관패는 귀곡자와는 달리 그다지 심각한 표정은 아니었다.

"뭘 그리 걱정을 하나? 그들이 어떤 수를 쓰든 우리의 병력이 정도맹까지 밀고 올라가면 어차피 이번 싸움은 끝이나 마찬가지 아닌가? 그리고 자네 말대로 행방이 묘연한 자들이 저들의 주력이라는 복마단과 의혈단의 무인들이라 감안하여도 그 수가 얼마 되지 않는 것을 알고 있는데……."

"정확히 사백입니다. 하나같이 고수들이지요."

귀곡자가 정확한 수치를 각인시켰다.

"그래, 사백. 그런데 그것으로 무엇을 할 수 있다고 생각하는가? 선발대를 지원하기 위해 태상장로께서 이끌고 이동하고 있는 병력이 그 몇 배는 되네. 또한 그동안 심혈을 기울여 초빙한 고수들의 상당수가 강북 총타에 남아 있네. 당장 이곳에 남아 있는 적기당의 병력도 근 사백에 이르고 나머지 병력도 그 정도는 되지. 그리고 무엇보다 패천수호대가 있다네. 그런데도 문제가 있다고 보는가?"

"적기당을 그들과 비교하는 것은 무립니다. 패천수호대가 있기는 해도 자칫 잘못하면……."

"이곳이 위험할 수도 있다는 말인가?"

"……."

귀곡자는 쉽게 대답을 하지 않았다.

"이곳엔 내가 있네. 나 관패가 말이지!"

나직하면서도 절대적인 위엄이 있는 음성. 관패의 기분이 몹시 상했다는 것을 인지한 귀곡자는 재빨리 화제를 바꿨다. 아직 그들에 대해 미처 말하지 못한 사항이 있었으나 거론하지는 않았다.

"음자문을 기억하십니까? 공격에 앞서 배후에 침투시킨 음자문의 활약이 대단하다고 합니다. 신출귀몰한 저들의 출현에 정도맹은 물론이고 주변의 백도문파에서 적잖게 피해를 입자 결국 그들을 잡기 위해 성에 대기하고 있던 정예들로 추격대를 구성했다고 합니다."

"그 말은 나도 들었네. 급하긴 급한 모양이야. 하하하! 코앞에 병력이 도달했는데도 정예들을 그쪽을 돌려야 하니 말이야."

"그러게 말입니다. 추격대로 인해 지금은 잠시 주춤하고 있지만 조만간 또 다른 소식이 들려올 것입니다."

"그래야겠지. 그런데… 혈영대의 소식은 없는가?"

자신의 계획의 효과가 적절히 드러나자 내심 기꺼워하며 웃던 귀곡자의 안색이 순식간에 변했다.

"하남성으로 잠입한다는 전갈 이후 모든 연락이 끊어졌습니다. 다만 이쪽 소식이 꾸준히 전달된다는 것을 보니 특별한 일은 없는 것 같고… 뭔가 생각이 있는 듯합니다만 아직 어떠한 소식도 전갈도 없습니다."

귀곡자의 음성에 불만이 가득 서려 있었다. 처음부터 혈영대를 잠입시키는 것을 반대하던 안당이 그 어떤 소식도 보내지 않는다는 것은 자신에 대한 불만의 표출이라고밖에 생각되지 않았다.

"하하! 사제가 뭔가 노리는 것이 있나 보군. 그렇게 화만 내지 말고 기대를 해보세나. 하하하!"

"하지만……."

"하하! 되었네. 난 사제를 믿네. 약간 엉뚱한 구석이 있지만 잘 해낼 것이야."

관패는 너털웃음을 터뜨리며 안당을 옹호했다. 귀곡자로선 더 이상 할 말이 없었다.

"물러가겠습니다."

조용히 한숨을 내쉰 귀곡자가 자리에서 일어났다.

"음, 가려는가? 그렇게 하게. 오늘도 역시 별다른 소식이 없었군. 내일은 뭔가 다른 소식이 있으려나."

귀곡자는 허리를 굽혀 인사를 하고 물러났다.

'후~ 하고 싶은 말은 제대로 못하고 엉뚱한 말만 하다가 물러났구나. 어쩐다?'

궁주가 기거하는 곳을 벗어나 근처의 한적한 죽림(竹林)을 홀로 걷는 귀곡자의 안색은 어둡기만 했다. 그가 오늘 관패를 찾은 것은 냉악의 병력이 노산을 점령한 일도 일이지만 잠시 말을 꺼냈던, 사라진 정도맹의 정예 복마단과 의혈단의 일에 대해 논의하기 위함이었다.

패천궁의 병력이 호북을 점령하고 정도맹의 병력이 이동을 시작하자 귀곡자가 가장 주시한 것은 다름 아닌 복마단과 의혈단, 그리고 호천단이었다. 정도맹에서 패천수호대와 혈참마대를 중시하듯 귀곡자 또한 그 삼 개 단을 중요시 여겼다.

그중 호천단은 직접 싸움에 끼어들었지만 이들 중에서도 가장 강한 힘을 지닌 복마단을 비롯하여 의혈단의 주요 고수들은 전혀 움직이지 않았고 종내에는 행방조차 묘연해지고 말았다.

귀곡자는 곧 자신이 할 수 있는 최대의 수단을 강구하여 이들을 추격하기 시작했다. 그리고 여러 보고가 올라왔으나 대개가 다 정확치 않은 것이었다. 그런데 오늘 오전, 거의 동시에 한 가지 내용을 담은 정보가 올라왔다.

며칠 전부터 목적이 불분명한 일단의 상선이 바다에서 장강을 거슬러 올라오더니 마침내 강서성의 파양호(鄱陽湖)에까지 이르렀다는 소식. 확실한 것은 아니었지만 장강수로연맹에서 보내온 소식이기에 그나마 가장 정확하면서도 우려할 만한 보고였다. 파양호에서 강남 총타까지 비록 상당한 거리가 있다고는 해도 절대로 무시할 수 없는 얘기였다. 별다른 이상이 없다면 그나마 다행이지만 혹시나 하는 의구심을 배제할 수 없었던 귀곡자는 이미 비혈대의 유능한 인재들을 파견하였다.

"만약을 대비하여 태상장로님과 강북 총타에 연락을 해놓아야겠군. 적성도 만나봐야겠고. 그나저나 그자들은 도대체 어디 있단 말인가?"

*   *   *

"와우! 이것이 정말 호수란 말이야?"

입에서 흐르는 술을 지저분하기 그지없는 옷소매로 쓰윽 문지른 단견이 탄성을 내뱉었다. 수십 년을 입은 것처럼 너덜너덜해진 옷의 양쪽 소매는 찌든 때로 번들거렸다.

"그럼 바다냐? 며칠 동안 지긋지긋하게 봐왔으면서 아직도 바다와 호수를 구별하지 못한다는 말이냐?"

황충은 단견의 뒤통수를 후려치며 호통을 쳤다.

"누가 뭐랍니까? 그냥 보기에 너무 넓어 보여서 그런 것이지요. 얼핏 보기에도 동정호보다 크면 컸지 작지는 않아 보이네요."

"쯧쯧, 동정호의 크기가 얼마인데… 네놈이 눈으로 보는 것보다 훨씬 더 넓은 것이 동정호다. 어쨌든 몇 번 와보기는 하였지만 언제 보아도 넓고 웅장한 것은 변함이 없구나."

말은 그리했지만 황충 또한 파양호의 절경에 감탄을 금치 못했다.

"그러면 뭐 합니까? 제대로 구경도 못하면서 지나가야 하는 것을!"

단견은 뭐가 불만인지 입을 삐죽였다.

"하하하! 우리가 어디 구경 온 것이더냐. 우리는 싸우러 온 것이다. 구경이야 싸움이 끝나면 언제라도 할 수 있는 것이지."

바늘 가는 곳에 실이 있는 법. 어느새 곁으로 다가온 곽검명이 바람에 흩날리는 옷깃을 부여잡고 웃음을 터뜨렸다.

"그것도 살아야 그렇지요. 우리가 가는 곳이 어디 만만한 곳입니까? 패천궁의 중심이자 궁주가 있는 강남 총타라구요. 그 무식한 패천수호대인지 뭔지 하는 놈이 득실대는."

단견은 가슴이 답답한지 들고 있는 술을 연신 들이켰다.

"쯧쯧, 저리 자신이 없을꼬. 그까짓 놈들이 뭐가 무서워서 그리 떠는 것이냐? 그러면 애당초 따라나서지를 말 것이지, 지금에 와서 꼬리를 말면 어쩌겠다는 거야?"

"헛소리하지 말고 술이나 줘라."

자신에게 이따위 소리를 할 사람이 누가 있을까? 고개를 돌리기도 전에 다가온 사내가 장남술임을 간파한 단견이 때마침 술이 떨어지자 손을 벌렸다.

"흥! 네놈에게 줄 술이 어디 있냐? 내가 먹을 술도 없다."

단견의 인상을 간단히 찌그러뜨린 후 웃고 있는 곽검명의 곁을 스쳐 황충에게 다가간 장남술이 입을 열었다.

"선실로 들어오시랍니다. 중요한 일이 있으신 모양입니다."

곽검명과 마찬가지로 단견의 얼굴을 보며 웃고 있던 황충이 장남술을 바라보았다.

"흠, 알았다. 다들 모이신 모양이군."

"예, 다 모이신 것으로 알고 있습니다."

"그래, 그렇구나."

고개를 끄덕인 황충의 얼굴에선 어느새 웃음이 지워지고 몸에선 긴 긴장감이 맴돌고 있었다.

"이제 시작할 모양이지?"

황충이 선실로 사라지는 것을 확인한 단견이 장남술에게 물었다.

"모르지. 그러나 수로연맹이 저들에게 넘어간 이상 더 이상 장강을 이용하는 것은 불가능하겠지. 어쩌면 여기까지 들키지 않고 숨어 들어온 것만도 기적이라면 기적이야."

장남술이 단견에게 술병을 던져 주자 단숨에 술병을 비운 단견이 마지막 남은 술 방울을 혀로 핥으며 대꾸했다.

"하지만 지금부터가 문제지. 여기서 패천궁 강남 총타까지의 거리가 무려 칠백 리. 밤낮을 가리지 않고 달려간다 하더라도 족히 이틀은 걸려. 도착할 수야 있겠지만 몸은 지칠 대로 지칠걸?"

"그렇게 지친 몸으론 싸움을 하지 못한다. 그래서 힘든 것이지. 그 동안이야 상선으로 위장된 배 안에서 숨어 있었으면 그만이었지만 육지로 내려가는 순간 저들에게 발각될 것. 아마 어르신들께서 그것을 논의하기 위해 모이시는 것일 것이다."

잠시 말을 멈춘 곽검명이 나지막이 한숨을 내쉬며 말을 이었다.

"그러나 과연 대안이 있을까? 빠르게 이동을 하든 느리게 이동을 하든 배에서 내리는 순간 적의 이목에 포착될 것이고 그 순간 기습이란 의미는 없어지는 것이지."

"뭔가 대책이 있겠지요."

파양호의 절경을 잠시 감상하던 단견이 무언가 생각났다는 듯 다시 몸을 돌려 말을 하였다.

"그나저나 오상이란 자는 소문 형님을 만나기나 한 것인지 모르겠습니다. 하필 그자를 보낸 이유를 모르겠습니다."

"그러게 말이다. 왜 하필 오상이란 자를 보냈는지 난 지금도 부군사의 의중을 헤아리지 못하겠다. 둘 중에 한 사람이 갔다면 좀 더 설득하기 쉬웠을 것인데."

이곳으로 떠나오기 전 복마단에 속해 있던 각 문파의 대표들이 의사청에 모여 부군사인 제갈영영을 만난 적이 있었다. 그때 제갈공이 세운 자세한 계획을 들으면서 소문의 말이 나왔었는데 제갈영영은 소문의 도움이 절대적으로 필요하다는 것을 강조하면서도 정작 그를 데리러 갈 사람은 오상을 선택하는 우를 범하고 말았다.

단견과 곽검명은 물론이고 남궁진과 최진원, 그리고 당사자인 오상까지 쌍수를 들고 반대했지만 어찌 된 일인지 그녀는 자신의 의견을 굽히지 않았다. 결국 죽을상을 한 오상이 소문을 찾아 한발 앞서 정도맹을 떠나고 작전에 참여할 복마단과 의혈단의 무인들은 그날 밤 은밀하게 정도맹을 나서게 되었다.

소문과 오상의 관계를 알고 있는 곽검명과 단견이 걱정을 하는 것은 너무나 당연했다. 그러자 그런 그들을 바라보던 장남술이 약간은 격앙된 음성으로 입을 열었다.

"어차피 이 작전이 세워질 때 을지 소협은 계획에 없었습니다. 오상이 그를 데리고 오면 좋겠지만 그렇지 못하더라도 어쩔 수가 없는 것입니다. 시간도 맞지 않을 것 같고 말이지요. 결국 지금 중요한 것은 그 일이 아니라 어르신들께서 내리신 결론이 무엇이냐 하는 것이라는 생각이 듭니다."

"그렇지. 네 말이 맞다. 어차피 이것은 우리들의 싸움이니까."

단견이 고개를 끄덕이며 맞장구를 쳤다.

"과연 어떤 결론이 내려질지 궁금하군."

곽검명 또한 동의를 하며 황충이 들어간 선실을 바라보았다.

"별다른 방법이 없는 것 같소. 어차피 금방 알려질 것, 당당하게 이동을 하는 것이 어떻겠소이까?"

"나도 찬성이네. 그것이 좋겠어."

중앙에 자리하고 앉은 남궁상인을 중심으로 그 왼편에 앉은 해천풍의 의견에 당천호가 동조를 하고 나섰다.

"하지만 그건 너무 위험한 일입니다. 언제 어디서 기습을 당할지 모르는 일입니다."

"배에서 내리면 어차피 그 정도는 감수해야 하는 일이네."

"그러나……."

황충이 당천호의 말에 다시 반박을 하려 할 때 침묵을 지키던 남궁상인이 제일 가장자리에 앉아 있는 노인을 바라보았다. 오래되어 남루(襤褸)하기는 했지만 깔끔한 청의를 입고 드러난 팔과 몸이 몹시 야윈 노인이었다.

"선배님께선 어떻게 생각하십니까?"

"무량수불! 내 생각이 어떤 것은 그다지 중요한 것이 아니네. 나는 그저 자네들의 의견을 따를 것이니 나를 신경 쓸 필요는 없다네."

비록 많이 야위었지만 눈에서 뿜어져 나오는 예기는 예사롭지 않은 노인. 천검 진인(天劍眞人)이라 불리는 이 노인은 무당파의 전대 기인이자 현 무당을 이끌고 있는 운상 진인의 사백으로 한참 전에 무당을 떠나 산속에 틀어박혀 수양에만 힘쓰던 인물이었다. 그러다 무당의 참화를 듣고 은거를 깨고 나오니 그 누구도 함부로 대할 수 없었다.

"무무 스님의 생각은 어떠하오?"

나이는 어리지만 수호신승인 무무. 맹주인 영오 대사마저 말을 높이는 처지이다 보니 남궁상인 또한 하대를 할 수는 없었다.

"아미타불! 저 또한 이분과 같은 생각입니다."

남궁상인의 질문을 받은 무무 역시 별다른 의견을 내놓지 못했다.

"허, 이것 참!"

병력을 이끄는 수장이 된 남궁상인은 곤란하다는 듯이 입맛을 다셨다.

"할 수 없네. 자네가 결정을 내리게. 군사의 계획은 여기까지야. 어차피 이곳에 도착하면 모든 것을 자네의 판단에 맡기기로 하지 않았는가? 곧 있으면 해가 지네. 움직여야 할 시간이야. 이러다가 시간만 지연되면 모든 것이 틀어지고 말 수도 있으니."

"그것이 좋겠습니다."

"그렇게 하시지요."

좌중의 인물들 또한 당천호의 의견에 동조하고 나섰다. 모든 이의 시선을 받은 남궁상인은 곤란하다는 듯 얼굴을 찌푸렸지만 당천호의 말대로 시간이 없었다. 곧 결정을 내려야만 했다.

"그럼 그렇게 하도록 합시다. 여기까지 온 것, 나 또한 당당하게 공격하고 싶소."

"하지만……."

"이것은 도전이오. 패천궁의 궁주 정도 되는 자라면 이런 도전을 거부하지는 않을 것이오. 자기 앞마당에서 기습이나 암습 따위를 하지는 않을 것이오. 다만 그가 원하든 원하지 않든 강북 총타에 이 사실이 알려질 것이고 자연 지원군이 올 것이지만. 그 시간이 얼마라고 했지?"

남궁상인이 고개를 돌려 남궁검을 바라보았다.

"사흘입니다."

"흠, 애매한 시간이군. 최대한 빨리 이동을 한다면 이틀, 그러나 그래선 공격을 할 수 없지. 나름대로 전력을 갖추려면 이쪽 역시 사흘은 걸려야 하는데… 어쩔 수 없는 노릇인가? 가능한 빨리 이동을 하고 전열을 정비한 후에 그들이 도착하기 전에 공격을 하는 것으로 하도록 합시다. 이동은 오늘 저녁에 배에서 내리는 즉시. 황 방주는 최대한 빠른 길을 알아봐 주도록 하게."

"알겠습니다."

남궁상인이 결정한 것을 따르기로 한 이상 모든 것의 행동 방향은 정해졌다.

"자, 그럼 준비들을 해주시오. 시간이 많지 않소이다."

남궁상인의 말이 끝나자 좌중의 인물이 자리에서 일어나 자리를 떠났다. 그러나 여전히 자리를 지키고 있는 사람이 있었으니 실질적인 이 배의 주인이자 지금껏 정도맹의 정예들이 패천궁의 이목을 속이고 안전하게 이곳까지 이를 수 있도록 해준 제일 공로자였다. 별로 할 말이 없었는지 그늘진 구석에 앉아 있어 얼굴은 자세히 보이지 않았지만 그다지 큰 체구를 지닌 것 같지는 않았다.

"후~ 그간 고생 많았네. 자네 덕에 무사히 도착할 수 있었네."

"운이 좋았습니다. 설마 바다를 통해 들어올 줄은 몰랐겠지요. 그러나 여기까지입니다. 더 이상은 접근하기가 쉽지 않습니다."

벽에 비스듬히 기대어앉아 있던 사내가 의자를 당기고 몸을 숙이며 조용히 대답을 했다. 그러자 드러나는 사내의 얼굴. 구릿빛 피부에 강인한 모습. 두아, 아니, 장강수로연맹의 총순찰 광풍노도 두일충이었다.

소문과의 만남을 뒤로하고 중원의 정세가 심상치 않게 돌아가자 두일충은 결국 수로연맹으로 돌아오고 말았다. 안 그래도 불안하게 정국을 주시하던 수로맹주 용태성과 두일충의 친구인 용진성을 비롯하여 많은 식구들이 그의 귀환을 반겼다. 하지만 그가 할 수 있는 일은 그다지 많지 않았다.

강남에서의 싸움이 끝이 나고 패천궁이 지옥벌을 비롯하여 많은 흑도문파를 흡수할 때 수로연맹은 생각지도 못한 위기에 직면했다. 야음을 틈탄 패천궁의 전격적인 기습에 의해 동정호의 한 섬에 자리 잡은 수로연맹의 총타는 쑥대밭이 되고 말았다.

물 위에선 그 누구도 무너뜨리지 못한다는 수로연맹. 그러나 야심이 컸던 봉황채(鳳凰寨)의 채주 원승(元丞)이 배반을 하여 패천궁의 무인들이 섬에 잠입한 이상 상대가 될 수 없었다. 맹주인 용태성을 비롯하여 끝까지 항복을 거부하고 대항을 한 용진성이 죽고 많은 원로와 고수들이 죽임을 당했다.

두일충의 능력이 아무리 뛰어나고 수로연맹에 속한 무인들이 죽을 힘을 다해 덤벼들었지만 상대는 패천수호대라는 패천궁의 최정예. 상대가 되지 못했다. 결국 두일충은 눈물을 머금고 몇몇 수하들과 이제 두 살이 된 용태성의 아들인 용명(龍鳴)만을 데리고 탈출할 수밖에 없었다. 간신히 탈출에 성공한 그들이 의지할 곳은 오직 정도맹뿐이었다.

그리고 지금 그들을 도와 패천궁에게 결정타를 먹일 정도맹의 정예를 파양호까지 무사히 안내하여 온 것이다.

두일충과 그를 따라온 수로맹의 수하들이 없었다면 애초에 이런 계획이 수립될 수 없었다. 육지로는 비밀리에 접근이 불가능했지만 이들이 있었기에 수로를 통한 잠입을 생각했고, 특히 두일충의 능력을 믿은 제갈공이 실로 과감한 계획을 세운 것이었다.

"그런데 정말 괜찮겠습니까?"

"뭐가 말인가?"

남궁상인의 반문에 잠시 머뭇거리던 두일충은 결심을 했는지 처음부터 지니고 있던 의구심에 대해 물었다.

"겨우 사백의 인원으로 그곳을 칠 수 있는 것입니까? 그곳엔 패천수호대가 있습니다. 수는 많지 않지만 실로 엄청난 자들입니다. 고작 그 인원을 막지 못해 수로연맹이 무너졌습니다."

지난날의 악몽이 되살아나는 듯 질문을 하는 두일충의 안색은 굳을 대로 굳어 있었다.

"더구나 그들 말고도 많은 무인들이 있다고 들었습니다. 이 정도의 인원으로 그들을 친다는 것이……."

"무리라고 생각하는가?"

"그렇습니다."

남궁상인은 빙그레 웃음을 지으며 두일충을 바라보았다.

"강하지. 암! 강할 것이네. 하나 우리 또한 강하다네."

"하지만……."

"물론 힘들 수도 있겠지. 하나 이곳에 온 사람들은 절대로 질 수 없는 이유가 있다네. 그것은 우리가 무너지면 말 그대로 백도가 무너진다는 것이지. 그것은 신념의 차이네. '이길 수 있을까?' 하는 마음과

'반드시 이겨야 한다' 라는 마음가짐은 실로 엄청난 차이가 있다네. 모두들 강한 정신력으로 무장을 하고 있으니 모르긴 몰라도 지지는 않을 것이네."

"후~ 좋은 결과가 있기만을 바랄 뿐입니다."

이미 장강수로연맹의 내분에서 혁혁한 공을 세운 두일충이 그런 이치를 모를 리 없었다. 그러나 고개를 끄덕이는 그에게선 일만의 불안감이 가시질 않았다. 백 번을 양보해도 지난날 총타에서 보여준 패천수호대의 신위는 결코 간단히 생각할 것이 아니었기 때문이다.

'패천수호대라……'

말은 그리했지만 남궁상인 역시 소림의 백팔나한진과 마찬가지로 새로운 전설이 되어가는 패천수호대를 생각하면 가슴 한쪽이 무거워짐을 부인하지는 못했다.

그러나 그들이 그토록 염려한 패천수호대는 강남 총타에서 사라진 지 오래였다.

정도맹의 정예를 파양호로 이동시키기 전에 두일충은 사전 작업으로 수로연맹에서 함께 탈출한 수하들을 이끌고 여러 차례 파양호를 드나들었다. 상선으로 위장을 했지만 처음엔 이들의 행동을 이상하게 여긴 자들에 의해 수차례 감시를 받았다. 귀곡자는 비혈대까지 급파하는 조심성을 보여주었다. 결국 별다른 위험이 없다는 비혈대의 최종 보고가 올라가자 두일충이 이끄는 배에 대한 감시가 사라졌다. 그렇게 되기까지가 열흘, 그동안 바다를 통해 장강을 거슬러 올라와 파양호에서 백여 리 떨어진 문연(雯演)이라는 마을의 야산에 숨어 있던 정도맹의 정예들은 숨을 죽이고 때를 기다렸다. 그리고 마침내 오늘, 적의 이목을 완전히 따돌리고 파양호에 도착하여 공격을 앞두고 있었다.

그런데 아직 이들이 모르고 있는 사실이 있었으니 그것은 그들이 가장 부담스러워한 패천수호대가 정확히 닷새 전에 은밀히 성을 나섰다는 것이었다. 그러니까 닷새 전, 귀곡자의 명을 받고 수로연맹에서 올라온 보고를 조사하기 위해 파양호로 급파되었던 비혈대원에게서 별다른 이상이 없다는 보고가 올라온 직후 패천궁 궁주의 친위대 패천수호대는 모종의 임무를 위해 은밀히 강남 총타를 벗어났다. 그렇다면 닷새 전 패천수호대에겐 무슨 일이 있었던 것인가?

정도맹에서 모종의 임무를 띠고 은밀히 나선 이들이 아직 파양호에 이르기 전에 중원에는 이상한 소문이 나돌고 있었다. 처음 소문의 진원지는 하남성의 정도맹 노산 분타였는데 사람들의 입에 입을 타고 퍼진 소문은 며칠이 지나지 않아 무림에 적을 두고 있는 사람은 물론이고 일반 백성들에게까지 알려지게 되었다.

사람과 지역마다 소문의 내용이 약간씩 차이가 있었지만 여러 의견들을 종합해 검토해 본 결과 핵심 사항은 다음과 같았다.

─궁귀 을지소문이 그 옛날 패천궁의 궁주였던 구양풍이 소림사의 백팔나한진에 도전한 것과 마찬가지로 이번에는 새로운 전설이 되어버린 패천수호대에 단독으로 도전을 한다.

강호에 떠도는 소문의 파급 효과는 실로 대단했다. 아직 소문의 진위가 확실히 가려진 것은 아니었지만 만약 사실이라면 중원무림의 판도를 바꿀 만한 실로 엄청난 일이었다. 이와 같은 소문은 백도와 흑도를 가리지 않고 모든 무인들을 흥분시키기에 충분했다. 그들은 새로운 영웅을 원했고 새로운 신화를 원했다. 그가 적이든 아군이든 그것은 중요한 것이 아니었다. 그와 같은 인물과 같은 시간, 같은 공간에 공존한다는 것 자체가 자랑스러운 일이었다.

그러나 소문의 내용은 그뿐이었다. 더 이상 어떤 사실도 알려진 바가 없었다. 소문과 패천수호대가 언제 어디서 어떤 식으로 대결을 할 것이라는 말도 나오지 않았고 당장 소문이 어디에 있는지조차 아는 사람이 없었다. 그저 추측에 불과한 헛소문만이 난립하고 있었다.

하지만 근거없이 소문이 나돌 리 만무한 것. 사람들은 소문과 패천궁의 격돌을 기정사실처럼 여기고 있었다. 자연 모든 이들의 시선이 패천수호대가 있는 패천궁의 강남 총타에 몰려들었다. 비록 흑백대전이 열리고 치열한 전투가 연일 계속되는 관계로 과거 구양풍을 쫓아 소림을 올랐던 것과는 달리 강남 총타로 직접 찾아가는 모험을 하는 이가 많지는 않았지만 일대 기념비적인 사건이 일어날 것이라 기대하며 모든 촉각을 곤두세우고 있었다.

꽝!

단 한 번의 손짓으로 쓰러지는 탁자. 단단하기로 중원에 이름 높은 자단목(紫檀木)으로 만들었다지만 분노에 휩싸인 적성의 힘을 감당해내기에는 다소 무리가 있었다.

"뭣이 어쩌고 어째! 누가 도전을 해?"

"그, 그것이⋯⋯."

잠시 보고할 사항이 있어 적성을 찾은 상호유(霜浩濡). 잠시 우스갯소리로 최근 무림에 널리 퍼진 소문을 이야기했다가 적성의 예기치 못한 분노에 고개를 움츠린 그는 일순 말문이 막혔다.

"똑바로 말을 하라! 누가 감히 우리에게 덤빈다는 것이냐?"

친우인 혁종(赫宗), 부대주를 맡고 있는 희탁강(晞倬彊)과 함께 술을 마시고 있다가 너무 어이없는 말을 듣게 된 적성은 더욱 노기 띤 음성으로 상호유를 다그쳤다.

"자세한 것은 알 수 없지만 강호에 떠도는 소문에 의하면 궁귀 을지소문이 단독으로 저희 패천수호대에 도전하기 위하여……."

우거지상을 한 상호유가 기어 들어가는 목소리로 대답을 했다.

"사실인가?"

적성은 곁에 앉아 있는 혁종에게 물었다. 혁종은 그와 동문수학을 한 친구로 비록 패천수호대 내에선 어떤 직함도 가지고 있지 않았지만 무공만은 적성에 이어 수위를 다툴 정도로 뛰어난 인물이었다.

"들은 적은 있네. 하지만 무시하게. 그저 백도 놈들이 사기를 올리기 위해 퍼뜨린 헛소문일 뿐이네."

"아닙니다. 근래 들어 비혈대에서 올라오는 소식들이 심상치가 않습니다. 특히 노산에서부터 궁귀의 뒤를 밟고 있는 비혈대원의 보고가 빗발치고 있다고 합니다."

부대주 희탁강이 말을 하며 슬쩍 적성을 바라보았다. 아니나 다를까, 성미 급한 적성은 불같이 화를 내고 있었다.

"허! 이것 참! 숭어가 뛰니 망둥이도 뛴다고……!"

적성은 기도 안 찬다는 듯 술을 들이켰다.

"내가 이렇게 화를 내는 것은 다른 것이 아니네. 도전? 그런 것은 언제든지 받아줄 용의도 있고 실력도 있지. 자고로 무림에서 도전이란 얼마나 아름다운 것인가? 하지만 이런 식은 정말 용납 못하네. 감히 어디서 어줍지도 않는 실력으로 전임 궁주님을 흉내 내려 한단 말인가!"

말을 하면서도 화를 참지 못한 적성이 거푸 술잔을 비웠다.

"하긴, 말 만들기를 좋아하는 사람이 만들어낸 한낱 소문에 불과하다고 애써 외면했지만 나 또한 화가 나는 것은 어쩔 수가 없었으니… 그러나 자네처럼 흥분해서야 좋을 것은 하나도 없네. 그만 진정하게."

혁종은 적성이 들고 있던 술잔을 억지로 빼앗았다. 그러나 술잔이 없다고 술을 마시지 않을 적성이 아니었다. 술이 가득 담겨져 있는 항아리에 고개를 처박고 숨이 찰 때까지 독한 술을 들이킨 적성이 술기운인지, 아니면 노화 때문인지 붉게 달아오른 얼굴로 희탁강을 바라보며 다시 질문을 했다.

"이곳으로 오고 있나?"

"비혈대의 보고에 의하면 그가 조만간 동정호를 넘어올 것이라 하였습니다. 그의 이동 경로를 볼 때 최종 목적지가 이곳임은 틀림없습니다."

물을 줄 알았다는 듯 지체없이 대꾸한 희탁강은 한 가지를 덧붙였다.

"……."

"허! 자네는 그런 사실을 어찌 알았나? 비혈대가 알려온 사실이면 극비일 텐데?"

적성이 말이 없자 혁종이 짐짓 감탄했다는 듯 반문을 했다.

"제가 누굽니까? 실질적으로 이곳을 지키는 패천수호대의 부대주입니다. 마음만 먹으면 못 알아볼 것이 없습니다. 또한 그 정도는 알 권리가 있지요."

희탁강이 어깨를 으쓱이며 가슴을 폈다. 그때 잠시 입을 다물고 있던 적성이 벌떡 몸을 일으켰다.

"어디를 가려는가?"

"잠시 기다리게. 궁주님을 뵙고 와야겠네."

적성은 서둘러 신형을 움직였다. 그런 적성을 바라보던 혁종이 빙그시 웃음을 지었다.

"자네 나하고 내기 한번 하려는가?"

"내기라니요?"

혁종의 뜬금없는 소리에 눈을 동그랗게 뜬 희탁강이 반문을 했다.

"저 친구가 궁주님을 찾아가는 이유를 맞춰보잔 말이네. 어떤가? 저 친구가 궁주님 앞에서 무슨 말을 할 것 같은가?"

그제야 말의 의미를 파악한 희탁강이 파안대소를 하였다.

"하하하! 너무 쉬운 문제가 아닙니까? 뻔하지요. 아마 지금 당장 패천수호대를 출동시키겠다고 방방 뜰 겁니다. 그것이 안 되면 대주님 혼자라도 보내달라고 고집을 부리겠지요."

"핫핫핫! 궁주님 앞에서 날뛰기야 하겠는가? 하지만 자네의 생각이 나와 틀리지 않으니 이번 내기는 성립되지 않겠군 그래. 하하하!"

그들의 예상은 한 치도 빗나가지 않았다. 방을 나설 때부터 이미 마음을 굳힌 적성은 패천수호대의 출동을 허락받기 위해 급히 관패를 찾았다.

"감히 우리에게 도전을 해? 네놈을 가만히 놔두면 오늘부로 당장 성을 버리고 말겠다!"

씩씩거리며 걸음을 옮기는 적성은 아무런 제지도 받지 않고 지존각으로 들어설 수 있었다. 비밀리에 지존각을 지키는 무인들 또한 패천수호대의 일원들. 그들이 적성을 제지할 까닭이 없었다. 다만 성격은 급했지만 자신들의 대주가 저처럼 불같이 화를 내는 것을 보지 못한 대원들은 그 이유를 궁금해했을 뿐이었다.

"적성이로구나. 어서 오너라."

지존각 안으로 들어서는 적성을 바라보는 관패의 시선에는 따스함이 깃들어 있었다. 어려서부터 보아온 적성은 제자를 두지 않은 관패에겐 사랑스런 제자나 다름없었다.

"패천수호대의 대주 적성이 궁주님께 인사드립니다. 군사께서도 계셨군요."

태사의 정면으로 다가와 허리를 굽혀 인사를 한 적성은 곧 관패의 곁에 앉아 있는 귀곡자에게도 가볍게 허리를 숙였다. 귀곡자 역시 고개를 숙여 인사를 받았다.

"그렇지 않아도 부르려고 하였다. 그래, 무슨 일로 나를 찾은 것이냐?"

질문을 받은 적성은 조금도 망설임없이 대답을 했다.

"잠시 성을 떠났으면 합니다."

"아니, 자네, 그게 무슨 소린가? 지금처럼 위급한 시점에서 성을 떠나다니!"

깜짝 놀란 귀곡자가 관패가 곁에 있다는 것은 생각지도 못하고 기겁을 하며 소리를 질렀지만 관패는 그저 묘한 웃음만 지었다.

"궁을 떠난다… 훗! 너도 소문을 들은 모양이구나?"

"그렇습니다. 어차피 헛소문일 것이란 생각이 들긴 하지만 궁귀라는 자가 이곳으로 오고 있다 하였습니다. 이참에 그를 제거하여 그 따위 소문이 다시는 나돌지 못하게 본보기를 보여야겠습니다. 허락해 주십시오."

적성은 고개를 들어 관패를 바라보며 허락해 주기를 청했다.

"단순히 소문이라고 생각하느냐?"

"예?"

적성이 관패의 말을 이해하지 못해 반문하자 웃음을 지우지 않고 있던 관패가 탁자에 놓인 서찰을 건네주었다.

"오늘 아침 성으로 들어온 것이다. 이래도 헛소문으로만 생각되느냐?"

…해서 그런 구양풍 궁주를 흠모하며 구양풍 궁주가 나한진을 깨뜨렸듯이 이번엔 제가 패천수호대의 신화에 도전해 보고자 합니다. 마침 패천수호대의 인원수도 백팔 명이라 알고 있습니다. 물론 제가 구양풍 궁주에 비해 많이 부족한 것은 사실이나 사나이라면 한번쯤은 도전해 볼 가치가 있는 것이라 생각하며 저와 패천수호대의 싸움을 허락해 주시기……

"감히!"

급히 서찰을 읽어가던 적성이 불같이 화를 내며 자신도 모르게 서찰을 구겨 버렸다. 한마디로 도전장이었다.

"하하! 내 이것 때문에 너를 부르려 하였다. 도전장을 본 소감이 어떠하냐?"

관패는 여전히 흥미로운 눈초리로 적성을 바라보았다.

"도전이라면 피하지 않습니다! 그것이 얼마나 헛된 망상이었는지 보여주면 그만입니다. 그 대가는 죽음이지만 말이지요."

"자신은 있느냐? 그는 실로 예측하기 힘든 고수다. 나라고 해도 승부를 장담하지 못할 정도로."

"패천수호대는 그 누구에게도 지지 않습니다. 죄송한 말이지만 그것은 궁주님을 비롯하여 전임 궁주님도 예외는 아닙니다."

적성의 태도는 시종 당당했다. 과연 패천궁 정예 중의 정예라 일컬어지는 패천수호대의 대주다운 자신감이었다.

"하하하하하! 암! 그래야지. 그렇고말고."

그런 적성의 자신감이 마음에 들었는지 관패는 지존각이 떠나가라 웃음을 터뜨렸다. 일은 일사천리로 행해지는 것 같았다. 하지만 그들을 바라보고 있는 귀곡자의 마음은 이들의 기분과는 전혀 상관없었다.

"하지만 궁주님, 그렇다고 해도 패천수호대의 출궁은 안 됩니다."

"어찌 그런가?"

이미 패천수호대의 출궁으로 마음을 정한 관패의 음성은 시큰둥하기만 했다.

"우선 그것이 과연 궁귀 을지소문이 보낸 것이 맞는지 의심스럽습니다. 설사 그가 보낸 도전장이 맞는다 할지라도 지금은 정도맹과 치열한 싸움을 하고 있습니다. 패천수호대가 성을 벗어난 순간에 기습이라도 당하면 큰일입니다."

"적은 정도맹이 있는 하남성을 막기에도 벅차다고 들었습니다."

적성이 못마땅한 얼굴로 귀곡자를 응시했다.

"모르는 소리. 아직 정도맹과 제대로 된 싸움을 해본 적이 없네. 섣부른 판단은 금물이지. 또한 자네들과 마찬가지로 저들의 최정예 병력인 복마단과 의혈단의 움직임을 파악하지 못했네. 혹, 그들이 이곳까지 잠입을 하였다면 자네들이 없는 기회를 절대 놓치지 않을 것이네. 어쩌면 자네들이 궁귀와 만나는 길목을 노리고 함정을 파고 있을지도 모르지."

"함정 따위에 놀아날 저희들이 아닙니다. 괜한 염려십니다."

염려를 놓으라는 적성. 그러나 귀곡자의 굳은 얼굴은 좀처럼 펴지지 않았다.

"우선은 그 많은 인원이 들키지 않고 이곳까지 오는 것은 불가능이라는 생각이 드네만. 또한 방금 자네가 보고하지 않았나. 파양호에 있었던 불순한 움직임은 별로 신경을 쓸 것이 아니라고. 좋네, 자네 말대로 사라진 그들이 이곳으로 잠입을 했다고 치세. 도대체 뭐가 그리 걱정인가? 설마 우리가 당하리라 생각하는 것은 아니겠지? 그렇다면 자네는 우리를 너무 과소평가하는 것이네."

태사의에서 몸을 일으킨 관패가 적성을 바라보았다.

"출궁을 허락한다. 시간이 별로 없구나. 너는 미처 읽지 않았지만 그가 기다리기로 한 장소는 꽤 먼 곳이다. 상대를 너무 기다리게 하는 것은 예의가 아니지. 지금 즉시 떠나도록 하라."

"알겠습니다."

적성이 즉시 명을 받았다.

"궁주님!"

"그만!"

다급히 입을 여는 귀곡자의 말을 단숨에 자른 관패의 말이 계속 이어졌다.

"그럴 리는 없겠지만 절대로 방심을 해서는 안 된다. 자칫 잘못하면 큰 낭패에 빠질 수도 있다."

"명심하겠습니다."

담담히 대꾸하는 적성에게서 고개를 돌린 관패가 불안한 얼굴로 자신을 바라보는 귀곡자에게 다가갔다.

"자네가 하고자 하는 말이 무엇인지 알고 있네. 또한 나와 패천궁을 생각하는 자네의 심정 또한 모르는 바가 아니네. 하지만 백도와의 싸움에서 이긴다고 그것이 전부는 아니네. 혹시 모을 위험을 피하기 위해 도전해 오는 적을 모른 체하랴? 그것은 있을 수도 없는 일이자 그렇게 해서도 안 되는 일일세. 적이 많기나 한가? 겨우 한 명이네. 만약 이 일이 다른 사람에게 알려진다고 생각해 보게. 내가, 나 관패가 겨우 한 명의 도전을 두려워해 몸을 사렸다고 생각하지 않겠는가? 그리되면 정도맹과의 싸움에서 이긴들 무엇 하겠나? 고작 한 사내의 도전을 무서워하면서 천하를 움켜쥐면 무엇을 하느냔 말일세."

"……."

"자네 말이 맞을 수도 있겠지. 불가능할 것이라 생각하지만 패천수호대가 성을 비운 사이에 적이 기습을 해올 수도 있겠지만 그러면 또 어쩌한가? 수하들은 전장에서 목숨을 걸고 싸우는데 우두머리 되는 자가 그 정도의 공격을 두려워해서야 어디 가당키나 하다고 생각하는가? 다만 걱정스러운 것은 이곳이 아니라 미리 함정을 파고 패천수호대를 기다리고 있으면 어찌하느냐인데 난 저들의 능력을 믿는다네. 누가 있어 패천수호대를 쓰러뜨릴 수 있단 말인가? 그렇지 않으냐, 적성?"

"물론입니다. 저희를 쓰러뜨릴 수 있는 사람은 오직 저희 자신뿐입니다!"

관패가 자신들을 그토록 믿는 줄 미처 몰랐던 적성은 가슴 깊은 곳에서 울려 퍼지는 격동을 감추기 위해 일부러 큰 소리로 대답을 했다.

"그럼 무엇 하느냐? 어서 떠나거라. 그리고 지존각을 지키고 있는 나머지 대원들도 데리고 가도록. 그들 또한 패천수호대의 일원, 도전자가 원하는 대로 해주어야겠지."

"알겠습니다."

적성은 그대로 몸을 돌려 지존각을 벗어났다. 그 뒤를 따라 열 개의 신형이 소리없이 움직였다.

적성을 비롯하여 지존각을 지키던 나머지 대원들의 기척마저 사라지자 한결 부드러워진 관패가 귀곡자를 쳐다보았다.

"그렇게 어두운 얼굴은 하지 말게. 모든 것이 잘될 것이네."

"후~ 모르겠습니다. 그렇게 되기만을 바래야겠지요."

잠시 후 지존각에서 물러난 귀곡자는 패천수호대의 출궁 사실을 접하게 되었다.

"따지고 보면 궁주님의 말씀이 틀린 것이 없다. 하지만 좀처럼 마음이 놓이지 않으니… 뭐가 뭔지 모르겠구나!"

고개를 절레절레 흔들며 불안해하는 귀곡자. 그의 이런 불안감은 패천수호대가 떠나고 꼭 닷새가 지난 이른 새벽, 대지급으로 날아온 비혈대의 보고로 인해 현실로 드러났다.

＊　　　＊　　　＊

"조금 더 빨리 갑시다. 이래서야 제때에 도착할 수 있겠소?"

"……."

오상은 지그시 입술을 깨물고 앞서 달려가는 소문을 노려보았다. 숨이 턱에까지 차 올라 정신마저 혼미해질 지경이건만 아까부터 소문이 해대는 소리라고는 서둘자는 재촉의 말밖에 없었다. 물론 자신의 무공이 약하기 때문에 들어야 하는 소리라는 것은 어쩔 수 없지만 생각할

수록 화가 나고 분한 마음을 감출 수가 없었다.

'오냐! 지금은 확실히 네가 나보다 무공이 뛰어남을 인정하지 않을 수 없구나! 하지만 언젠가는 반드시 오늘의 일을 후회할 날이 있을 것이다. 크허허!'

원독에 찬 눈으로 소문을 노려보던 오상이 결국 한계에 다다랐는지 눈을 뒤집고 정신을 잃으려고 하였다.

"잠시 쉬어갑시다."

소문이라고 오상의 상태를 모르지 않았기에 더 이상은 무리라는 생각에 걸음을 멈추었다.

처음의 만남이 있고 기수곤을 찾아 이동을 하는 동안 보이지 않았던 오상을 다시 만나게 된 것은 노산에서의 싸움이 끝난 직후였다. 싸움에서 승리는 하였고 원하던 정보도 얻었지만 그다지 기분이 좋지 않았던 소문은 최대한 빨리 그곳을 벗어나고 싶었다. 해서 만류하는 제갈공을 뒤로하며 신형을 움직였는데, 그 순간 온몸이 땀과 흙먼지로 뒤엉킨 오상이 도착했다.

소문은 자신을 쳐다보는 오상을 재빨리 외면하고 몸을 돌렸지만 오상은 악착같이 그의 뒤를 따라왔다. 결국 패천궁의 강남 총타로 가는 지름길을 안다는 오상의 외침에 길을 몰라 고생했던 며칠 간의 기억을 떠올린 소문이 오상의 접근을 허락했다. 그때부터 서로에게 말 한마디 하지 않고 관심도 없는 이상한 동행이 시작됐다.

'이런 인간을 믿고 함께 가야 한단 말인가? 길만 알았으면······.'

소문은 죽을상을 하며 연신 가쁜 숨을 몰아쉬는 오상을 한심하다는 듯 바라보았다. 그런데 소문의 뒤를 쫓으며 힘들어하는 사람은 비단 오상뿐만이 아니었다. 소문과 오상이 쉬고 있는 곳에서 정확히 삼십여

장 떨어진 곳에 위치한 바위에 몸을 기대고 몸을 숨긴 사내 또한 전신
에서 흐르는 땀으로 목욕을 하고 있었다.

"무슨 놈의 인간들이 잠시도 쉬지 않고 움직인다는 말이냐!"

신경질적으로 물을 들이킨, 오상과 마찬가지로 노산에서부터 소문
을 쫓아온 사내 비추(飛追)는 비혈대에서 최고의 경공을 지니고 있다고
자부하던 자였다. 그간 소문의 뒤를 쫓으며 행적을 적어 귀곡자에게
보내던 그도 이미 체력의 한계를 느끼고 있었다.

"차라리 내게 길을 가르쳐 주고 천천히 뒤따라오는 것이 어떻소?"

"……."

"너무 늦는 것은 아닌가 하여 그렇소."

정도맹에서 강북 총타를 공격하는 것을 알고 있는 소문이 가장 염려
하는 것은 기수곤이 혹시나 다른 사람에게 목숨을 잃지는 않을까 하는
점이었다. 물론 그다지 무공이 약한 자는 아니었지만 그의 목숨은 다
른 누구도 아닌 자신이 맡아야만 했다. 자연 마음이 급해질 수밖에 없
었다. 그러나 멍청히 자신을 쳐다보는 오상의 시선에 약간은 미안했는
지 슬그머니 시선을 돌리고 말았다.

"갑시다."

그런 소문을 바라보며 이를 악물고 억지로 몸을 일으킨 오상이 천천
히 걸음을 옮겼다. 기다렸다는 듯이 소문이 따라붙었다.

"조금 더 빨리 갑시다."

'개자식! 내 너를 가만히 두면 사람이 아니다!'

억지로 버티고 있던 오상은 감각마저 사라진 다리를 보다 빨리 움직
이기 위해 젖 먹던 힘까지 써야 했다.

'빌어먹을! 벌써 움직인단 말이냐!'

지니고 있던 물마저 떨어졌는지 들고 있던 물주머니를 내동댕이친 비추도 몸을 일으켰다. 상태를 보아하니 오상과 조금도 다름이 없는 지경이었다.

'그나저나 올 때가 되었는데……'

이미 귀곡자에게서 날아온 전서구를 받아본 비추는 패천수호대가 움직인 것을 알고 있었다. 지금 그가 바라는 것이 있다면 오직 하나였다. 한시라도 빨리 패천수호대가 나타나 자신을 이토록 고생시키는 악마 같은 놈의 목숨을 날려 버리고 고생을 끝내주었으면 하는 것이었다. 그리고 자신의 이런 생각이 정확히 들어맞았음을 알게 된 것은 한참을 앞서 가던 소문과 오상의 신형이 멈추어지면서였다.

'누군가?'

바삐 몸을 움직이던 소문은 갑자기 몸을 멈추고 신경을 곤두세웠다.

"뭐 하는 것이오? 시간이 없다고 길을 재촉한 것은 그대가 아니오? 왜, 힘드시오?"

사정을 모르는 오상은 '그럼 그렇지!' 하는 표정으로 소문을 바라보았다. 그러나 소문의 눈은 그런 오상을 바라보고 있지 않았다.

'하나, 둘, 셋… 뭐야, 이건! 셀 수도 없잖아!'

최초 강한 기를 발하고 있던 사내의 뒤로 헤아릴 수 없이 많은 인물들의 기운이 느껴졌다.

하나같이 강맹한 기운을 지닌 자들. 마침내 적성을 필두로 강남 총타를 떠나온 패천수호대가 소문의 앞에 나타났다.

'적인가?'

육안으로 겨우 보일 정도의 거리에 있었지만 그들이 발출하는 기는 상상을 불허했다. 소문의 전신에 퍼져 있는 신경 세포들이 긴장감에 눈을 뜨기 시작했다. 오상 또한 뭔가를 느낀 듯 심각하게 정면을 주시하고 있었다.

"조금 늦었군. 그대가 궁귀 을지소문인가?"

거리가 십여 장으로 좁혀지자 걸음을 멈춘 사내가 질문을 했다.

"나는 패천수호대를 이끄는 적성이라 한다."

"흠!"

"헛!"

소문과 오상의 입에서 동시에 신음성이 터져 나왔다. 그러나 그 의미는 서로 달랐다. 역시 이름에 걸맞는 기운을 지니고 있다 생각한 소문은 감탄의 신음성이었고, 패천수호대라는 이름이 지닌 힘에 기가 죽은 오상은 말 그대로 두려움이 섞인 놀람이었다.

'역시 패천궁의 사람이었군.'

소문은 슬쩍 고개를 돌려 뒤를 바라보았다. 아무것도 보이지 않았지만 상당히 근접한 거리에 누군가가 있다는 것을 모르지 않았다. 감추려고 노력은 하는 듯하였지만 거친 숨소리가 바람을 타고 귓가에 들려왔다.

'진즉에 떨쳐 버릴 것을 그랬나?'

몸을 숨기고 있는 사내, 노산에서부터 따라붙은 그자가 누구인지는 몰랐지만 오상과 마찬가지로 힘들어하면서도 용케도 지금껏 따라붙었다는 것을 이미 알고 있었던 소문이 쓴웃음을 지었다.

"아직 대답을 하지 않았다. 그대가 궁귀인가?"

적성이 약간은 짜증 섞인 음성으로 재차 물었다.

"그렇소. 내가 을지소문이오."

"그렇군."

확신은 하고 있었지만 본인의 입에서 정체를 확인한 적성의 표정이 스산하게 변해갔다.

"후후! 도대체 얼마나 무공에 자신이 있는지는 모르겠지만 하룻강아지 범 무서운 줄 모른다더니, 감히 우리에게 도전장을 보내다니… 그것이 용기인지 헛된 만용(蠻勇)인지 모르겠구나."

적성의 노기 띤 음성이 끝나고 손이 하늘로 올라가자 뒤에 서 있던 나머지 패천수호대의 대원들이 모습을 드러냈다.

"우리는 단 한 번의 도전도 거부한 적이 없지만 용서 또한 해본 적이 없다. 그러니 각오를 단단히 하는 것이 좋을 것이다."

말을 마친 적성이 자신의 무기를 꺼내 들었다.

스르릉!

청량한 울림과 함께 검집에서 몸을 드러낸 검의 표면에는 은근한 귀기(鬼氣)가 서려 있는 듯 기분 나쁜 색을 띠고 있었다. 적성이 검을 뽑자 나머지 패천수호대들도 제각기 검을 들었다.

"아, 아니, 이것 보시오! 도대체 무슨 소리를 하는 것이오?"

당황한 것은 소문이었다. 갑자기 나타나 알아듣지 못할 말만 지껄이고 다짜고짜 검을 꺼내 드니 황당하기 그지없었다.

"도전장이라니 그게 무슨 말이오? 그렇게 험상맞은 표정으로 노려보지만 말고 정확히 말을 해보시오."

자신의 주변을 포위하는 패천수호대들은 신경도 쓰지 않은 소문은 적성을 바라보며 말을 했다.

"흥! 그것을 왜 나에게 묻는 것인가? 그건 도전장을 보낸 그대가 더잘 알 텐데. 설마 이제 와서 두렵다고 몸을 빼려는 것은 아니겠지?"

"도전장? 어떤 도전장을 말하는 것이오?"

의혹에 가득 찬 소문의 표정이 심각해졌다.

"시치미 떼도 소용없다. 그대가 우리 패천수호대에게 도전을 했다는 것은 칼 밥을 먹고 사는 사람이라면 누구나가 아는 사실이다. 또한 궁주님 앞으로 보낸 도전장을 내가 직접 보았다. 설마 아니라고는 못하겠지?"

소문이 패천궁에 단독으로 도전을 했다는 소문, 그러나 정작 인적없는 산길만을 달려온 소문은 그런 사실을 알지 못했다. 하지만 한 가지 짚이는 것은 있었다.

'도전장이라… 후후! 보기 좋게 뒤통수를 맞은 격인가?'

보고 듣지 않아도 알 수 있는 것이 있었다. 적성의 말을 들은 소문은 일이 어찌 된 것인지 단번에 알 수 있었다.

"혹, 믿을지는 모르겠지만 그 도전장은 내가 보낸 것이 아니오. 또한 나는 이곳에서 당신들과 싸우고 싶은 마음은 추호도 없소."

"하하! 난 그래도 궁귀라는 이름이 명성을 얻고 있기에 제법 실력이 있는 자인 줄 알았건만 고작 이 정도의 인물일 줄이야! 그렇다면 더욱 용서할 수 없지. 난 용기있는 자를 좋아하기는 하지만 비겁한 자는 절대 용서하지 못한다! 너 따위에게 내가 직접 손을 쓴다는 것이 수치다. 나서라!"

적성은 검을 거두고 수하 한 명을 지목했다. 적성의 명을 받은 사내는 순식간에 다가와 준비할 틈도 없이 검을 휘둘렀다. 나름대로 빠른 공격이었지만 그런 검에 당할 소문이 아니었다. 가볍게 공격을 피한 소문이 난처한 표정을 지었다.

'패천수호대라면 환야 형님이 한때 데리고 있던 수하들이란 말인

데… 그리고 내가 이곳에서 이들과 싸우면 제갈 계집의 간계에 놀아나는 꼴이고…….'

도전장이라는 말에 대뜸 제갈영영을 생각한 소문은 패천수호대와 싸우고 싶은 마음은 조금도 없었다. 더구나 이들과 환야의 관계를 생각하면 더욱 그러했다. 그렇지만 오상은 아니었다.

"감히 기습을!"

소문에게 공격을 했던 사내가 헛손질을 하고 재차 공격을 하려 하자 소문의 곁에서 함께 위험을 맞았던 오상이 소리를 지르며 공격을 시작했다. 비록 허풍이 심하고 건방지기가 뭐라 말을 하지 못할 정도였지만 오상의 무공은 결코 약한 것이 아니었다. 종남파의 장문제자이자 복마단의 일원인 오상의 실력은 패천수호대 대원의 실력보다는 우위에 있었다. 단 두 번의 공격으로 우위를 차지한 오상은 자신감을 가지고 적을 몰아붙였다.

"하하하! 내가 종남파의 오상이다! 고작 이따위 실력으로 누구를 죽이려는 것이더냐!"

'으이구! 멍청한 놈!'

그런 오상을 보며 소문이 고개를 흔들었다. 혹시나 했지만 그는 절대로 제갈영영과는 상관이 없을 것이라는 생각이 들었다. 제갈영영이 바보가 아닌 이상 오상과 함께 일을 꾸몄을 리는 만무했다. 물론 이용은 했겠지만.

"크악!"

결국 오상의 검에 어깨를 찔린 사내가 주춤거리며 뒤로 물러섰다.

"훗! 제법이야. 비겁한 누구보다는 한결 낫군. 그러나 그 정도를 가지고 득의해하면 안 되지. 어차피 죽을 놈들이니 괜한 시간을 버릴 필요는 없겠지. 안 그런가?"

"빨리 없애고 총타로 돌아간다."

적성의 언질을 받은 희탁강이 명을 내렸다. 동시에 소문과 오상을 향해 공격이 시작되었다.

"비, 비겁한 놈들! 다수의 힘으로 핍박을 하려는 것이더냐!"

순간 당황한 오상이 소리를 질렀지만 그에게 돌아오는 것은 차디찬 냉소뿐이었다.

"좋다. 네놈은 나 혁종이 상대하지. 검을 들어라!"

패천수호대에서도 수위를 다투는 실력을 지닌 혁종. 만면(滿面)에 웃음을 띠고 여유있게 다가오는 그의 모습은 실로 위압적이었다. 오상과 혁종은 곧 치열한 싸움을 시작했다.

"이크! 난 싸움을 하기 싫다는데 왜 자꾸 그러시오!"

소문이 막 허리를 베어오는 공격을 무력화시키고 적성을 향해 고함을 질렀다.

"시끄럽다. 그동안 네가 그 알량한 실력으로 우리의 일을 방해한 것이 얼마더냐? 오늘은 그 빚을 받겠다. 물론 목숨으로."

차갑게 대꾸를 한 적성은 신호를 보내 소문에게 가하는 공격의 강도를 더욱 증가시켰다. 그러나 그럼에도 이리저리 몸을 흔들고 있는 소문을 잡기가 용이하지 않았다.

"흥! 마음대로 하시오. 하나 나는 오늘 싸우고 싶지 않으니 이만 물러가겠소이다. 그래도 싸움을 원하면 나를 따라오시오. 그럼 상대를 해드리지. 하하하!"

소문은 자신을 포위하며 다가오는 패천수호대를 마음껏 비웃으며 몸을 날렸다. 그들이 아무리 용맹한 무인들이라 하나 아예 작정을 하고 도망가는 소문을 잡을 사람은 아무도 없었다. 철저히 대비를 하고 있었다면 결코 쉽게 보내지는 않았을 것이지만 설마 하니 도망을 칠까 생각했던 패천수호대는 순식간에 멀어지는 소문을 바라보며 그 자리에서 멍하니 서 있었다.

"저, 저런!"

너무나 기가 막힌 모습에 입을 벌리며 황당해하는 적성. 그리고 그에 못지 않게 놀라는 사내가 있었으니 오상이었다. 그렇지 않아도 혁종의 공격을 맞아 생각과는 달리 별다른 반격도 못하고 연신 뒤로 물러나던 오상은 막 몸을 돌려 달아나는 소문을 바라보았다. 인정하기는 싫었지만 과거 소문이 보여준 무공을 똑똑히 기억하고 있던 오상은 은근히 기대를 하고 있었건만… 그런 오상의 마음을 너무나 간단히 짓밟은 소문은 뒤도 돌아보지 않고 도망을 가고 말았다.

'빌어먹을! 저런 나쁜 놈 같으니라고!'

가뜩이나 밀리던 오상은 화가 머리끝까지 치솟자 손발이 어지러워져 더욱 수세에 몰리게 되었다.

"괜한 고생 하지 말고 목숨을 내놓아라. 네 동료는 도망을 가고 너 혼자 남았다."

혁종은 혼자 남은 오상이 불쌍하다는 듯 혀를 찼다.

"시, 시끄럽다! 네놈들 따위에게 당할 내가 아니다!"

혁종의 공격이 잠시 누그러지자 한결 여유가 생긴 오상이 재빨리 반격을 시도했다. 하나 그것은 그의 생각일 뿐이었다. 혁종은 이미 완벽하게 대비를 하고 있었고 다가오는 오상의 검을 슬쩍 피한 후 그 자세에서 그대로 오른발을 날렸다.

"컥!"

혁종의 발길질에 절로 비명을 지르고 하염없이 뒤로 날아가는 자신의 처지를 인식한 오상은 눈을 감고 말았다. 처음으로 죽음이라는 단어가 머리 속을 채워갔다. 가슴을 울리는 고통도 고통이지만 다시는 밝은 햇빛을 볼 수 없으리란 생각에 절로 몸이 떨렸다.

죽기 전에 햇빛이나 한 번 더 보고 죽자는 마음에 눈을 뜬 오상. 그러나 눈에 들어온 것은 맑은 하늘이 아니라 하늘 아래 가장 재수없게 생각하는 인간의 얼굴이었다.

'젠장!'

오상의 눈이 질끈 감겼다. 그래도 안도의 한숨이 새어 나오는 것을 막지는 못했다.

"쯧쯧, 그러기에 괜히 나서서 이 고생을 한단 말이오."

어느새 돌아와 땅에 떨어지기 전에 오상의 몸을 잡아챈 소문이 그 힘을 받아 다시 몸을 날렸다.

"그럼 우리는 가겠소이다. 참, 한 가지 말해 두지만 내가 패천수호대가 두려워서 물러난다고는 생각하진 마시오. 그건 내가 참을 수 없으니. 난 도전장을 보낸 적이 없소. 잘 생각해 보시오. 내가 도전을 하지 않았음에도 당신들이 왜 여기에 왔는지를 말이오. 하하하!"

소문의 웃음소리가 울릴 때쯤엔 그 누구도 소문의 모습을 발견할 수 없었다.

"정말 대단한 경공입니다."

"또한 그만한 무공을 지닌 듯하네."

희탁강이 입을 열자 굳은 안색을 한 혁종이 중얼거렸다. 그런 그의 어깨에는 어느새 나뭇가지 하나가 깊숙이 박혀 있었다.

"헛! 언제……."

"뭔가 다가온다고 생각하여 검을 들어 막았건만 이 꼴이 되고 말았네."

"허~ 궁귀라더니 궁술만큼은 정말 뛰어난 것 같습니다."

희탁강의 감탄 어린 말에 혁종이 고개를 끄덕였다. 그런데 적성은 이들의 말에 아무런 반응도 보이지 않고 있었다. 뭔가를 생각하던 적성이 갑자기 고함을 질렀다.

"궁주님이 위험하다! 최대한 빨리 돌아갈 것이다! 전열을 정비하랏!"

"아니, 그게 무슨 소리인가? 돌아가는 것이야 당연하겠지만 궁주님이 위험하시다니?"

깜짝 놀란 혁종이 재빨리 반문을 했다. 희탁강도 놀라는 눈치가 역력했다.

"함정이야. 우리가 멍청했어."

"그러니까 그게 무슨 소리냐고 물었네."

혁종이 재차 물었다.

"방금 물러간 궁귀의 말에 뼈가 있었네. 도전장을 보내지 않았는데도 우리가 왜 여기에 있는지 생각해 보라고 하지 않았나? 그 말이 무엇을 뜻하는지 알겠는가?"

"서, 설마……!"

"그렇지. 너무나 간단한 이치야. 우리는 엉뚱한 자의 장난에 놀아난 것이네."

"하지만 그자가 거짓말을 한 것일 수도 있지 않습니까?"

희탁강이 믿을 수 없다는 듯 물었다.

"그러기엔 그자가 지니고 있는 무공이나 강호에 퍼진 명성이 너무

높다. 설사 그자의 말이 거짓말이라 하더라도 일단은 믿는 것이 좋을 듯하다. 즉시 돌아갈 준비를 하라."

"알겠습니다."

서둘러 대답을 한 희탁강이 뒤로 물러났다. 그런 그를 바라보는 혁종과 적성의 안색은 굳을 대로 굳어 있었다.

"늦지나 않았으면 좋겠군. 제발 아무런 일도 없어야 할 터인데……."

혁종의 말에 더욱 불안감에 휩싸인 적성은 자신의 성급함에 후회를 거듭했다. 하나 그들의 몸은 이미 궁에서 멀리 떨어져 있었다.

'군사께서 그토록 말리셨건만……'

    *   *   *

중원무림을 일통하고자 차근차근 정도맹의 세력을 접수하고 북진하는 패천궁의 실질적인 중심지이자 궁주인 관패가 거주하고 있는 강서성 애주부의 패천궁 강남 총타는 지금 묘한 긴장감에 휩싸여 있었다.

별다른 소란도 격렬한 움직임도 없었지만 평상시와 다름없는 생활을 하는 무인들의 표정과 몸가짐에는 분명 평소와는 다른 무언가가 있었다. 그리고 그것은 관패가 머물고 있는 지존각을 향해 바삐 걷고 있는 귀곡자에게서 더욱 두드러지게 나타났다.

"준비는 철저하게 하고 있나?"

귀곡자는 함께 걷고 있는 적의의 사내에게 고개도 돌리지 않은 채 질문을 했다.

"예, 이미 모든 준비는 끝이 났습니다. 길목마다 발 빠른 수하들을 내보내 적의 동태를 살피고 있고, 궁 안에서도 전력을 나누어 배치시켰습니다."

"잘했네. 상당히 험한, 위험한 싸움이 될 것이네. 비록 병력은 우리가 많다지만 적은 각 문파에서도 뽑고 뽑은 정예들. 자네에겐 미안한 말이네만 적기당만으로 막기엔 무리가 있을 걸세."

귀곡자가 잠시 걸음을 멈추고 사내를 바라보았다. 온몸을 적의로 감싼 사내. 흑기당의 당주 귀록과는 달리 별로 이름이 알려지지 않았지만 지난 화산의 싸움에서 목숨을 잃은 당주를 대신하여 새로 적기당 당주에 오른 문규정(文赳征)은 침착하고 책임감이 강했다.

귀곡자의 시선을 받은 문규정은 담담하게 대꾸했다.

"알고 있습니다. 그렇지만 쉽지만은 않을 것입니다. 적기당뿐만 아니라 다른 병력도 많지 않습니까?"

"암! 당연하지. 자네를 믿고 있네. 어서 가세나."

믿음직한 답변에 고개를 크게 끄덕인 귀곡자가 멈추었던 발걸음을 바삐 움직였다. 잠시 후 지존각의 모습이 보이고 패천수호대를 대신하여 이곳을 경비하고 있던 적기당의 무인들이 분분히 인사를 했다. 인사를 받는 둥 마는 둥 한 귀곡자와는 달리 문규정은 일일이 손을 들어 아는 체를 하며 수하들을 격려했다.

"들어가지."

문규정이 잠시 수하들과 말하는 것을 지켜보던 귀곡자가 입을 열었다. 그리곤 서둘러 안으로 들어갔다.

"궁주님, 귀곡자입니다."

"흠, 군사인가? 어서 오게. 적기당 당주도 왔군."

침상에 비스듬히 누워 책을 보던 관패가 책을 덮고 일어섰다.

"적기당 당주 문규정이 궁주님께 인사드립니다."

귀곡자를 따라 지존각으로 들어선 문규정이 허리를 굽히며 예를 차렸다. 관패는 귀곡자와 문규정에게 자리를 권하며 자신 또한 태사의에 앉아 깊숙이 몸을 파묻었다.

"어서들 앉게. 그래, 상황은 어떠한가?"

"그다지 좋지 않습니다."

"좋지 않다니? 어차피 이곳으로 다가오는 적은 변함이 없을 것인데… 설마 지원군이라도 온다는 말인가?"

"그런 것은 아니지만……."

"그럼 더 나빠질 것도 없군. 그래, 적은 어디까지 왔는가?"

어두운 안색의 귀곡자와는 달리 관패는 별로 걱정을 하는 것 같지 않았다.

"성주(星主)까지 왔다는 보고입니다."

처음으로 관패의 표정에 변화가 일어났다.

"호오~ 벌써 성주까지 왔다는 말인가? 이 추세라면 오후쯤 되어 이곳까지 도착하겠는걸."

"그렇지는 않습니다. 성주에 도착하여 잠시 휴식을 취하고 있다 하니 그렇게 빠르게 오지는 못할 것입니다."

"그렇군. 파양호에 나타났다는 소리를 들은 게 얼마 전인데 벌써 성주에 이르렀다면 밤낮을 가리지 않고 이동했을 것, 공격을 위해서 잠시 휴식을 취하는 것이 당연하겠지."

귀곡자의 말에 고개를 끄덕인 관패가 갑자기 웃음을 터뜨렸다.

"하하하! 생각하면 생각할수록 웃음이 나오는 일이 아닌가? 소문을 듣고 날뛴 적성이나 달랑 편지 하나에 그들의 출궁을 허락한 나의 결정이 말이네. 자네가 그리 말렸건만."

"그러나 상황이 그럴듯했습니다. 더구나 궁귀를 따라다니는 비혈대원의 보고가 겹치는 바람에 믿지 않을 수 없었습니다."

"그래도 자네는 믿지 않았지 않은가?"

"믿지 않은 것이 아니라 상황이 좋지 않아 외면하려 했을 뿐입니다."

쓴웃음을 지은 귀곡자가 잠시 얼굴을 붉혔다.

"결과적으로 자네가 옳았군. 하하하!"

"문제는 저들이 과연 패천수호대가 이곳을 떠난 것을 아는가 모르는가 하는 점입니다. 알고 있다면 그들이 돌아오기 전에 공격을 할 것이고 그렇지 않다면 조금 더 휴식을 취해 최상의 전력을 만들려고 하겠지요."

"그렇지는 않을 것입니다."

침묵을 지키던 문규정이 입을 열었다.

"그렇지 않다니?"

"제가 알기론 군사님께서 패천수호대는 물론이고 강북 총타에도 지원군을 요청한 것으로 알고 있습니다."

"그랬지."

적들이 파양호에 나타났다는 소식을 접하자마자 취한 행동이 패천수호대와 강북 총타에 전서구를 날리는 것이었음을 상기한 귀곡자가 동의를 했다.

"패천수호대야 그렇다 치고 강북 총타에서 연락을 받은 즉시 길을 떠난다 하여도 사흘이 걸립니다. 전서구가 가야 하는 시간도 있었으니 아무리 빨리 잡아도 병력이 도착하는 시간은 내일 새벽이나 되어야 할 것입니다."

"정확하네."

"그런 사실은 적들 또한 알고 있을 것입니다. 이처럼 대담한 계획을 세운 자들이 그 정도도 모른다는 것은 말이 되지 않을 뿐더러 그 시간을 계산하여 파양호에서 정체를 드러낸 것이라 생각합니다. 만약 좀 더 빠른 시간에 지원군이 도착할 수 있었다면 저들은 무리를 해서라도 조금 더 장강을 거슬러 올라왔을 것입니다. 최소한 육지보다는 배로 이동하는 것이 정체를 감추는 데 용이했을 것이니 말입니다. 결국 모든 것을 계산한 저들은 약간의 휴식을 취한 후 지원군이 도착하기 전 공격을 감행할 것이라 생각합니다."

관패가 귀곡자를 쳐다보았다. 문규정의 설명에 대한 의견을 구하는 시선이었다.

"그의 말이 옳습니다. 방금 제가 말한 것은 그저 저의 바램일 뿐이지요. 모르긴 몰라도 밤이 되기 전에 공격이 시작될 것입니다."

"흠, 그렇군. 참, 패천수호대는 언제 도착한다고 하던가?"

귀곡자의 안색이 더욱 어두워졌다.

"제 연락을 받기도 전에 움직였으나 그들 또한 내일 새벽, 다른 지원군과 비슷한 시간이나 되어야 도착할 것 같습니다."

"쯧쯧, 수하들만 죽어라 다그칠 적성의 얼굴이 눈에 선하구먼. 결국 저들을 맞이하는 것은 이 안에 있는 우리들뿐이라는 말이군."

말을 마친 관패는 사람을 불러 술상을 차리라 시켰다. 푸짐하게 차려진 술상이 나온 것은 명령이 떨어진 지 불과 얼마 지나지 않아서였다.

"자, 한잔들하게나. 어차피 벌어질 싸움이라면 기분 좋게 싸워야지.

걱정한다고 될 일도 아니고."

귀곡자와 문규정의 잔에 술을 따른 관패가 단숨에 술잔을 비웠다. 문규정 또한 하나 가득 부어진 술을 남김없이 마셨지만 귀곡자는 잠깐 입만 대었을 뿐이었다. 천천히 술잔을 내려놓은 귀곡자가 조심스레 입을 열었다.

"궁주님, 지금이라도 매복을……."

"쯧쯧, 아직도 그 얘기인가? 그만두세."

거푸 술을 따른 관패는 약간 귀찮은 듯 손을 내저었다. 그러나 귀곡자는 쉽게 포기하지 않았다.

"그렇다면 잠시 몸을 피하는 것이… 적의 수가 그다지 많지 않지만 실력이 뛰어나고 흉험하기 그지없습니다. 그럴 리야 없겠지만 행여나 궁주님의 신변에 무슨 일이라도 생긴다면……."

"어허~ 그 얘기는 이미 끝난 것이거늘! 늑대의 무리가 공격을 한다고 호랑이가 길목을 지켜 기습을 하는 것을 보았나? 그리고 도망을 가라니! 지금 나보고 도망을 가라는 것인가? 내게, 패천궁의 궁주인 나 관패에게 지금 적이 몰려오니 도망을 가라는 말인가?"

관패의 눈이 분노로 이글거렸다.

"사부님께서는 흑도를 통일하시고 단신으로 소림에 도전해 백팔나한진을 깨는 신위를 보이셨다. 그런 사부님을 둔 나보고 지금 도망을 가라고 한 것인가? 정녕 그렇게 말한 것인가? 그렇다면 다시 한 번 말해 두지. 난 지금까지 내가 넘지 못할 벽은 없다고 생각한다. 사부님도 예외는 아니었지. 그리고 지금의 위기는 단지 위험일 뿐 그 이상도 이하도 아니다. 그저 나를 시험하는 하나의 벽일 뿐. 나는 당연히 웃으며 그 벽을 제거할 것이다. 설사 벽에 가로막혀 내가 쓰러진다 하더라도 나는 그것을 선택할 것이다. 그것이 지금까지 나의 삶의 방식이었고 앞으로 있을 삶의 방식이다."

잠시 말을 멈추고 흥분을 가라앉힌 관패가 계속하여 말을 이었다.

"단언하건대 나는 그 벽을 뛰어넘을 것이고 자네들이 나와 함께 있을 것이네. 그러니 나보고 몸을 피하라느니 하는 말은 더 이상 하지 말게. 또한 벽을 넘어서는 데는 지름길도 우회로도 없네. 그저 정면으로 돌파하는 것뿐이네. 매복이나 기습 따위는 생각하지도 말게. 솔직히 지금까지는 조금 비겁한 수단도 쓰지 않았나? 그런 표정은 짓지 말게, 군사. 그것은 패천궁과 흑도 모두를 위한 싸움이지 않았나? 하나 이번 만큼은 그러고 싶지 않아. 이것은 나의 싸움이네. 처음부터 끝까지 당당하게 싸움에 임하고 싶네."

담담히 말을 끝낸 관패가 천천히 술잔을 들었다. 그리고 목에 이는 갈증을 술로써 달랬다. 귀곡자의 머리에 온갖 상념이 들어찼다.

'후~ 이해는 합니다. 하지만 궁주께서 쓰러지신다면 모든 것이 끝이라는 것을 어찌 모르신다는 말이오! 정녕 답답하오이다!!'

그러나 귀곡자는 아무런 말도 할 수가 없었다. 귀곡자는 나직이 한숨을 내쉬었다.

"알겠습니다. 궁주님의 말씀을 따르겠습니다."

"고맙군. 멋진 싸움이 될 것이야. 정녕 멋진……."

*   *   *

"결국 도착을 했군."

남궁상인은 멀리 바라보이는 웅장한 성을 바라보며 조용히 읊조렸다.

정면에 보이는 성!

처음에는 단지 큰 장원으로 출발하였으나 중축에 중축을 거듭하여 지금은 하나의 거대한 성을 이루고 있었다. 높이가 삼 장에 이르는 성벽이 성을 철통같이 에워싸고 있었으며 십 장에 하나씩 망루(望樓)가 있어 외부의 적을 철저히 감시할 수 있는 준비도 갖추고 있었다. 그곳이 바로 패천궁의 중추이자 궁주인 관패가 있는 패천궁 강남 총타였다.

"대단하군. 정도맹만 그 규모가 큰 줄 알았건만 이곳은 더 하군."

당천호가 남궁상인의 곁으로 다가와 감탄을 하였다.

"규모만 큰 것이 아니라 그에 걸맞는 실력도 지니고 있지."

"물론. 그러나 우리를 막을 수 있다고 생각하진 않네. 그렇지 않습니까?"

당천호가 어느새 곁으로 다가온 천검 진인을 바라보며 묻자 천검 진인은 잔잔한 미소로 대꾸를 했다.

"무량수불! 그런 자신감이면 못할 것이 무엇이 있겠나. 그러나 자만은 금물일세."

"많은 희생이 따를 것이고 소승은 그것이 가슴 아픕니다. 저렇게 웃고는 있다지만 저들 중 다시 보게 될 사람이 얼마나 되려는지. 아미타불!"

영묘 대사의 말은 좌중의 분위기를 숙연하게 만들었다.

"대의를 위해서 약간의 희생은 어쩔 수가 없는 것 아니겠습니까? 당금의 풍전등화(風前燈火) 같은 위기에서 벗어나려면 반드시 승리를 거두어야 합니다."

"저들 중에 죽음을 두려워하는 사람은 아무도 없을 것이네."

황충에 이어 해천풍도 한마디를 했다. 그러자 분위기는 더욱 숙연해졌다.

"이러고 있을 것이 아니라 어떻게 공격을 할지 결정하는 것이 좋을 것 같습니다, 아버님. 성벽이 저리 높으니 함부로 공격을 하려 했다가는 많은 피해를 입으리란 생각이 듭니다."

"지금까지 오는 길에 저들이 한 번의 공격이라도 한 적이 있더냐? 매복이나 기습을 하려 했으면 수십 번도 더 할 기회가 있었다. 그럼에도 그러지 않았다는 것은 무엇을 의미하겠느냐?"

"하오면?"

남궁검이 의구심을 품고 남궁상인의 설명을 기다렸다.

"가끔 적이 보낸 자들이 모습을 드러냈으나 마치 우리를 안내하는 인상이었다. 아마도 정문은 열려 있을 것이다. 성문을 닫고 공격을 하려 했다면 벌써 공격을 했을 것이니."

남궁상인의 말에는 일리가 있었다. 사람들은 저마다 고개를 끄덕였다.

시간이 다 되었음을 느낀 남궁상인이 걸음을 옮겨 쉬고 있는 복마단과 의혈단의 무인들에게 다가가더니 돌연 목소리를 높였다. 웅성거리고 있던 복마단과 의혈단 정예들의 모든 시선이 그에게 쏠렸다.

"자, 이제 결전의 순간만이 남았다. 정도맹을 사수하느라 치열한 혈전을 하고 있을 동료들은 우리의 승리만을 기다리고 있을 것이다. 우리의 임무가 얼마나 중요한지는 너무나 잘 알고 있을 테니 긴말하지 않겠다. 그동안 오랜 여정에 많이 지치고 힘들겠지만 한 번만 더 힘을 내도록!"

"와아!"

"정도맹 만세!"

"복마단 만세!!"

정도맹의 정예들이 저마다 무기를 들고 함성을 질렀다. 잠시 함성이 가라앉기를 기다린 남궁상인이 말을 이었다.

"곽화월!"

"옛!"

"그대가 복마단에 속한 화산, 무당, 종남의 정예를 이끌고 선봉에 서라!"

"알겠습니다!"

형식적인 복마단의 단주를 맡고 있는 곽화월에게 선봉을 맡긴 남궁상인이 이어 의혈단의 단주인 황보장을 불렀다.

"황보장!"

"옛!"

황보장의 목소리는 그 덩치만큼 우렁찼다.

"그대는 의혈단을 이끌고 좌측을 공격하라."

"알겠습니다!"

"소림, 공동, 청성, 개방의 제자들은 우측을 맡는다."

"알겠습니다!"

남궁상인의 호명에 속한 문파의 제자들이 일제히 명을 받았다.

"황 방주가 그들을 이끌고 고생을 해주게."

"그리하지요."

황충이 엄숙하게 대답을 하자 빙그레 웃음을 지은 남궁상인이 고개를 돌렸다.

"저와 나머지 분들은 필요한 곳에 적절히 도움을 주기로 하지요."

"알겠네."

"알겠습니다."

수백 쌍의 눈들이 일제히 남궁상인의 입을 쳐다보았다. 하나같이 결의에 찬 눈으로 전의를 불태우고 있었다.

"공격은 정확하게 일각 후! 그때까지 어쩌면 마지막이 될지도 모르는 동료들과 인사를 나누도록!"

남궁상인의 말이 끝났지만 누구 하나 입을 여는 사람이 없었다. 그저 조용히 옆 동료들의 어깨를 한번씩 건드렸을 뿐이었다.

제 35 장

천붕지투(天崩之鬪)

천붕지투(天崩之鬪)

정도맹으로 가는 길목에 위치한 정도맹 평정 분타는 말이 분타지 지금은 실질적으로 정도맹의 본거지나 다름없었다. 본성에 남아 있던 영오 대사와 제갈영영이 남아 있는 고수들을 이끌고 이미 내려와 있었고, 자신의 임무를 완벽하게 수행한 이성진을 비롯한 호천단원들, 그리고 노산에서의 위기를 견디고 무사히 퇴각한 제갈공의 일행이 모두 평정 분타로 모여들었다.

반면 평정 분타에서 얼마 떨어지지 않은 곳에는 하남성을 종단한 천수유의 병력에 서면을 따라 북상한 냉악과 그 일행이 합류하여 대부대를 이루고 진을 치고 있었다. 비록 승승장구를 하여 이곳까지 이르렀지만 그것이 진정한 싸움에서 그리된 것이 아니라는 것을 알고 있는 그들은 사태의 추이를 살피며 천천히 북상하고 있는 궁사혼의 병력을 기다리고 있었다.

아직 본격적인 싸움을 앞두고 서로 탐색전을 펼치는 중이지만 그럼에도 일촉즉발의 위기가 양측을 감싸고 있었다.

그런 분위기 속에 평정 분타에 임시 마련된 맹주의 집무실에는 정도맹에서 한다 하는 고수와 수뇌들이 모조리 모여 있었다.

"빠르면 지금쯤, 늦어도 오늘 밤 안으로 공격이 이루어질 것입니다. 검성 어르신께서 휴식처에서 이동을 시작하시며 보내온 전서구가 지금 막 도착했습니다."

회의를 주관한 것은 맹주인 영오 대사였지만 실질적으로 이끈 것은 부군사인 제갈영영이었다. 비록 이번 계획의 입안(立案)은 제갈공이 했다 하지만 그는 맹주의 곁을 떠나 냉악의 병력을 막기 위해 정신이 없었기에 실질적인 운용은 제갈영영이 하고 있었다. 당연히 그녀가 아버지인 제갈공에 비해 모든 것을 더 자세히 알고 있었다. 그리고 지금 그녀가 막 남궁상인에게서 올라온 전갈을 중인들 앞에서 공표한 것이다.

"오! 결국 해냈구려. 이번 일만 성공하면 전세는 급격하게 기울 것이외다."

석부성이 흐뭇함과 놀람이 교차하는 표정을 지으며 감격해했다. 처음 계획에 대해 알게 되었을 때 계획의 무모성을 들어가며 가장 반대를 많이 하고 염려를 한 사람이 바로 석부성이었지만 그 또한 모든 것이 정도맹을 위한 일. 막상 일의 성공을 눈앞에 두자 몹시 기뻐했다.

"아직 안심할 단계는 아니라고 생각합니다. 비록 접근은 했지만 그곳을 지키는 병력 또한 만만치가 않지 않습니까? 물론 군사께서 처음 계획을 수립하실 때 그것까지 감안한 것이겠지만 말이지요."

곽무웅이 일어나 석부성과 마찬가지로 기뻐하면서도 약간은 조심스럽게 말을 하자 제갈공이 그를 향해 입을 열었다.

"예. 거의 모든 병력이 강북에 집중된 관계로 그곳을 지키는 병력은 그다지 많지 않습니다. 다만 적기당의 병력이 상당수 주둔하고 있다는 것, 그리고 패천수호대가 궁주를 호위하기 위해 그곳에 남아 있는 것으로 알고 있습니다."

"음!"

"패천수호대라……."

과거에 흑도의 여러 문파에서 패천수호대의 명성에 치를 떨었다면 패천궁과 싸움을 벌이고 있는 지금은 백도의 문파에서 치를 떨고 있었다. 그들과는 제대로 부딪치지 않았음에도 어느새 은근한 공포심이 중인들의 뇌리에 아로새겨져 있었다.

"그러나 적기당과 패천수호대를 제외하고는 별다른 전력이 없습니다. 복마단과 의혈단을 이루고 있는 각 문파의 제자들에게 적기당은 그 수가 조금 많을 뿐 별문제되지 않습니다. 다만 일신에 지닌 무위가 뛰어난 패천수호대만큼은 큰 장벽이 아닐 수 없습니다. 하지만 그곳에 파견된 복마단과 의혈단의 정예들은 우리 백도가 자랑하는 최고의 정예들입니다. 비록 수에서 오는 열세가 있겠지만 능히 승리를 거둘 것입니다."

제갈공은 확신에 찬 어조로 승리를 자신했다.

"물론입니다. 더구나 검성과 검선, 암왕 어르신을 비롯하여 많은 고수 분들이 따라가시지 않았습니까? 참, 무당의 큰어르신인 천검 진인께서도 몸소 움직인 것으로 압니다."

팽언문의 질문을 받은 운상 진인이 슬며시 미소를 지었다.

"그렇소이다. 오랜 은거를 깨고 힘겨운 걸음을 해주셨지요. 그저 그분께 죄송스러울 따름입니다."

운상 진인은 조심스레, 그러나 자부심이 물씬 담긴 어조로 말을 받았다. 그때 환호하는 좌중과는 달리 얼굴 가득 염려의 표정으로 설명을 듣고 있던 남궁우가 입을 열었다.

"그런데… 어느 정도의 피해를 예상하고 계시는 겁니까? 적의 저항이 격렬할 것인데… 또한 그들이 힘겹게 승리를 거두었다손 치더라도 복수를 하기 위해 추격하는 추격대를 물리치기가 쉽지 않을 것 같습니다."

남궁우의 질문은 정곡을 찌르고 있었다. 웅성거리던 집무실이 일순 침묵에 잠겼다.

"선박이 있지 않은가? 그곳으로 잠입할 때 이용한 선박을 이용하면 무사히 빠져나올 수 있을 것이네. 뭐가 걱정인가! 하하하!"

황보천악이 남궁우의 말을 반박하며 웃음을 지었다. 하나 남궁우의 신색은 나아지지 않았다.

"한 번뿐입니다. 저들이 바보가 아닌 이상 퇴로까지 배를 이용할 수는 없습니다. 모르긴 몰라도 이미 파양호 주변으로 저들의 주구(走狗)가 된 수로연맹이 지키고 있을 것입니다. 그렇다고 이곳의 방어선을 뚫고 우리가 구하러 가기에도 힘들지 않습니까? 설사 뚫는다 하더라도 이미 저들에 의해 모조리 죽임을 당한 후일 것입니다."

사실 남궁우가 이렇게 염려하는 까닭은 따로 있었다. 그 또한 무림인이고 백도에 속한 사람이기에 이번 작전이 얼마나 중요하고 승부에 결정적인 영향을 미칠 수 있는지 잘 알고 있었다. 하지만 그것은 부차적인 문제이고 그에겐 작전에 참여한 인원들에 대한 염려가 우선이었다.

부친인 남궁상인을 비롯하여 남궁가의 가주인 남궁검, 소가주인 남궁진과 동생 남궁혜, 그리고 지난 싸움에서 살아남은 세가의 젊은 무인 중 부상을 당하지 않은 칠 인이 모조리 참여했다. 결국 남궁세가에서는 자신과 도저히 싸울 수 없는 식솔 몇만을 남겨둔 채 모조리 떠난 것이었다.

만약 그들이 잘못되기라도 한다면?

말 그대로 남궁세가는 더 이상 무림에 적을 두기도 힘들고 자칫 잘못하며 영영 회복할 수 없는 치명상을 입게 되는 것이다. 상상하기도 싫은지 고개를 흔든 남궁우의 시선이 제갈공을 향했다. 대답을 원하는 눈빛이었다.

제갈공은 물론이고 집무실에 모인 모든 사람들이 이런 남궁우의 마음을 익히 알고 있었다. 잠시 어색한 침묵이 지나갔다.

"승리를 자신할 수는 있지만 과연 얼마만큼의 피해를 입을지는 뭐라 말씀드리지 못하겠습니다. 역시 패천수호대가 마음에……."

"패천수호대는 그곳에 없습니다."

제갈공의 말은 더 이상 이어지지 못했다. 다만 화등잔(火燈盞)처럼 커진 놀란 눈만이 음성의 주인공 제갈영영을 바라보고 있었다. 그것은 비단 제갈공만이 아니었다.

"아니, 영영아! 그것이 무슨 소리더냐!! 패천수호대가 없다니?"

맹주의 곁에서 회의를 이끌다 잠시 자리에 앉은 제갈영영이 살짝 미소를 지으며 몸을 일으켰다.

"보고에 따르면 패천수호대는 궁귀 을지 소협과의 대결을 위해 총타를 벗어나 전혀 엉뚱한 곳으로 이동을 했다고 합니다. 아무리 빨리 회군을 하여도 내일 새벽까지는 도착하지 못합니다."

"허! 이런 일이……!"

"을지 소협이?"

집무실이 갑자기 소란스러워졌다.

"그런 소문이 있기는 하였지만 단지 헛소문이라 일축했거늘, 그가 정말로 패천수호대에 도전장을 냈다는 말이더냐?"

제갈공이 도저히 믿기지 않는다는 듯 재차 질문을 했다.

"그것은 소녀도 잘 모르겠습니다. 다만 패천수호대와 마주친 을지 소협이 몸을 뺐다고 하니 아버님 말씀대로 헛소문일 수도 있으리란 생각이 듭니다."

"그런데 아무도 모르는 그 일을 부군사께서는 어찌 아셨소이까?"

남궁우가 질문을 했다. 별다른 뜻은 없는 듯했다.

"을지 소협과 함께 움직이고 있는 분을 통해 연락을 받았습니다."

"함께 있다면 혹시 종남파의 오상 말이냐?"

노산을 떠난 소문의 뒤를 쫓아가는 오상을 기억하며 제갈공이 물었다.

"예, 아버님. 실은 그를 통해 을지 소협의 도움을 청했습니다. 아시다시피 이번 작전에 참여한 정예들 중 그와 연관된 사람들이 많이 있기에 혹시나 하여 모든 계획을 자세히 설명하고 도움을 청했습니다. 다행히 그가 움직인 것이지요."

"허! 그럼 그가 노산을 지날 때부터 이미 모든 것을 알고 있었다는 것이 아니던가? 괜한 것을 숨겼군. 그래서? 그가 지나는 길을 막기 위해 패천수호대가 움직였다는 것이냐?"

"그렇습니다. 그것은 소녀 또한 미처 예상하지 못한 것으로 항간에 떠도는 소문이 그들을 움직인 모양입니다. 더구나 을지 소협이라면 패천궁에서도 예의 주시하고 있었을 것이고 때마침 움직이는 방향이 강남 총타 쪽이었으니 소문을 사실로 받아들인 것이라 생각되옵니다."

'물론 그리되기까지 소녀의 많은 노력이 있었지요. 죄송하지만 그것은 아버님께서도 아실 필요가 없답니다.'

마음속으로 제갈공에게 사죄를 한 제갈영영이 말을 마쳤을 때였다. 그녀의 말을 주의 깊게 듣고 있던 모든 사람들이 저마다 탄성을 터뜨렸다.

"허허! 세상에 죽은 공명(孔明)이 산 중달(仲達)을 물리쳤다더니만 이것이 그 짝이 아닙니까? 궁귀라는 이름에 패천수호대가 자신들이 지켜야 하는 궁주의 곁을 떠나다니요. 이것 참!"

"황보 가주님 말씀에 약간 어폐가 있지만 비슷하다고 할 수 있겠소이다. 저들은 비록 도전을 받았다고 생각하여 움직인 것이 되었지만 그 또한 을지 소협의 명성이 아니었다면 그들이 움직이기나 했겠소이까? 일이 이리 절묘하게 이루어질 줄이야!"

팽언문이 흥분해서 소리를 질렀다.

"하하! 그러게 말입니다."

사람들이 저마다 웃으며 파안대소를 했다.

"그런데 을지 소협이 정말 싸우지 않고 몸을 피했다는 말이오?"

팽언문이 웃음을 멈추고 제갈영영에게 질문을 했다.

"예, 싸우지는 않았다고 합니다."

"하긴, 이유없이 싸웠을 리는 없겠지. 그러나 정말 아깝소이다. 만약 싸움이 일어났다면 그 옛날 구양풍이 소림의 백팔나한진을 깬 것과 같은 그런 위업을 볼 수도 있었을 것인데 말입니다."

입맛을 다시는 팽언문의 모습엔 소문과 패천수호대의 대결이 무산된 것에 대한 아쉬움이 진하게 배어 있었다. 몇 명은 설마 하는 표정을 지으면서도 은근히 그의 말에 동조하는 듯 고개를 끄덕였다. 그러나 팽언문과는 전혀 다른 생각을 하는 사람도 있었다.

"싸움을 하였다고 하여도 그가 이길 것이란 생각은 들지 않소이다. 패천수호대는 그리 만만한 상대가 아닙니다. 아마 목숨을 부지하기 힘들었을 것이외다."

"그게 무슨……."

목인영이 코웃음을 치며 자신의 말에 반박을 하자 발끈한 팽언문이 뭐라 다시 말을 하려 할 때 재빨리 영오 대사가 이들 사이에 끼어들었다.

"아미타불! 이 모든 것이 무림의 정의를 바로 세우려는 부처님의 가호입니다. 어쨌든 그로 인하여 성공의 가능성은 더욱 높아졌고 피해도 줄어들게 될 테니 더욱 다행입니다. 하지만 앞으로가 중요한 것입니다. 아직 아무런 결과도 나오지 않았고 또한 더욱 많은 희생이 우리들을 기다리고 있습니다. 아미타불!"

맹주인 영오 대사가 합장을 하며 불호를 외웠다. 잠시 소란스러웠던 집무실에 안정이 찾아왔다. 자신들이 너무 흥분했다는 것을 인식한 사람들이 차분히 마음을 가라앉혔다. 그랬다. 영오 대사의 말대로 이것은 시작에 불과한 것이었다. 비록 패천수호대가 없다지만 그럼에도 희생자는 있을 것이고, 그보다 훨씬 더 큰 싸움이 바로 눈앞에서 그들을 기다리고 있었다.

"그래도 강남 총타에 있는 전력 중 가장 우려할 만한 병력인 패천수호대가 자리를 비웠다는 것은 참으로 다행스러운 일이 아닐 수 없습니다."

자신으로 인해 분위기가 너무 가라앉았다고 생각했는지 영오 대사가 한마디를 덧붙이자 그 뒤를 이어 제갈공이 입을 열었다.

"확신을 하기엔 무리가 있지만 패천수호대가 없는 이상 적은 피해로 승리를 하리라 생각합니다. 문제는 아까 남궁 형이 말씀하신 대로 그들의 안전한 철수입니다. 이번 계획을 세우면서도 가장 신경을 쓴 것이 바로 그것입니다."

"계획이 있는 것입니까?"

가문의 존폐가 걸려 있는 남궁우가 설명을 기다리지 못하고 질문을 했다.

"그렇습니다. 이번 작전에 가장 큰 공을 세운 것은 과거 수로연맹에서 위명을 날리던 두일충 총순찰이었습니다. 전 맹주의 아들을 데리고 탈출한 그가 있었기에 이와 같은 계획이 수립될 수 있었고 바다를 거슬러 무사히 잠입을 할 수도 있었습니다. 이번에도 그의 도움을 받게 될 것입니다."

"하지만 수로연맹에서 가만히 있겠소?"

운상 진인이 우려를 나타냈다.

"공격을 위해 바다를 거슬러 잠입을 했다면 이번엔 육로로 이동을 하여 탈출한 후 다시 배에 오르게 될 것입니다."

"그건 무슨 뜻입니까? 저는 이해가 가지 않습니다."

"어차피 뱃길은 남궁 형의 말씀대로 이동이 불가능합니다. 장강을 넘기도 힘들지만 바다로 빠져나가기도 힘들지요. 하지만 육로를 통해 동정호의 서쪽 지류에까지만 이르면 사정은 달라집니다. 비록 수로연맹이 패천궁의 손아귀에 접수되었다지만 모두 굴복한 것은 아닙니다. 사천의 물길에선 거의 독보적인 위치를 차지하고 있는 용골채가 그중 하나인데, 이미 두 총순찰의 명으로 저희들을 도와주기로 되어 있습니다."

"아니, 그것이 가능하단 말입니까? 동정호의 지류라면 저들에겐 안방이나 마찬가지가 아닙니까? 더구나 사천에서의 거리가 얼마인데……."

남궁우의 얼굴엔 불신의 표정이 역력했다. 하나 제갈공은 자신있는 어조로 설명을 계속했다.

"그들은 이미 그곳에 도착해 있습니다. 사천으로 통하는 강은 그다지 크지 않고 깊이가 얕아 그에 알맞은 배를 준비하여 벌써 한 달 전부터 준비하고 있지요. 그리고 동정호엔 수로연맹의 본채가 있을 뿐이지 대부분의 배와 병력은 장강의 여러 수채에 골고루 퍼져 있습니다. 그들이 눈치 챈다고 해도 쫓아오기에는 무리가 있습니다. 육중한 배로는 쫓아오지도 못할 것이지만 말이지요. 한마디로 배에 오르기만 하면 무사히 탈출에 성공할 수 있습니다. 그러나 제가 준비하고 손을 쓸 수 있었던 것은 여기까지입니다. 문제는 적의 추격에서 과연 그곳까지 무사히 갈 수 있느냐 하는 것입니다. 검성께서도 이 점을 걱정하셨습니다. 안타깝게도 그것은 전적으로 그들의 능력에 달려 있습니다."

제갈공이 말을 마치고 자리에 앉았다. 아직 불안한 마음이 완전히 가신 것은 아니지만 남궁우를 비롯한 모든 사람들이 적이 안심을 하고 고개를 끄덕였다. 그러자 조용히 지켜보던 영오 대사가 흡족한 마음으로 입을 열었다.

"아미타불. 모두 잘될 것입니다. 일은 이미 시작되었고 이제는 우리 모두 그들의 성공과 안녕을 기원하며 기도할 뿐입니다. 또한 그들의 활약에 부끄럽지 않게 우리 또한 힘껏 싸워야 할 것입니다. 준비는 되었습니까?"

"모든 계획은 이미 세워져 있습니다. 강남 총타에서의 상황이 저들에게 들어갈 내일 아침쯤을 기하여 일제히 반격에 나설 것입니다."

제갈공이 정중하게 대답하자 고개를 끄덕인 영오 대사가 엄숙한 음성으로 불호성을 외쳤다.

"아미타불! 내일이면 모든 것이 결정될 것입니다. 무너진 정기를 바로 세우고 이 땅에 다시는 이와 같은 불행이 없도록 우리는 승리를 할 것입니다. 반드시 그리되어야 할 것입니다. 아미타불!"

*　　　　*　　　　*

"서둘러라! 이제 얼마 남지 않았다."

소문과의 대결을 위해 움직였던 패천수호대가 막 호남을 지나 강서로 들어섰을 때는 날이 어두워진 지 이미 오래였다. 귀곡자로부터 벌써 여러 차례 전서구를 받은 적성의 마음은 급하기만 했다. 떠나올 때도 급히 왔고 돌아갈 때는 그보다 더 서둘러 움직였지만 그들이 아무리 빨리 움직여도 총타에 도착하는 시간을 새벽이 아닌 밤으로 돌려놓을 수는 없었다. 다만 조금이라도 그 시간을 단축하기 위하여 애를 쓰고 있는 것이었다. 길을 오며 급히 구한 말들은 이미 나가떨어진 지 오래였다. 그나마 말이라도 타고 왔으니 이리 시간을 단축한 것이었다.

'제발! 제발!'

선두에 서서 무리를 이끌고 있는 적성의 눈에는 핏발이 서 있었다. 불안한 생각이 전신을 지배한 것은 이미 오래전의 일이고 떨리는 가슴을 진정시키기 위해 더욱더 소리를 질렀다.

"위험에 빠지신 궁주님이 우리를 기다리고 계신다! 심장이 터질 때까지 달려라!"

그러나 너무 늦고 말았다.

* * *

"중앙이 뚫렸습니다!"

"좌측도 뚫렸습니다!"

거의 동시에 허겁지겁 달려와 보고를 하는 사내들의 전신은 피로 얼룩져 있었다.

"벌써!"

자리에서 벌떡 일어났던 귀곡자는 또 한 사내가 문을 박차고 들어서자 의자에 주저앉고 말았다.

"우측도 뚫렸습니다! 첫 번째 수비진이 모두 뚫렸습니다!"

결국 그는 귀곡자의 예측과 한 치도 어긋남이 없는 보고를 주절거렸다.

"피해는 어느 정도 되느냐?"

"전멸입니다."

귀곡자의 눈이 놀람으로 치켜떠졌다.

"전멸이라고!"

"예, 일진의 수비를 책임지던 북양헌(北亮獻) 노사를 비롯하여 전원이 목숨을 잃었습니다."

"음!"

강남 총타에 몇 남지 않은 고수인 북양헌이 죽었다는 말에 짧은 신음성을 낸 귀곡자가 손을 흔들었다.

"알았다. 나가보도록! 아, 문규정은 어디 있느냐?"

귀곡자의 질문에 급히 문을 나서던 사내가 다시 몸을 돌렸다.

"지존각을 지키고 계십니다."

"알았다."

귀곡자의 고개가 힘없이 끄덕여지자 사내의 몸이 소리없이 사라졌다.

"후~ 예상은 했지만 너무 빠르다. 근 사백이 넘는 병력이 겨우 반시진이 되지 못해 무너지다니! 그만큼 적의 전력이 강하다는 것. 어찌해야 하는가?"

그러나 뾰족한 생각이 떠오르지 않았다. 그가 대책을 세우기엔 적이 너무 강했다.

"으아악!"

"죽여라!"

챙! 챙!

엄청난 함성과 병장기의 소리가 들리고 수없이 많은 무인들이 서로 뒤엉켜 싸우고 있는 곳은 패천궁 강남 총타 외성과 내성의 중간에 위치한 넓은 연무장이었다.

외성을 지키던 적을 몰살시킨 정도맹의 정예들은 사기가 오를 대로 올라 있었다. 이미 이동 중에 그들의 유일한 적수인 패천수호대가 이곳에 없음을 알게 된 이들에겐 더 이상 두려워할 것도, 망설일 것도 없었다. 막아서는 적을 거침없이 베어내는 이들은 이미 사람이 아니었다. 죽이고 또 죽이고, 상대를 찾아 눈을 희번덕거리는 그들은 그저 살기라는 본능에 움직이는 야수와 같았다.

"크악!"

최후의 비명이 들리고 연무장에는 더 이상 싸움이 일어나지 않았다.

"전열을 정비하라!"

뒤에서 조용히 지켜보던 남궁상인이 소리를 지르자 막 싸움을 끝낸 각 문파의 제자들이 자신들을 이끌었던 곽화월과 황보장 등의 곁으로 모여들었다.

"피해 상황을 보고하라."

재차 명령이 떨어지고 잠시 소란이 있은 후 황보장이 가장 먼저 보고를 했다.

"좌측을 맡았던 의혈단, 삼십이 명의 사상자가 있습니다."

"선봉을 맡았던 복마단, 십칠 명의 사상자가 있습니다."

황보장의 말이 끝나기가 무섭게 얼굴에 묻은 피를 훔치며 곽화월이 보고했다. 우측의 무인들을 이끌었던 사람은 황충이었지만 단견이 사부를 대신해 보고를 했다.

"우측을 맡았던 복마단, 아홉 명의 사상자가 있습니다."

대승이었다. 베어버린 적의 수가 어림잡아 칠백. 그런데 이들이 입은 피해는 육십이 채 되지 않았다.

"싸움은 지금부터다. 모두들 정신을 똑바로 차리도록! 진형은 이전과 같다. 가라!"

남궁상인은 검을 들어 뒤편의 한 건물을 가리켰다. 그가 검끝으로 지적한 곳은 웅장한 이곳에서도 유난히 돋보이는 건물 지존각이었다.

"와아!"

"와아!!"

저마다 함성을 지르고 무기를 곧추세운 무인들이 일사불란하게 이동을 시작했다. 마음껏 소리는 지르고 있었지만 그들의 눈만은 차갑게 가라앉아 주변을 살피고 있었다. 그런 그들을 맞이한 것은 온몸을 적색의 무복으로 감춘 사내들이었다.

"적기당이군."

처음으로 적다운 적을 만난 누군가의 입에서 그들의 정체를 밝히는 말이 튀어나왔다.

"그래 봤자 우리의 상대는 아니다."

마찬가지로 어디서 들려온 말인지 모를 대답이 이어졌다.

"그럼 무엇을 망설이나? 우리의 힘을 보여주면 되는 것이지! 가자!"

의혈단을 이끌고 있는 황보장이 가장 먼저 적에게 뛰어가고 이어 의혈단의 무인들이 그 뒤를 쫓았다.

"이런! 선봉이 뒤질 수는 없는 노릇. 그럼 우리도 가볼까?"

곽화월 또한 지지 않고 사부에게 전해 받은 화산파의 보검을 들고 달려나갔다. 그 뒤를 따라 선봉을 맡은 일단의 무인들이 곽화월의 뒤를 따랐다.

그런 그들의 모습을 바라보며 감탄하는 사람이 있었다.

'대단한 위세로군. 하지만 이대로 물러설 수는 없겠지.'

달려오는 정도맹의 정예들을 바라보는 적기당 당주 문규정은 뜨거운 피가 차갑게 식는 것을 느낄 수 있었다. 그리곤 느릿느릿, 그러나 힘을 실어 수하들에게 외쳤다.

"어차피 힘든 싸움이다! 그렇지만 우리가 누구인가?"

"적기당입니다!"

침묵을 지키며 다가오는 적을 바라보던 적기당의 무인들이 이구동성(異口同聲)으로 대답을 했다.

"그래, 우리가 바로 적기당이다. 적기당이라는 이름을 걸고 후회없는 싸움을 한다. 사람이라면 언제가 죽는 법. '어떻게 사느냐' 만큼 중요한 것이 '어떻게 죽느냐' 하는 것이다."

잠시 말을 끊은 문규정이 수하들을 둘러보았다.

"비굴한 삶을 택할 것인가?"

"아닙니다."

수하들의 결의에 찬 대답에 흡족한 미소를 지은 문규정이 보다 음성을 높였다.

"우리는 오늘 여기서 죽는다. 우리를 인정하고 우리가 따르는 주군을 위해 죽는다. 그것은 명예로운 죽음이다. 자, 가라! 가서 명예로운 죽음이 무엇인지 보여주어라!"

말을 마친 문규정은 다른 누구보다 먼저 나아가 밀려오는 적과 무기를 맞대었다. 명예로운 죽음을 선택한 적기당의 무인들이 그의 뒤를 따랐다.

"훌륭한 연설이었소. 비록 적이지만 인정하지 않을 수 없군. 그대의 이름은 무엇이오?"

문규정과 정면으로 대치한 곽화월이 경의를 표하며 물었다.

"훗, 이름이 무슨 필요가 있겠는가? 하지만 알고 싶다면 말해 주겠소. 나는 적기당 당주 문규정이라 하외다."

문규정 또한 가볍게 웃으며 대꾸했다.

"나는 화산의 곽화월이오. 복마단을 이끌고 있기도 하고."

"좋군. 그대라면 내 목숨을 책임질 만하오. 그럼 시작하겠소."

복마단을 이끌고 있다면 그중에서 최고의 무공을 지니고 있음을 반증하는 것, 쉽지는 않겠지만 상대로선 최고였다.

검을 곧추세운 문규정은 검을 땅에 세우고 있는 곽화월의 주위를 천천히 돌기 시작했다. 그의 발걸음이 순간적으로 방향을 뒤튼 순간, 비스듬히 세워졌던 팔이 빠르게 움직였고 손에 들린 검이 허공을 가르며 곽화월의 허리를 목표로 날아왔다. 그러나,

챙!

곽화월의 허리를 단숨에 양단할 것 같은 기세로 움직이던 문규정의 검은 어느새 치켜 올려진 곽화월의 검에 의해 가로막히고 그 충돌의 여파로 손아귀에 찢어질 듯한 고통이 수반되었다.

"대단하군."

"과찬이오."

단 한 번의 충돌이었지만 문규정의 실력이 나름대로 뛰어나긴 하여도 자신에 비하면 다소 모자람이 있다는 것을 느낀 곽화월은 여유가 있었다. 그러나 곳곳에서 들려오는 비명은 그런 여유마저 즐길 시간을 주지 않았다.

"시간이 없는 것이 아쉽소이다."

조용히 말을 한 곽화월은 문규정이 움직이기도 전에 천천히 몸을 움직이고 있었다.

'이, 이런!'

위기를 느낀 문규정은 재빨리 발을 움직여 곽화월의 공세권에서 비껴나려고 하였지만 귀신처럼 따라붙는 곽화월을 좀처럼 떼어놓지 못했다. 이리저리 몸을 틀고 때로는 다른 사람들의 격전 속으로 끼어들며 반격의 기회를 잡기 위해 몸을 피하고자 하였지만 도저히 틈이 생기지 않았다.

일 장!

정확하게 일 장의 거리를 유지하며 따라오던 곽화월의 검이 묘한 변화를 일으키기 시작했다. 구궁보를 시전하며 문규정을 궁지로 몰아넣은 곽화월이 시전하려는 검법은 십팔로낙영검법이었다. 소문과의 싸움에서 이미 그 위력을 입증한 검법을 문규정이 막는다는 것은 불가능했다.

곽화월이 검을 움직이자 다급한 마음에 나려타곤이라도 시전하려던 문규정의 몸이 벼락을 맞은 듯 경직되고 신형이 서서히 무너져 내렸다. 몸이 땅으로 쓰러지는 것을 알면서도 막지 못하는 문규정의 시선은 경악으로 물들어 있었다. 그가 느끼기에 자신의 몸을 휩쓸고 지나간 것은 아침 일찍 문을 나섰을 때 눈으로 쏟아져 들어오는 햇빛이란 생각이 들었다. 아무리 빨리 움직인다고 하여도 햇빛을 피한다는 것은 불가능했다.

'그것이 뭐였지? 햇빛? 크크… 이 밤중에…….'

눈이 감길 때까지 그의 의문은 풀리지 않았다.

"잘 가시오."

뒤를 이은 곽화월의 말만이 사그라지는 그의 영혼을 따라왔다.

"흠, 역시 적기당이라는 것인가? 이름값을 하는군."

전황을 예의 주시하는 남궁상인의 입에서 침음성이 흘러나왔다. 과거 남궁세가에서 흑기당의 집요함을 보았던 남궁상인은 쉬운 싸움이 되리라는 생각은 애당초 하지 않았다. 자신이 이끌고 온 무인들의 수준이 어떠한지 잘 알고 있었지만 적기당에 속한 무인들은 그들 나름대로 상당한 수준을 쌓은 무인들이었기 때문이다.

적기당은 처음 자신들을 막아서던 무인들과 그 수준이 판이하게 달랐다. 죽음을 두려워하지 않고 악착같이 덤비는 바람에 벌써 많은 정도맹의 정예들이 목숨을 잃었다. 그리고 그 피해는 점점 커져만 갔다. 물론 적기당은 그 몇 배의 대가를 치러야 했지만.

그러나 남궁상인의 염려와는 달리 처음에 치열했던 싸움은 시간이 지나면서 그 결과가 점점 드러나기 시작했다.

고수들!

특히 암왕이나 천검 진인, 해천풍과 같은 고수들은 그들과 같은 고수가 한두 명이라도 포진하고 있는 진영이 얼마나 유리해질 수 있는지 지금 극명하게 보여주고 있었다. 이들의 움직임은 그다지 화려하지도, 요란하지도 않았지만 그들이 지나가는 곳에선 제대로 서 있는 자들이 없었다.

처음 이들을 맞으러 나왔던, 나름대로 패천궁의 초빙을 받아 다시 강호에 나온 고수들도 있었지만 이들의 공격을 막을 상대는 남아 있지 않았다. 암왕과 맞선 노인은 처음엔 그럴듯한 공격을 하는 등 나름대로 선전(善戰)하는 모습을 보여주었지만 암왕이 날린 절묘한 회선침(回旋針)에 목이 꿰뚫려 비명횡사(非命橫死)를 하고 말았고, 천검 진인을 막아선 흑의노인 또한 몇 초식을 버티지 못하고 그 노구를 땅바닥에 고이 누이고 말았다.

잠시나마 이들을 잡아두던 고수들이 사라지자 적기당의 무인들은 궁여지책으로 몇 명이 짝을 이루어 합공을 하는 형식으로 막아보려고 하였다. 하나 그 또한 부질없는 짓이었다.

"너무 무모했다고 생각하나?"

"……."

관패의 물음에 귀곡자는 대답하지 못했다.

"으아악!"

그 와중에도 비명 소리는 끊이지 않고 있었다. 처음엔 어렴풋이 들리는 것이 이제는 코앞에서 일어나는 일처럼 선명했다.

"많이 밀리는 모양이군."

창밖으로 슬쩍 눈을 돌린 관패가 담담히 말을 했다.

"방어를 하던 일진과 이진이 용감히 싸우기는 하였지만 힘없이 무너졌습니다. 지금은 문규정 당주 이하 적기당이 막고는 있지만……."

귀곡자는 차마 말을 잇지 못했다. 그 뒤의 말을 짐작한 관패가 씁쓸하게 미소를 보냈다.

"괜찮네. 조만간 이곳으로 들이닥친다는 것이겠지. 내가 자초한 일이니 할 수 없지. 그렇다면 이것이 나와 자네의 최후의 만찬이란 말인가? 그리고 어쩌면 자네와 술을 나누는 것도 마지막일 수도 있다는 말이군. 그럼 이럴 것이 아니지. 이리 와서 한잔 받게."

관패는 자신의 앞에 차려진 술상으로 바라보며 웃음 지었다. 귀곡자는 조용히 술잔을 들었다. 귀곡자가 자신이 따라준 술을 들이킬 때까지 조용히 지켜보던 관패가 술병을 내려놓고 귀곡자의 잔을 받았다.

"나의 결정이 이런 결과를 가져왔으니 원망이 많겠군."

"아닙니다."

"그래도 어쩔 수 없네. 수하들이 승리를 위해 많은 피를 흘리고 있는데 나만 살자고 도망을 칠 수는 없었네. 본거지를 저들에게 내주고 훗날 수하들을 어찌 볼 수 있단 말인가? 내준 곳은 다시 찾으면 되겠지만 한번 무너진 자존심은 도저히 회복할 수 없다네. 한낱 이리 떼들이 쳐들어왔다고 산중의 제왕인 호랑이가 도망을 칠 수는 없는 노릇

아닌가?'

관패는 귀곡자라 따라준 술을 단숨에 마시며 말을 늘어놓았다.

'하지만 그 이리 떼도 수가 많으면 호랑이를 잡는 법입니다. 그리고 다른 무엇보다 앞서는 일이 궁주님의 안위라는 것을 왜 모르십니까?'

안타까이 관패를 쳐다보던 귀곡자가 어떻게든 자신의 주장을 관철해야 했음을 자책하며 고개를 숙였다.

'후~ 좀 더 강하게 말렸어야 하는 것인데.'

귀곡자가 관패의 빈 잔에 다시 술을 따르며 한숨을 내쉬었다.

탁!

그 잔마저 비운 관패가 들고 있던 잔을 힘껏 내려놓았다.

"시간이 되었군. 자네는 이 길로 태상장로에게 떠나게."

"예? 그게 무슨 말씀이십니까? 하면 궁주님은?"

깜짝 놀란 귀곡자가 황급히 반문을 했다.

"도망을 치려면 지금껏 기다리지도 않았지. 난 나를 기다리는 자들에게 가려 하네."

"궁주님!"

"패천궁에는 나를 대신할 만한 사람들이 많이 있네. 하지만 자네를 대신할 만한 사람은 없어. 자네가 있어야만 패천궁의 중원일통이 가능할 것이네. 하하! 어찌 보면 자네의 목숨이 내 목숨보다 더 귀하다고 볼 수도 있겠네. 그러니 지금 즉시 떠나도록 하게. 위험이야 하겠지만 지금 떠나고자 한다면 불가능하지는 않을 것이네."

말을 마친 관패는 천천히 몸을 일으키고 문 쪽으로 걸음을 옮겼다.

"궁주님!"

"이것은 내가 자네에게 내리는 최후의 명령일세. 너희들은 군사를 모시고 즉시 길을 떠나도록 하라."

관패는 문밖을 호위하고 있던 적기당의 무사들에게 명을 내렸다.

"존명(尊命)!"

십여 명에 이르는 무인들이 재빨리 귀곡자의 주변으로 모여들었다.

"참, 우리 환야를 부탁하네. 강한 척하긴 하지만 너무 여려서 말이지."

잠시 몸을 돌려 마지막 당부의 말을 한 관패. 그 말을 끝으로 그의 신형은 더 이상 귀곡자의 시선에서 잡히지 않았다.

"어떻게 하든 말렸어야 했어. 무슨 수를 쓰더라도……."

홀로 남은 귀곡자는 평소 즐기지 않던 술을 거푸 마시며 한탄을 했다.

*   *   *

"얼마나 남았느냐?"

"앞으로 두 시진 정도면 도착합니다."

선두에 서서 병력을 이끌던 헌원강의 얼굴엔 어두운 그림자가 드리워져 있었다. 강북 총타를 지키고 있던 헌원강은 귀곡자의 전서구를 받자 그 즉시 병력을 이끌고 남하를 시작했다. 그 수는 고작 이십여 명. 하지만 대부분의 무인들이 정도맹과의 싸움을 대비해 초빙한 흑도의 고수들로 특별한 지위는 없었지만 개개인의 무공이 타의 추종을 불허할 정도로 뛰어났다.

어차피 시간의 싸움이라 생각한 헌원강은 다른 병력은 아예 데리고 오지도 않았다. 그들과 함께라면 오히려 길만 지체될 것이라 여겨 이들 이십여 명의 고수들만 이끌고 강남 총타를 향해 출발한 것이었다. 물론 나머지 병력들도 헌원강이 떠난 이후 즉시 전력을 정비하고 뒤를 따랐지만 이들을 따라잡기엔 속도가 너무 느렸다.

"두 시진이라… 너무 늦다. 한 시진 안에 도착해야 한다."

"무리입니다. 강북 총타를 떠나서 한시도 쉬지 못하고 달렸습니다. 그나마 장강을 건너면서 휴식을 취하지 못했다면 여기까지 오지도 못했습니다."

헌원강과 보조를 마치며 말을 몰던 사내가 대답을 했다.

"어쩌면 벌써 모든 일이 끝장나 있을지도 모른다. 그렇지 않다면 어찌하겠는가? 그곳엔 우리를 기다리고 있는 궁주님과 동료들이 있다. 우리가 여기서 머뭇거려서는 안 된다."

잠시 입을 다물었던 헌원강이 재차 말을 했다. 이번엔 옆의 사내에게 한 것이 아니라 그를 뒤따라오던 많은 무인들에게 한 말이었다.

"말을 버릴 것이오. 모두 말을 버리고 나를 따라오시오."

"그게 무슨 말씀이십니까? 말을 버리다니요?"

헌원강과 말을 나누던 사내가 깜짝 놀라 물었다. 그러자 대답이 엉뚱한 곳에서 들려왔다.

"쯧쯧, 멍청하기는! 말을 타고 간다면 눈앞에 보이는 산을 우회해야 하지 않느냐? 그렇지만 말을 버리고 산을 가로질러 간다면 단축되는 시간은 상당할 것, 지금처럼 일각이 아쉬운 판에 그 정도는 상당한 것이지. 아니 그렇소, 염왕도 호법?"

"그렇습니다. 그건 건청우(建淸宇) 선배의 말씀이 맞습니다. 그래서 말을 버리자는 말이지요."

자신을 대신해 설명한 사람이 철마조(鐵魔爪) 건청우라는 것을 확인한 헌원강이 슬쩍 고개를 숙여 인사를 했다.

비록 자신이 이끄는 고수들이 패천궁에 속하기는 하였지만 따로 명령을 듣는 위치는 아니었다. 하지만 이들에게도 은연중 서열이 생기고 영향력이 강한 사람이 있으니 바로 철마조 건청우라는 사람이 그랬다. 그는 장로 중에서도 나이가 어린 헌원강보다 거의 두 배분이나 높은 전대의 고수로 과거 지금의 태상장로인 궁사흔과 비무를 벌인 적이 있는데 그때 맺은 인연으로 패천궁에 가담하게 되었다. 나이도 나이려니와 실력도 출중하여 다른 이들이 모두 그를 따르고 있었다.

"뭣들 하는가? 말을 버리고 산으로 가야 한다지 않는가? 어서 가세나. 너무 말에만 의존했더니 오히려 몸이 근질거리는군. 오랜만에 몸을 움직여 볼까."

"쯧쯧, 연세를 생각하십시오. 원!"

"허허허! 그래도 아직은 자네들에게 뒤지지 않을 자신이 있다네."

고개를 돌려 소리친 건청우가 앞장서 말을 버리고 산을 오르기 시작했다. 그러자 와자지껄 웃음을 지은 무인들도 거의 동시에 몸을 날렸다.

건청우가 몸을 날리기도 전에 앞서 산길로 달리기 시작한 헌원강은 어느새 뒤에 따라붙은 건청우을 바라보며 다시 한 번 고개를 숙였다.

'이것으로 한 시진 이상은 확실히 단축할 수 있다. 제발 무사하기를!'

*   *   *

"자네들도 알고 있겠지만 궁주님이 계신 강남 총타가 적의 정예들에 의해 공격을 받고 있네."

"음!'

엄청난 전력을 이끌고 천수유와 냉악의 진영에 막 합류한 궁사혼이 수뇌들의 회합을 열고 내뱉은 첫 마디에 주변에 모인 패천궁의 수뇌들은 저마다 심각한 얼굴로 침음성을 내뱉었다.

"오는 길에 군사의 전서구를 받았네. 상황이 별로 좋지 않은 모양이더군. 그가 전해온 대로라면 아마 지금쯤 싸움이 시작되었을 것이네."

"이제야 이해가 갑니다. 저들이 어찌 싸움을 피하고 시간을 벌려고 했는지 말입니다."

냉악이 분개하며 입술을 깨물었다. 그 모양을 보던 천수유가 조용히 물었다.

"어찌할 생각이십니까? 일의 상황을 보니 정도맹에서 철저하게 준비를 한 모양입니다. 모르긴 몰라도 상당한 전력을 갖추고 저희들을 기다리고 있을 것이란 생각이 듭니다."

"이미 그쪽은 우리가 손을 쓰기에는 무리가 있네. 아마 강북 총타에 남아 있는 병력들이 지원을 하러 떠났을 것이네. 그리고 그곳에 누가 있는가? 적기당과 패천수호대, 그리고 궁주님이 계시네. 설마 무슨 일이야 있겠는가? 너무 염려는 하지 말게. 우린 그저 우리가 할 일, 앞에 진을 치고 있는 적을 쓰러뜨리는 것만을 생각하세. 자네 말대로 적들도 상당한 전력임을 부인할 수는 없겠지만 우리의 힘은 그들을 능가하네."

궁사혼이 담담히 대꾸했다.

"그럼 공격을 하실 생각입니까?"

궁사혼과 함께 이동을 한 지옥벌의 벌주 해구신이 묻자 궁사혼이 고개를 끄덕였다.

"오랜 이동으로 지쳐 있을 테니 잠시 원기를 회복할 시간은 주어야 겠지. 공격은 내일 새벽. 언제나 그렇듯 이번에도 혈참마대가 선봉을 서주게."

"알겠습니다."

냉악이 재빨리 대답을 했다.

"힘든 싸움이 될 것이야. 그러나 우리는 이 싸움에서 승리를 하고 중원일통의 대업을 이룰 수 있을 것이네. 그럼 준비들을 해주게."

"알겠습니다."

궁사혼의 주변에 모였던 수뇌들이 일제히 허리를 굽히고 대답을 했다.

'문제는 강남 총타인데… 과연 어찌 될런지…….'

말은 그리했지만 궁사혼은 좀처럼 안심을 하지 못했다.

*   *   *

싸움은 이미 일방적인 방향으로 흐르고 있었다. 사백에 이르던 적기 당의 무인들 중 살아남은 자는 절반으로 줄어들었고, 그마저도 상당히 수세에 몰려 있었다. 반면에 제법 많은 피해를 보기는 했지만 정도맹 의 정예들은 뛰어난 무공과 몇몇 고수들의 지원을 받아 그다지 힘들이 지 않고 적기당을 몰아붙이고 있었다.

"이곳의 싸움도 거의 끝이 나는 것 같소. 이제는 마무리만 남은 것 같은데……."

남궁상인이 승리를 확신하며 말을 하였다. 무무에게 말을 건넨 그의 시선은 지금 지존각을 향해 있었다.

"다행입니다. 적의 저항이 완강했음에도 불구하고 예상보다는 피해가 적은 것 같습니다. 참으로 다행입니다. 아미타불!"

무무 또한 지존각을 바라보며 조용히 합공했다.

"그게 다 저들의 용기 때문이오. 죽음을 두려워하지 않고 용감히 싸워준 저들의 희생이 이번 승리의 원동력이 아니겠소?"

남궁상인이 고개를 돌려 일방적으로 몰아붙이고는 있다지만 여전히 치열한 싸움이 벌어지고 있는 곳으로 시선을 던지며 말을 하였다. 과연 그의 말대로 복마단과 의혈단은 알려진 것보다 몇 배는 더 뛰어난 위력을 보여주고 있었다. 그때였다. 남궁상인이 흐뭇한 미소를 지으며 승리를 확신하고 있을 때 지존각을 바라보던 무무의 눈이 크게 경직되었다. 최초 눈에서 시작된 반응은 온몸으로 격렬하게 번져 나갔다.

"갑자기 왜 그러시오?"

옆에 서 있던 무무의 기가 돌변하자 깜짝 놀란 남궁상인의 얼굴도 무무의 시선을 따라갔다. 하지만 눈이 돌아가기 전에 이미 그의 몸이 반응을 하고 있었다.

"드디어 나타나셨는가!!"

소리를 지른 것도, 무공을 보인 것도 아니고 그저 천천히 걸어오고 있는 사내. 단지 그것뿐이었는데도 남궁상인이 느끼는 압박감은 대단한 것이었다.

"훗, 역시 대단하군, 대단해!"

남궁상인은 전신을 휘감는 긴장감, 가슴을 울리는 떨림에 너털웃음을 터뜨리고 자신을 이렇게 만든 사내를 조용히 응시했다.

그의 등장을 눈치 챈 사람들은 몇 되지 않았다. 이제 되었다고 생각하여 검을 거두고 남궁상인이 있는 곳으로 걸어오던 천검 진인과 당천호를 비롯하여 고수라 이름난 몇 명만이 온몸에 느껴지는 위기감에 그의 존재를 알았을 뿐이다. 거의 동시에 몸을 돌려 지존각을 바라보는 그들과는 달리 장내의 싸움은 여전히 계속되었다.

"크아악!"

드디어 그 어떤 비명보다 가슴 깊이 와 닿는 비명 소리와 함께 그의 등장이 알려졌다.

움찔!

그의 행동을 예의 주시하던 고수들은 순간적으로 나타났다가 사라진 빛을 발견하고 경악을 금치 못했다. 남궁상인의 손은 벌써 검을 움켜쥐고 있었다.

"대사형!"

일검에 오체분시되어 쓰러진 사내가 자신들의 대사형인 임평산인 것을 발 밑에 떨어진 그의 머리로 알게 된 곽영이 자지러지는 비명을 질렀다. 그러나 그것은 시작에 불과했다.

"크아악!"

"큭!"

무섭게 적기당을 몰아치던 복마단의 정예들. 그러나 관패가 휘두르는 검 앞에서는 추풍낙엽일 수밖에 없었는데 특히 관패가 등장한 곳에 주로 모여 있던 화산파 제자들의 희생이 두드러졌다.

"안 돼!"

사람이 비록 편협했지만 자신을 사랑하는 마음만큼은 지극함을 알기에 최근 마음을 허락한 하후제가 변변한 대항도 하지 못하고 그대로 쓰러지자 곽영의 의식은 더 이상 이어지지 못했다.

"멈춰랏!"

화산파 제자들의 연이은 죽음과 동생인 곽영마저 위험에 빠지자 대노한 곽화월이 관패의 앞을 막아섰다. 하나 그가 할 수 있는 일은 아무것도 없었다.

꽈앙!

관패의 앞을 막아선 그는 자신이 지니고 있는 최강의 무공인 십팔로 낙영검법을 시전하였다. 곽화월로서는 자신이 지닌 모든 진력을 담아 필사의 공격을 한 것이었지만 관패의 검 앞에서는 다른 제자들과는 달리 목숨을 보존케 해주었을 뿐 그 또한 무용지물(無用之物)이었다.

"크흑!"

칠 장이나 날아가 처박힌 곽화월은 가슴을 부여잡고 시뻘건 피를 토해냈다. 피의 색이 진한 것을 보아 심각한 내상을 입었음이 자명했다.

"호오! 대단하군!"

자신의 일검을 받고도 목숨을 부지한 곽화월을 바라보던 관패가 감탄성을 내뱉었다. 특히 자신을 공격하던 곽화월의 검에 실린 위력이 보통이 아니라는 것을 의식해 거의 십성에 이르는 힘을 실었건만 겨우 내상을 입히는 정도에 그치자 그의 놀람은 더욱 컸다.

곽화월이 쓰러지는 것과 동시에 적기당과 정도맹의 싸움은 일순간 정지하고 말았다. 그리고 떠나갈 듯한 함성만이 장내를 휩쓸었다.

"와아!"

"궁주님이시다!"

갑작스런 등장과 함께 십여 명의 적을 단숨에 없애 버리고, 특히 자신들을 유린하던 곽화월을 쓰러뜨린 사람이 패천궁의 궁주인 관패라는 것을 알아본 적기당의 무인들은 저마다 환호성을 질렀다.

관패가 나타나 곽화월을 쓰러뜨리는 것을 놀란 눈으로 바라보며 막 자신에게 덤비던 적의 목에 호랑이 뼈를 갈아 만든 세침(細針)을 박아 넣던 당소문은 자신에게 천천히 다가오는 사내를 볼 수 있었다.

그가 언제 나타났는지 어디에서 나타났는지 아는 사람은 아무도 없었지만 처음부터 그 자리에 서 있었다는 듯 여유로운 모습으로 당소문에게 다가오는 그의 걸음걸이에는 시종일관 여유가 있었다.

"웬 놈이냐!"

정체를 확인하기에 앞서 호골침(虎骨針)을 날린 당소문은 지금까지 단 한 번도 빗나가지 않은 자신의 암기에 확실한 믿음을 가지고 있는 듯했다.

"물을 것도 없군."

재빨리 날린 두 개의 호골침이 사내의 미간에 정확히 박히는 것을 확인한 당소문이 냉소를 지으며 고개를 돌렸다. 그런데,

툭!

의당 비명이 들려야 할 것이거늘 들려온 소리라고는 뭔가 작은 물체가 벽에 부딪쳐 땅에 떨어지는 그런 미세한 충격음뿐이었다. 순간 일이 잘못되었음을 느낀 당소문이 고개를 돌려 적을 바라보았을 때는 오장 정도 떨어져 있던 사내가 어느새 코앞에까지 이르러 손을 뻗고 있었다.

"이… 컥!"

깜짝 놀란 당소문이 소리를 지르려 하였지만 그의 비명보다는 사내의 손속이 더 빨랐다.

"이것이 당가의 암기인가?"

마치 백옥을 보는 것과 같이 투명한 손으로 당소문의 목을 움켜쥔 사내는 허연 이를 살짝 드러내며 그때까지 당소문이 들고 있던 호골침을 바라보았다.

'무슨 놈의 목소리가…….'

절체절명의 위기에 빠진 당소문이 목숨을 걱정하기도 전에 엉뚱한 생각을 할 정도로 도저히 인간의 목소리라곤 생각되지 않는 끔찍한 음성으로 중얼거린 사내가 당소문의 눈을 쳐다보았다.

"당가의 암기도 별것 아니군."

비록 목을 잡혀 있었지만 당소문의 사지는 자유로웠다. 사내의 말이 끝나기가 무섭게 상대의 빈틈을 노린 당소문의 양팔이 재빨리 움직였다. 양손에는 어느새 나누어 쥔 호골침이 들려 있었다.

"흥! 네놈 걱정이나 하거라!"

당소문은 회심의 미소를 지으며 고통에 몸부림치며 쓰러지는 적을 상상했다. 그러나 이번에도 그런 그의 행복한 상상은 여지없이 깨져 버렸다.

"크윽!"

오히려 고통에 몸부림친 것은 사내의 양쪽 태양혈(太陽穴)을 가격한 당소문이었다. 고통의 원인을 찾던 당소문은 그가 쥐고 있던 호골침이 적의 태양혈에 박히기는커녕 오히려 자신의 손을 뚫어버린 것을 목도하게 되었다.

"어, 어찌 이런 일이!"

당소문은 경악에 찬 눈으로 미동도 없이 서 있는 사내를 바라보았다. 사내의 동공은 아무런 감정도, 빛도 없이 그저 차갑게 가라앉아 있었다.

빛도 한 점 들어오지 않는 어두운 지하실. 양쪽 벽에서 불타고 있는 횃불만 없었다면 한 치 앞도 볼 수 없을 정도로 외부와 차단된 밀실의 중앙에는 장정 대여섯 명이 들어갈 만한 큰 웅덩이가 있었다. 그리고 웅덩이 속에는 세상의 그 어떤 빛깔보다 어두운 색의 용액이 넘치고 있었다. 그것은 바라보고만 있어도 소름이 돋을 만한 기분 나쁜 기운을 내뿜고 끔찍한 악취마저 풍기고 있었다. 그런 용액이 넘실대는 웅덩이 속에 지금 한 사내가 좌정(坐定)을 하고 있었다. 규칙적인 숨소리하며 일견하기에도 분명 연공을 하는 모습이었다.

그렇게 얼마의 시간이 지났을까? 잔잔하던 웅덩이의 표면에 잔잔한 물결이 일더니 약간의 용액이 웅덩이를 넘었다.

치이익!

최초로 웅덩이의 경계를 넘어 밖으로 외출한 한 방울의 용액은 자신과 처음으로 부딪친 바닥에 그 즉시 분노를 표출하고, 용액을 맞은 바닥은 커다란 상흔을 남기며 뿌연 연기를 하늘로 올려 보냈다. 하지만 그것은 시작에 불과했다.

짧은 흔들림에 불과하리라 여겼던 웅덩이의 용액들이 급기야 홍수라도 난 듯 세차게 흔들리고 이전과는 비교도 할 수 없을 정도로 많은 양의 용액이 바닥으로 흘러넘쳤다. 그때마다 묘한 소리와 함께 연기가 피어 오르더니 종내에는 밀실이 온통 검뿌연 연기로 가득 찼다.

세상에 어떤 용액이 저토록 단단한 돌바닥을 단순히 닿는 것만으로 저렇게 초토화시킬 수 있단 말인가? 그렇다면 그 안에서 태연히 연공을 하는 사내의 정체는 또 무엇이란 말인가?

의문이 꼬리에 꼬리를 물고 있을 때 웅덩이에서 또 한 번의 변화가 일어났다. 세차게 파도치던 용액이 그것도 부족하여 이번에는 거대한 물기둥을 이루더니 사내의 전신을 휘감고 있었다. 그런 상황에서도 사내는 조금 전과 마찬가지로 한 점 미동없이 연공에만 열중이었다.

일각, 이각, 한 시진…….

웅덩이의 표면은 용액의 준동이 무려 두 시진이나 계속 이어지고서야 잠잠해졌다. 그러나 그것이 이 기이한 괴사(怪事)의 끝이 아니었다. 괴상한 용액의 마지막 변화는 웅덩이의 가장 가장자리에서부터 시작되었다.

그토록 검었던 용액의 빛깔이 시간이 지나면서 점점 엷어지더니 차츰차츰 웅덩이의 중앙으로 번져 갔다. 그리고 그에 발맞추어 사내의 머리에선 오색 연기가 피어 올랐다. 그러기를 다시 한 시진.

웅덩이의 용액이 자신이 지니고 있던 빛을 모두 잃어버리고 평범한 물로 변해 버렸을 때 마침내 굳게 감겼던 사내의 눈이 태초(太初)의 자연이 생성되듯 그렇게 천천히 떠졌다. 그리고 변해 버린 물끄러미 응시했다.

"성공한 것인가?"

"쓸데없는 짓을 하는군."

사내의 손에 점점 힘이 들어갔다. 그리고 그것을 느꼈을 때 당소문의 의식은 더 이상 이어지지 못했다.

사람들이 모든 시선을 관패에게 빼앗겼을 때 일어난 사건은 곧 폭풍이 되어 장내를 휩쓸었다.

"크아악!"

"으아아악!"

사내가 움직이는 곳에 있던 무인들 중 서 있는 자는 아무도 없었다. 그러나 쓰러진 자들은 특별한 상처를 입은 흔적도, 공격을 받은 흔적도 없었다. 그저 고통스런 비명을 지르며 그렇게 쓰러져 갔다.

관패의 등장보다 더욱 요란하게 나타난 사내는 그 움직임을 잠시 멈추고 찬찬히 주변을 살펴보았다. 그리고 막 곽화월을 물리친 관패가 의외라는 듯 자신을 응시하고 있는 것을 알게 되었다. 그런 관패를 발견한 사내는 정도맹의 무인들이 미처 손쓸 틈도 없이 관패에게 접근을 하였다.

"오랜만에 뵙겠습니다, 궁주님."

순식간에 포위망을 뚫고 관패의 정면으로 다가간 사내가 고개를 숙였다. 그런 사내를 관패는 웃음으로 맞이했다.

"자네로군. 자네의 신위를 보니… 그래, 성공한 모양이군."

"그런 것 같습니다. 목소리가 이렇게 변한 것을 제외하고는 말이지요."

사내가 자신의 목을 쓰다듬으며 겸연쩍은 표정으로 대꾸를 했다.

"그나저나 이게 어찌 된 일입니까? 연공이 끝나고 나오자마자 들려오는 비명성과 병장기 소리에 놀라 달려왔습니다."

"정도맹의 정예들이 공격을 했다네. 패천궁의 대부분 전력은 이미 멀리 떠나 있지 않은가? 어쩔 수 없이 당하고 있었네."

급박한 상황임에도 관패는 시종일관 여유를 잃지 않고 설명했다.

"적기당의 대부분이 쓰러졌군요. 그런데 패천수호대의 모습이 보이지 않습니다?"

"하하하! 그들 또한 이곳에 없네. 잠시 출궁을 했지. 내일 새벽이나 되어야 돌아올 것이네."

사내가 고개를 이리저리 돌리며 말을 하는 것이 우스웠는지 관패가 크게 웃음을 터뜨리자 사내는 이상하다는 듯 관패를 쳐다보았다.

"후~ 상황이 그다지 좋지 않군요. 그런데 어째서 피하지 않으셨습니까? 충분히 시간이 있었을 텐데 말이지요."

"자네라면 어찌했겠나?"

관패가 되물었다.

"당연히 피했겠지요. 화는 나지만 훗날을 기약했을 겁니다."

"후후! 솔직해서 좋군. 하지만 명색이 패천궁의 궁주 아닌가? 적이 강하다고 꼬리를 말고 도망을 칠 수는 없었네. 싸우다 죽는 한이 있더라도 말이지. 하하하!"

관패는 뭐가 그리 좋은지 연신 웃음을 터뜨렸다. 그런 관패를 바라보던 사내가 고개를 흔들었다.

"이번에는 궁주님께서 잘못 판단하신 것 같습니다. 군사께서 어째서 궁주님을 말리지 않았는지 이해가 가지 않습니다."

"하하! 왜 말리지 않았겠는가? 군사는 나를 설득하기 위해 무던 애를 썼다네. 그렇지만 나는 그렇게 할 수가 없었네."

"중원일통을 앞두고 궁주님께서 쓰러지신다면 전세가 어떻게 변할지는 아무도 장담하지 못하는 것입니다."

"난 그런 걱정은 하지 않네. 자네는 아직 패천궁이 지닌 위력을 잘 몰라. 오늘의 일과는 상관없이 조만간 중원을 일통할 수 있을 것이네."

관패의 음성은 확신에 차 있었다.

"이런, 자네와 좀 더 환담을 나누고 싶지만 저들을 너무 오래 기다리게 하는 것도 예의는 아니라는 생각이 드는군. 어떤가? 자네도 싸워보려는가?"

관패는 자신들을 노려보는 정도맹의 고수들을 슬쩍 쳐다보더니 사내에게 질문을 했다.

"음! 우선은 제 능력을 확인하고 싶군요. 하지만 상황이 불리하면 언제든지 이곳을 탈출할 것입니다."

"하하하! 그건 자네의 마음이지. 하나 그 또한 쉽지는 않을 것이네. 만만치 않은 상대들이거든."

또다시 웃음을 터뜨린 관패가 몸을 돌렸다. 그리곤 자신을 기다리고 있는 정도맹의 고수들에게 걸어가기 시작했다.

사내가 그 뒤를 따랐고, 사내가 관패에게 접근한 순간부터 멈추어진 싸움으로 인해 잠시 한숨을 돌릴 수 있었던 적기당의 생존자들이 또 그 뒤를 이었다.

나타나자마자 당소문의 목을 꺾고 순식간에 십여 명이 넘는 무인들을 독살시킨 정체는 금방 드러났다. 지난 화산에서 만독문을 이끌었기에 처음부터 그를 알고 있는 사람도 많았지만 갑자기 나타난 그를 가장 먼저 알아본 사람은 단견이었다.

"저, 저놈은 기수곤!"

사내가 나타나자마자 정체를 알아본 단견이 흥분하여 소리를 질렀다. 아직도 형조문의 죽음을 잊지 못하고 괴로워하던 단견은 나타난 사내가 자신들을 농락하고 떠났던 기수곤임을 누구보다도 빨리 알 수 있었다.

"그렇군. 정말 그놈이야!"

곽검명 또한 기수곤을 알아보고 이를 갈았다.

"그런데 이전과는 또 다른 모습인데? 저것은 마치……."

"독혈인 같습니다. 어찌 저놈이!"

단견이 깜짝 놀라 소리를 지를 때였다.

"내가 독혈인을 맡지."

손자인 당소문의 죽음을 알게 된 당천호가 분노에 찬 음성으로 말을 하였다.

"자네만으론 힘드네. 검선께서 도와주셔야 할 것 같소."

"알겠소이다."

이미 한차례 독혈인과 손속을 겨뤄본 해천풍은 독혈인의 위력을 다른 누구보다 잘 알고 있었다. 남궁상인의 부탁에 주저없이 대답한 그는 당천호의 곁으로 다가갔다.

"그럼 저자는 노도가 맡겠네."

천검 진인이 관패를 가리키며 말을 했다. 하지만 남궁상인은 이번에도 고개를 가로저었다.

"외람된 말씀이지만 진인께서도 독혈인을 견제해 주십시오. 아무래도 안심이 되지 않습니다."

남궁상인은 기수곤에게 다가가는 당천호와 해천풍을 바라보며 불안한 음성으로 말을 이었다.

"설마! 저들이면 충분하지 않나?"

천검 진인이 두 눈을 크게 뜨고 깜짝 놀랐다.

"기분 나쁘게 들리실지 모르나 진인께서 독혈인을 보지 못하셔서 그렇습니다. 정말 상종을 못할 괴물이지요. 더구나 저자는 그 어떤 독혈인보다 강한 것 같으니 진인께서 도움을 주셔야 물리칠 수 있을 것입니다."

"무량수불! 그 정도까지! 알겠네. 자네가 그리 말을 하니 일단 따르도록 하겠네. 그래도 도저히 믿기지가 않는군.”

천검 진인은 가슴에 검을 품고 발걸음을 옮겼다.

그것으로 기수곤의 상대는 정해졌다. 그렇다면 남은 사람은 이제 한명, 오만한 자세로 서 있는 관패뿐이었다.

“소승도 그럼 가보겠습니다.”

관패라면 구양풍의 제자. 당연히 자신의 상대라 여긴 무무가 정중히 합장을 하며 발걸음을 옮기려 할 때였다.

“잠깐만 기다려 보시구려.”

“일러두실 말이 있으십니까?”

무무가 고개를 돌려 남궁상인을 바라보았다.

“힘들다는 것은 알지만 검을 쥔 사람이면 누구든지 자신보다 강한 사람과 상대를 해보는 것을 원한다오. 비록 나이를 먹었지만 나 또한 그런 마음을 버릴 수가 없었소이다. 내게 잠시 기회를 주시겠소?”

남궁상인이 재빨리 무무의 곁으로 다가오며 부탁을 하였다. 그러자 깜짝 놀란 무무가 대답을 하였다.

“아니 됩니다. 이번 싸움은 선대로부터 약속된 것입니다. 당연히 소승이 나서야 할 싸움입니다.”

“아오. 내가 그 약속이 어떤 것이라는 것을 모르는 바 아니오. 그러나 늙은이의 호승심이라 생각하여 한번 양보를 해주시오.”

“그렇지만······.”

무무는 여전히 곤란한 표정을 짓고 있었다.

“솔직히 그를 이길 자신은 없소. 어쩌면 목숨을 잃을 수도 있지만 그래도 꼭 겨루어보고 싶소이다. 이렇게 부탁하오.”

남궁상인이 정중히 허리를 굽히자 깜짝 놀란 무무가 허겁지겁 남궁상인의 몸을 붙들었다.

"이러지 마십시오."

"부탁하오."

검성이란 체면에도 불구하고 남궁상인이 허리까지 숙이며 거듭 부탁을 하자 아무리 무무라 하더라도 끝까지 거부할 수만은 없었다.

"아미타불! 검성께서 그리 말씀하시니 어쩔 수가 없군요. 그렇게 하십시오. 그러나 반드시 조심하셔야 합니다."

'허허! 내가 저자에게 목숨을 잃을 것을 염려하는 모양이군. 하지만 말이지… 그렇다고 해도 어쩔 수 없네. 자네는 우리가 믿는 최후의 보류야. 만일 그대가 쓰러지면 그 누가 있어 저자를 막을 것인가? 내가 쓰러져도 내 뒤에는 그대가 있기에 나는 웃으며 싸울 수 있는 것이네.'

수호신승이란 중책을 맡았지만 그의 눈에는 아직 어리게만 보이는 무무를 바라보며 미소를 지은 남궁상인이 몸을 돌렸다. 그리고 자신을 기다리고 있는 관패를 상대하기 위해 한 발 한 발 걸음을 옮겼다.

싸움은 이미 시작되었다.

자신들의 운명을 알기라도 하듯 이전과 마찬가지로 적기당은 죽을 힘을 다해 저항을 하였고 복마단과 의혈단의 정예들은 그런 그들을 차분히 상대하였다. 그리고 그들과 약간 떨어진 곳에서 그들은 엄두도 못 내는 실로 엄청난 격돌이 벌어지고 있었다.

깡!

기수곤의 허리를 양단할 듯 기세 좋게 다가가던 검기가 아무런 상처도 내지 못하고 그대로 퉁겨지자 회심의 일격을 날렸던 해천풍의 입에서 절로 욕이 튀어나왔다.

"빌어먹을! 여전히 단단하구나!"

간신히 잡은 기회가 무위로 돌아가자 합공을 하는 당천호와 해천풍은 더욱더 신중을 기하게 되었다.

독혈인은 대법이 펼쳐지는 자의 무공이 강하면 강할수록 그 위력이 강해지는 특징이 있었다. 단순한 무공을 지닌 삼류무사일지라도 도검이 불침하고 생명이 있는 것은 그 무엇이라도 단숨에 독살시킬 수 있는 독을 뿜어낼 수 있다면 어지간한 고수가 아니면 그를 상대하기가 곤란할 것이다.

그러나 독혈인을 만드는 방법이 워낙 위험하여 만독문에서도 문파의 기둥이 되는 고수들에게 감히 펼치지 못하였다. 일례로 과거 화산에 등장했던 독혈인의 무공도 나름대로는 뛰어난 수준이었지만 고수라 불리기엔 다소 무리가 있었다. 그런 그들이 해천풍과 남궁상인을 맞이하여 공격도 제대로 피하지 못하면서도 우위를 점했으니 독왕의 내공을 그대로 이어받아 과거와는 달리 상당한 수준에 이른 기수곤이 그들과 비교도 할 수 없는 강력한 독혈인이 되었음은 너무나 당연했다. 더구나 지금까지의 독혈인이 맨손을 사용했다면 기수곤은 검을 사용하고 있었다. 물론 검에서 뿜어져 나오는 기운도 무서운 독기를 하나 가득 품고 있었다.

'벌써부터 독기가 치밀어 오르는구나!'

당가에서 만든 해독제로 인하여 독에 대한 내성도 제법 길렀건만 그것은 평범한 독에나 해당하는 모양이었다. 아직 별다른 상처도 입지 않았고 기수곤의 근처에 접근하는 것을 자제했음에도 불구하고 속이 메스껍고 어지러운 것을 독에 중독된 것이라 여긴 해천풍은 어처구니가 없었다. 더구나 비록 잠깐 동안의 싸움이었지만 자신이 상대하는 것이 일전에 만났던 독혈인과는 비교도 할 수 없다는 것을 깨달은 해천풍의 얼굴에 은근한 두려움이 밀려왔다.

"이런!"

공격의 실패로 인해 잠시 쓸데없는 생각을 하고 만 해천풍은 갑자기 밀려오는 기수곤의 공격에 다급한 비명을 질렀다. 미처 준비를 하지 못했기에 당천호에게 다가가다 순식간에 방향을 바꿔 거리를 좁혀오는 기수곤의 공격을 완벽하게 피할 자신이 없었다. 그것이 문제였다. 독혈인에게 약간의 공격이라도 허용하는 것이 어떤 결과를 가져오는지 너무나 잘 알고 있는 해천풍은 그 짧은 시간에도 자신의 어리석음을 뼈저리게 후회해야만 했다.

"어딜!"

해천풍의 위기를 목도한 당천호가 서둘러 철화접을 날렸다. 당천호의 기가 실린 철화접은 빛보다 빠르게 날아가 기수곤을 위협했다. 하지만 기수곤은 자신을, 아니, 대법으로 금강불괴가 된 몸을 믿고 있었다. 기회를 잡은 기수곤은 이 참에 해천풍을 끝장내겠다는 듯이 몸을 돌보지 않고 달려들었다.

"흐흐! 피할 수 있을 성싶으냐!"

괴소를 지르며 달려드는 기수곤의 모습은 해천풍에겐 마치 지옥에서 도망쳐 온 악귀(惡鬼)처럼 보였다.

쐐액! 퍽!

바람을 가르며 날아간 철화접은 기수곤의 등에 처음으로 상처를 남겼다. 비록 예상보다 깊게 박히지는 않았지만 해천풍의 검기에도 멀쩡했던 기수곤의 몸에 한 치나 박힌 철화접은 묘한 자세를 뽐내고 있었다. 그렇지만 등에 몰아닥친 기운을 이용하여 더욱 빠르게 몸을 움직인 기수곤의 공세에 해천풍의 위기는 더욱 가중되었다. 하나 하늘은 아직 해천풍을 버리지 않았다.

꽝!

"큭!"

어둠을 밝히는 빛이 잠시 보이고 곧 이어 대지를 울리는 충돌음과 짧은 신음성이 이어졌다.

"크크크! 이번 것은 꽤 아픈데… 한 명이 더 있다는 것을 잊고 있었군."

무려 오 장이나 날아가 땅에 처박힌 기수곤은 상당히 충격을 받았는지 천천히 몸을 일으키며 고개를 흔들고 있었다. 그런 그의 옆구리에 제법 커다란 상처가 나 있었다.

"허! 이럴 수가! 인간의 몸으로 어찌!"

해천풍을 구하기 위해 급하게 펼쳐 비록 본래의 위력이 담겨져 있지는 않았지만 무당파 최고의 검법인 태극혜검(太極慧劍)의 절초에 적중하고도 살아 있는 기수곤을 바라보는 천검 진인은 넋이 빠져 있었다.

"감사합니다, 선배님! 조심하십시오. 저놈은 인간이 아닙니다. 괴물이지요."

천검 진인 덕에 위기에서 벗어난 해천풍이 놀란 가슴을 진정시키며 다가왔다.

"무량수불! 검성의 말을 믿지 못했거늘… 그의 말에 한 치의 틀림도 없구나!"

그제야 남궁상인의 말을 믿게 된 천검 진인의 태도가 몹시 진지해졌다. 비로소 독혈인이 지닌 위력을 알게 된 것이었다.

"늙은 도사! 한 번은 성공했지만 두 번은 어림도 없다. 각오하도록!"

흉험한 살기를 내뿜으며 천검 진인에게 다가오는 독혈인 기수곤!

잠시 멈추어졌던 싸움이 천검 진인까지 가세하여 다시 시작되었다.

"노부는 남궁상인이라 하네."

관패가 비록 자신보다 나이가 어리고 상대해야 할 적이라고는 하나 일문의 문주, 더구나 중원무림의 일통을 넘보는 거대 세력인 패천궁의 궁주임을 감안한 남궁상인의 음성은 몹시 정중했다.

"아! 검성 노선배시구려. 반갑소이다. 한데 제 상대는 노선배가 아닌 듯한데 어찌하여 직접 나선 것입니까?"

예를 갖추어 인사를 하는 관패의 시선은 남궁상인의 뒤에서 은근한 시선으로 자신을 바라보고 있는 무무에게 닿아 있었다.

호랑이는 호랑이를 알아보는 법. 무무와는 단 한 번의 면식도 없었지만 관패는 그가 당대의 수호신승임을 단번에 알아보았다.

"흠, 부끄럽지만 일이 그리되었네. 내 그대의 상대가 아님을 알면서도 이리 나선 것은 주체할 수 없이 끓어오르는 늙은이의 호승심 때문이니 너무 허물치 말아주시게."

"별말씀을. 검성께서 그런 말씀을 하시다니 제가 몸 둘 바를 모르겠소이다. 그 심정을 이해하지 못할 제가 아니외다."

겸양을 차린 관패는 자신의 검을 들어 올렸다. 별다른 말도 필요없었다. 어차피 싸워야 한다면 괜히 시간을 끌 필요는 없었다.

관패의 그런 간단한 동작은 자신은 이미 준비되었으니 공격을 시작하라는 그런 의미로 남궁상인에게 다가왔다.

"이해해 주니 고맙네. 그럼 먼저 공격을 하도록 하겠네."

남궁상인도 자신의 검을 가슴께로 들어 올렸다. 담담히 말을 나누고 있을 때는 몰랐지만 서로의 검을 들어 상대방을 겨누자 주변의 공기는 금방이라도 폭발할 듯 무섭게 요동 쳤다.

'어차피 이기긴 힘든 상대. 무슨 수를 써서라도 진력을 소비시켜야 한다. 다소간의 상처라도 준다면 바랄 것이 없구나.'

처음부터 자신이 이기기는 힘들다는 것을 이미 느끼고 있던 남궁상인은 서서히 기를 끌어 모았다. 어차피 평범한 무공으론 관패에게 조금의 타격도 줄 수 없다는 것을 알기에 단 한 번의 공격에 모든 것을 걸 생각을 하고 있었다. 그런 남궁상인을 차분히 살피고 있는 관패의 머리 속도 빠르게 회전을 하고 있었다.

'검성이라면 절대로 만만한 상대가 아니다. 이기지 못할 리는 없지만 자칫 잘못하여 부상이라도 당한다면 앞으로 있을 싸움에 큰 낭패를 당하겠지.'

남궁상인의 뒤에는 그보다 훨씬 더 무서운 고수가 버티고 있었다. 관패 스스로도 승리를 자신할 수 없는 그런 상대였다. 생각이 여기에 이르자 자연 전신에 힘이 들어갔다.

'속전속결! 오래 끌어서 좋을 것은 하나도 없다. 단번에 쓰러뜨려야 한다.'

약간의 거리를 두고 서로를 노려보던 남궁상인과 관패는 약속이라도 한 듯 천천히 신형을 움직였다.

칠 장, 오 장, 사 장……

극한의 내공을 끌어올린 남궁상인의 주변 공기가 무섭게 회오리쳤고, 발끝에서 머리끝까지 보호하고 있는 기의 움직임을 따라 땅에 있어야 할 흙과 모래들이 요동을 쳤다.

청의(靑衣)의 위엄있는 노인은 어느새 사라지고 마치 사막에 부는 용권풍처럼 화한 남궁상인의 모습과는 대조적으로 그런 남궁상인에게 접근하는 관패의 몸에서는 아직 어떤 기운도 느껴지지 않았다.

마침내 폭풍 전야와 같은 적막감을 지닌, 오히려 너무나 고요하여 범상치 않은 기운을 느끼게 하는 관패와 남궁상인의 검이 허공에서 부딪쳤다. 그러나 부딪쳤다는 말이 무색하게 재빨리 떨어진 둘은 동시에 자신이 지닌 최고의 절기를 뿜어냈다.

"제왕검법 제이초, 제왕천하!!"

남궁상인을 둘러싸고 있던 흙먼지가 단숨에 사라지고 그 속에서 청명한 기운을 내뿜는 빛의 그림자가 드러났다. 너무 밝아 어두운 주변을 단숨에 밝힐 수 있었던 그 기운이 목표로 하는 곳은 오직 한곳, 패천궁의 지배자 관패에게였다.

그다지 빠르지도 않았고 힘이 실린 것 같지도 않았지만 천하의 그 어떤 곳에서도 감히 내려오는 명을 거부할 수 없다는 제왕의 힘처럼 압도적인 위압감으로 다가오는 기운에 관패는 절로 감탄을 했다.

'역시 검성이로군! 실로 대단하다.'

놀라고만 있을 수는 없었다. 이대로 당할 수만은 없는 노릇. 관패 또한 재빨리 반격을 했다. 이미 단 한 번의 승부로 끝장을 내리라 마음먹은 관패였기에 그의 검에서 뿜어져 나오는 기운 또한 실로 예사롭지 않았다.

꽈꽈꽈꽈광!

관패의 검에서 흘러나온 기운은 하나가 아니었다. 강물이 흐르듯 그렇게 끊임없이 뿜어져 나온 기운이 그에게 다가오는 남궁상인의 청명한 기운을 막아갔다.

남궁상인이 발한 기운은 한 번의 부딪침에 멈칫거리고, 두 번의 부딪침에 더 이상 다가가는 것이 힘들게 되고, 세 번째의 부딪침에 뒤로 밀리더니 네 번째에 이르러서는 기운이 흔적도 없이 소멸되어 버렸다. 하지만 관패의 검에서는 아직도 힘이 넘치는 기운들이 흘러나왔다.

"크악!"

단 한 번의 공격에 모든 기력을 쏟아 부었기에 미처 다가오는 기운을 피하지 못하고 적중당한 남궁상인의 신형이 끊어진 연처럼 하염없이 뒤로 날아갔다. 사태의 추이를 지켜보던 무무가 재빨리 몸을 날려 날아가는 남궁상인을 잡았으니 망정이지 어디까지 날아갔을지 모를 정도로 대단한 위력이었다.

쿵! 쿵!

간신히 남궁상인을 안아 든 무무는 아직까지 남아 있는 기운의 여파를 해소하기 위해 두어 걸음 뒤로 물러서야만 했다.

"아버님!"

모든 기운을 해소하고 중심을 잡은 무무가 남궁상인을 내려놓자 적기당과의 싸움에서 잠시 몸을 빼고 남궁상인과 관패의 격돌을 예의 주시하던 남궁검이 다급한 소리를 지르며 뛰어왔다.

"아버님! 정신 차리십시오, 아버님!"

남궁검은 아버지 남궁상인의 가슴의 상처에서 폭포수처럼 터져 나오는 피를 막기 위해 안간힘을 써야 했다.

"크… 윽! 역시… 대단하군……. 검을… 들어 막았음에도… 이 지경에… 이르다니… 조… 심해야… 컥!"

이미 반으로 부러져 검으로서의 효용을 잃은 애검을 땅에 내려놓은 남궁상인은 결국 정신을 잃고야 말았다.

"아버님!"

혹시나 하는 마음에 깜짝 놀라 비명을 지른 남궁검은 아직 남궁상인이 목숨을 잃은 것이 아님을 알게 되자 안도의 한숨을 내쉬고 재빨리 상처를 돌보기 시작했다.

'후~ 위험했다. 자칫 잘못했으면 큰 내상을 입을 수 있었구나! 사부님의 무공이 아니라면 그 무엇이 있어 저 기운을 감당해 낼 것인가!'

예상은 했지만 너무나 위력적이었던 남궁상인의 공세를 생각하며 안도의 한숨을 내쉰 관패는 그것이 끝이 아님을 알고 있었다.

남궁상인을 남궁검에게 인계한 무무가 녹슨 철검을 들고 곧 이어질 싸움에 대비해 다시 한 번 호흡을 가다듬고 있는 관패의 앞에 나타났다. 관패는 반가운 미소로 무무를 반겼다.

"드디어 만나게 되었군."

"아미타불! 소승 무무라 합니다."

"알고 있네. 천하제일인이라는 수호신승을 모를 리가 있겠는가?"

관패는 수십 년의 지기를 만난 양 몹시 즐거워했다.

"그렇지만 난 자네가 이곳에 올 줄 몰랐네. 이런! 그리고 보니 나보다 연배가 높군. 이렇게 말을 하는 것이 실수는 아닌가 모르겠네."

"편한 대로 하십시오."

"고맙군. 어쨌든 난 우리의 싸움은 최후에 벌어질 줄 알았네. 그 옛날 소림에서 사부께서 전대의 수호신승과 대결을 하셨던 것처럼 말이지. 사실, 나는 사부와 마찬가지로 자네와 단 한 번의 승부에서 모든 것을 결정지으려고 하였네. 우리 패천궁이 정도맹을 굴복시키고 전 무림을 장악하더라도 말이지. 왜 그런 줄 아는가?"

"아미타불! 소승의 어리석은 머리로는 그 연유를 모르겠습니다."

무무가 엉뚱한 말을 하는 관패를 이상하다는 듯 쳐다보았다.

"하하하! 별거 아니라네. 난 어렸을 적부터 사부에게 그때의 대결에 대해 귀에 못이 박히도록 들어왔네. 그리고 꿈을 키워왔지."

관패의 눈이 감겼다. 그리고 잠시 지난 과거를 회상하던 관패는 곧 다시 눈을 뜨고 설명을 이어갔다.

"꿈이 뭐였는지 아는가? 그것은 '언제가 내가 사부를 대신해 소림에 가겠다. 그리고 반드시 승리를 하겠다' 라는 것이었네. 당연히 조건은 그때 사부가 내걸었던 것과 마찬가지였을 것이네. 내가 자네를 이기면 말 그대로 중원을 접수하고, 그때는 어차피 모든 싸움이 끝나 있겠군. 자네가 나를 이기면 사부와 마찬가지로 조금의 미련도 없이 깨끗이 물러나는 것으로 말일세. 내 비록 욕심이 많은 사람이지만 그것만큼 집착을 가진 것은 없다네. 그런데 아쉽게도 자네는 지금 이곳에 있군."

"……."

무무가 미처 대답을 하지 못한 채 머뭇거리자 곧바로 관패의 웃음이 뒤따랐다.

"하하하! 상관없네. 아무려면 어떠한가? 이렇게 만났으면 되었지. 내가 너무 쓸데없는 말만 주저린 모양이군. 자네를 너무 기다리게 한 것 같네. 그럴듯한 장소는 아니지만 어디 한번 실력을 겨루어보세나. 자네가 나보다 선배이니 선수는 나에게 양보하게나. 하하하!"

관패는 가슴을 활짝 펴고 잠시 늘어뜨렸던 검을 곧추세웠다. 무무는 거절하지 않았다.

"그리하시지요."

"조심하게나."

그러나 말과는 달리 관패의 공격은 진정한 공격을 앞두고 상대에게 예를 표한다는 의미로 무림에선 관례처럼 되어 있는 동자배불(童子拜

佛)이라는 초식이었다. 순간 당황한 무무 또한 관패와 마찬가지의 자세를 취했다.

"자, 또 가네."

동자배불을 마친 관패의 검이 빠르게 변화하였다. 하지만 무무의 눈에는 그다지 위력이 있어 보이지 않았다.

관패와 무무의 대결은 시간이 갈수록 점점 더 이상한 형국으로 나아가고 있었다. 관패는 좀처럼 본신의 실력을 보이지 않았다. 처음 동자배불을 시전한 다음부터 이어지는 검초들, 한 초식 한 초식이 지날수록 평범하기만 했던 것들이 절초로 변하고 그중에는 무무가 익히 알고 있는 초식도, 또 생전 처음 보는 초식도 있었다. 때로는 무무가 절로 감탄할 정도의 멋진 공격도 있었다. 하나 그뿐이었다.

관패가 나름대로 열심히 공격은 했지만 내공이 전혀 담겨 있지 않은 공격이 무무를 괴롭힐 수는 없었다. 지금 관패의 행동은 마치 제자가 사부에게 자신의 성취를 시험받고자 홀로 검무를 추는 상황과 비슷했다. 무무는 관패의 의도에 적지 않은 의문을 가졌지만 별다른 말 없이 공세에 응하고 있었다.

"자, 마지막이네. 쌍룡쟁주(雙龍爭珠)!"

관패의 검이 여의주를 차지하기 위해서 기를 쓰는 용의 모습처럼 흉험하고 위험한 기운을 내포하며 묘하게 꿈틀거렸다.

좌에서 우로, 우에서 좌로 단 한 번의 동작으로 수십 가지의 연결 동작을 만들어낸 관패의 검은 마치 변화의 끝을 보겠다는 듯 끊임없이 방향을 바꾸며 무무의 눈을 어지럽혔다. 그러나 그런 관패의 검 속에서 허초와 실초를 정확하게 구별해 낸 무무는 이번 역시 별다른 위험 없이 막아낼 수 있었다.

"마지막 초식은 어땠나?"

"변화가 훌륭했습니다. 내공이 실렸었다면 소승도 쉽사리 피하지 못했을 것입니다."

검을 멈춘 관패가 다짜고짜 질문을 하자 무무는 자신이 느낀 그대로를 정확하게 설명을 하였다.

"하하! 그런가? 이거 고맙군. 방금 자네에게 보여준 초식은 며칠 전 잠자리에 들기 전 우연히 보게 된 촛불에서 착안하여 만들어본 것이네. 양쪽에서 타오르는 불꽃들이 서로 경쟁이라도 하듯 위로 치솟으려 노력하는 게 상당히 흥미롭더군. 그래서 초식명도 비록 과장되긴 하여도 용이 다투는 모습이라 하여 그리 붙여본 것이네. 그런데 자네가 그렇게 말하다니 기분이 좋군. 너무 과찬이 아닌가?"

"느낀 그대로입니다. 절대로 과찬은 아닙니다."

담담히 대꾸를 한 무무는 연신 웃음을 짓고 있는 관패를 물끄러미 바라보았다. 뭔가 의문을 지닌 그런 시선이었다. 무무의 시선을 느꼈는지 잠시 헛기침을 한 관패가 주변을 둘러보았다. 아직도 싸움은 계속되고 있었지만 살아남은 적기당의 대원들은 거의 보이지 않았다. 그들 역시 얼마 지나지 않아 전멸을 할 것이고 살아남을 수하들은 한 명도 없을 것이었다. 다만 아직도 세 명의 절대고수를 맞아 조금도 꿀림 없이 싸우고 있는 기수곤만이 그 힘을 잃지 않고 있었다.

"흠! 이제 이 싸움도 마무리 지을 때가 된 것 같군. 이럴 줄 알았으면 수하들이라도 물리치는 것인데 그랬어. 하긴 내가 움직이지 않는 한 절대로 움직이지 않았을 것이지만."

자신은 비록 패천궁의 궁주라는 명예와 자부심을 지키고자 이렇게 행동을 했지만 너무도 많은 수하들이 목숨을 잃자 관패는 잠시 동안 고개를 숙이고 침통한 한숨을 내쉬었다. 그리고 고개를 들었을 땐 이미 그런 관패의 모습은 사라지고 전신에선 실로 감당키 어려운 기운을 뿜어대던 기존의 관패로 돌아갔다.

"내 잠시 자네에게 추태를 보였군. 그리고 지금까지 참아주어서 고맙네. 자네에게 보여주었던 검초들은 과거 내가 익혀왔고 근래 들어 새로이 만들어본 것들이라네. 이유는 묻지 말게. 그냥 자네에게 한번 보여주고 싶었을 뿐이네."

"저 또한 그리 느끼고 있었습니다."

"어차피 자네와 나의 싸움은 순간이네. 무릇 정점에 이른 고수들일수록 단 한 순간에 승패와 생사가 결정되네. 결과가 어찌 될는지는 확신이 서지 않지만 오랫동안 자네, 아니, 수호신승과 만날 것을 고대하던 나로서는 조금 더 긴 시간을 나누고 싶었네. 무슨 말인지 이해를 하겠나?"

무무는 말 대신 합장으로 그 대답을 하였다.

"고맙군. 자, 그럼 준비를 하게. 지금부터 내가 자네에게 펼칠 무공은 과거 사부님께서 소림의 달마삼검에 패하시고 물러나신 후 오랜 기간 동안 고심 끝에 만드신 것이네. 그중 하나는 방금 검성과의 대결에서 사용을 하였네."

말을 하던 관패가 슬머시 눈을 돌려 남궁검의 치료를 받고 있는 남궁상인을 바라보았다.

"자네가 아무리 무공이 뛰어나도 달마삼검이 아니면 막기 힘들 것이네."

말을 마친 관패가 서서히 검을 움직였다.

"가겠네."

이미 검성과 관패의 싸움을 지켜본 무무는 그 검법의 위력을 알 수 있었다. 관패의 공격이 시작되는 순간 무무의 전신이 긴장으로 물들었다.

"파검삼식(破劍三式) 제일초, 천검만파(天劍萬波)!"

남궁상인을 쓰러뜨린 초식이 천검만파임이 관패의 외침으로 드러나는 순간 고비를 넘긴 남궁상인을 뒤로하고 무무와 관패의 싸움을 예의 주시하던 남궁검은 질끈 눈을 감고 말았다. 도저히 이번 싸움이 어찌 전개될지 바라볼 용기가 감히 나지 않았다.

천검만파가 지니고 있는 특징은 공격이 중첩되면서 상대방을 무력화시키는 것이었는데 이미 그 위력은 남궁상인을 통해 증명이 되었다. 하지만 관패의 공격을 바라보는 무무의 눈에는 한 점의 흔들림도 두려움도 나타나지 않았다.

"만물은 무량(無量)하여 그 끝을 알 수 없으니 뉘가 있어 그 힘에 대적할 것인가!"

낭랑한 외침과 함께 무무가 들고 있던 검에서도 거대한 기운이 쏟아져 나갔다.

"달마삼검(達磨三劍) 제일검, 무량검(無量劍)!"

무무의 검에서 쏟아져 나온 기운은 관패의 검이 거두어질 때까지 끊임없이 발출되던 기운을 하나도 남김없이 소멸시켰다.

"좋구나! 다시 가네."

관패의 검이 다시 변화를 보였다.

"제이초, 천검무영(天劍無影)!"

시작은 하나였지만 어느새 수백 수천의 모습으로 변해 날아오는 관패의 검을 노려보던 무무의 눈동자가 잠시 흔들렸다.

'환검(幻劍)인가?'

그러나 환검이라면 실초와 허초가 공존하여 상대를 현혹시키는 것. 무무는 자신에게 다가오는 검에서 허초를 찾지 못했다. 각 검마다 가공할 힘이 담겨져 있다는 것이 느껴졌다.

"모든 것은 하나로 귀일(歸一)되니 세상 이치 또한 이와 같다."

놀라는 것도 잠시 차분히 마음을 가라앉힌 무무의 검이 둥그런 원을 그리며 움직였다.

"제이검, 귀일검(歸一劍)!"

관패의 검이 무무가 그린 검막에 부딪쳤다.

꽈과광!

"크윽!"

"헛!"

엄청난 충돌음과 함께 동시에 터져 나오는 비명성!

하늘을 뒤덮으며 짓쳐들어오던 관패의 검은 결국 무무의 녹슨 검이 만든 원을 뚫지 못했다. 그러나 그 검에 실린 힘만큼은 무무 또한 어찌 해 볼 수가 없었다. 충격의 여파가 그대로 몸을 덮치자 이를 제대로 감당하지 못한 무무의 신형이 연신 뒤로 물러나고 입에선 선혈이 흘러내리고 있었다. 그가 지나간 자리에는 깊게 파인 발자국이 새겨져 있었다.

관패라고 무사한 것은 아니었다. 무무와 마찬가지로 심각한 내상을 입은 관패는 목으로 치밀어 오르는 핏덩이를 간신히 억누르고 마지막 공격을 준비했다.

"역시 사부님께서 고심을 하실 만했어. 하지만 여기까지네."

말이 끝남과 동시에 관패의 신형이 하늘을 날고 있었다.

"파검삼식(破劍三式) 제삼초, 천검파천(天劍破天)!"

동시에 무무의 신형도 움직였다.

"세상 만물 모든 것이 불타의 뜻을 좇으니 이루어지지 않을 것이 없도다."

무무가 검을 가슴께로 끌어당겼다. 그리고 어느새 몸과 검이 하나가 되어 있었다.

"제삼검, 여의검(如意劍)!"

이미 싸움이 끝난 지는 오래였다. 살기를 가득 품은 당소기의 검에 마지막 남은 적기당의 대원이 차가운 땅에 몸을 누이는 것을 끝으로 장내엔 더 이상 패천궁의 사람은 존재하지 않았다. 그러나 승리를 축하하는 함성이나 환호성은 들리지 않았다. 비록 승리는 하였지만 정도맹의 무인들도 정상적인 상태는 아니었다. 많은 무인들이 죽고, 살아남은 이들도 크고 작은 부상에 신음했다. 더구나 관패와 무무의 싸움은 아직 끝난 것이 아니었다. 장내의 모든 이목이 무무와 관패에게 집중되었다. 하지만 아직 부딪치지 않았음에도 장내를 휩쓸고 지나가는 강기의 여파에 정도맹의 무인들은 몸을 피하기에 급급했을 뿐 이들의 격돌을 정면으로 바라볼 엄두를 내지 못했다.

그리고 마침내 그들이 아직까지 한 번도 들어본 적이 없는 굉음이 강남 총타에 울려 퍼졌다.

*　　　*　　　*

"헉!"

"갑자기 왜 그러느냐?"

한창 무공 수업에 열중이던 환야가 가슴을 부여잡고 바닥을 구르자 필마단기(匹馬單騎)로 자신의 진영에 뛰어든 권왕의 차(車)를 잡지 못해 궁지에 몰렸던 궁왕이 재빨리 장기판을 뒤엎고 환야의 곁으로 뛰어갔다. 그러자 조금 전의 환야가 쓰러진 것과는 비교도 하지 못할 정도로 커다란 외침이 들려왔다.

"이, 이런! 비겁하게 이게 무슨 짓인가?"

키가 육 척을 넘고 수염 또한 얼굴을 뒤덮은, 고희(古稀)를 한참 넘긴 나이가 무색할 정도로 단단한 몸을 자랑하는 그를 일컬어 사람들은 권법의 최강자 권왕 응천수란 이름을 주었다.

그런 그가 순식간에 벌어진 궁왕의 행동을 미처 막지 못해 분개하며 버럭 소리를 질렀다. 그러자 오히려 도끼눈을 한 궁왕이 권왕을 노려보았다.

"쯧쯧, 환야가 무공 수련을 하다가 쓰러졌는데 자네는 그깟 장기가 눈에 들어오나?"

"험험, 그런 것이 아니라……."

궁왕의 역공에 오히려 입장이 난처해진 권왕이 환야에게 다가가며 근심스런 어투로 입을 열었다.

"그래, 갑자기 왜 그러느냐? 어디 아프기라도 것이더냐?"

"아닙니다. 갑자기 가슴에 통증이 밀려와서… 지금은 아무렇지도 않습니다."

환야는 천천히 몸을 일으키며 약간은 어색한 미소를 지었다.

"그러기에 건강할 때 몸을 아껴야지. 우리 같은 늙은이야 잠을 잊은 지가 이미 오래라 이렇게 소일을 하고 있다지만 너는 무엇 때문에 이 밤중까지 무공을 익힌다고 그 난리를 피우는 것이더냐? 그만하면 너를 이길 사람이 누가 있다고? 봐라! 벌써 새벽이 다가오지 않느냐!"

권왕이 짐짓 염려스러운 듯 창밖을 가리켰다. 그러나 그의 말과는
달리 아직 새벽은 오지 않고 있었다. 가슴에 밀려왔던 통증이 순식간
에 거짓말처럼 사라지자 옷에 묻은 먼지를 털어내며 몸을 일으킨 환야
가 엎어진 장기판을 바라보며 웃음을 지었다.

"그런데 이번엔 무슨 내기를 하셨습니까?"

"뻔하지. 술내기였다. 이길 수 있었는데… 아쉽구나!"

궁왕이 환야가 미처 보지 못한 먼지를 털어주며 입맛을 다셨다.

"뭐, 뭐라고 했는가? 이길 수 있는 장기였다고? 허참! 어이가 없어도
유분수지. 겨우 졸(卒) 두어 개 살아놓고는 지금 그걸 말이라고 하는
것인가?"

다 이긴 내기를 놓치고 만 권왕이 입에 거품을 물고 달려들었다.

"어허! 승부란 끝이 나지 않는 한 어찌 될는지는 아무도 모르는 것이
니 그리 열을 낼 것은 없지 않은가?"

"말도 안 되는!"

"자네는 모르는군. 난 지난번 검왕과의 대결에서도 졸 하나를 가지
고 이겼네. 정말 힘든 상황이었네."

궁왕이 뿌듯하게 말을 하였지만 돌아온 것은 권왕의 차가운 냉소뿐
이었다.

"흥! 졸 하나만 남게 되자 한 수를 두는 데 무려 한 시진씩이나 걸렸
다지. 오죽했으면 검왕이 포기를 했을까! 그것을 가지고 이긴 것이라
고 자랑을 하기는!!"

"승부의 세계에서 한 수 한 수가 중요한 법이라네."

"그래도!!"

권왕과 궁왕의 다툼이 길어지자 보다 못한 환야가 중간에 끼어들었다.

"하하! 대신 제가 술 한잔 대접하겠습니다. 그러니 그만 하시지요."

권왕이 그런 환야를 보고 시큰둥한 반응을 보였다.

"이 밤중에 술은 무슨……."

"하하! 제가 며칠 전에 구해놓은 좋은 술이 있습니다. 제 방으로 가시지요."

"흠, 네가 대접을 한다니 말리지는 않겠지만 뒷맛이 영 개운치 않구나!"

권왕은 아직도 화가 풀리지 않았는지 뒷짐을 지고 딴청을 피우고 있는 궁왕을 노려보았다.

"하하! 그만 하시라니까요. 가세요. 오랜만에 제가 술대접을 해드린다고 하지 않습니까."

환야는 뚱한 표정으로 서 있는 권왕의 등을 떠밀며 걸음을 옮겼다. 그러나 마지못해 움직이는 권왕의 뒤를 걸어가던 환야의 안색은 그다지 밝지만은 않았다.

'그런데 무슨 일이지? 갑자기 가슴이 아프질 않나 또 저녁때부터 시작된 이 이유없는 불안감은 도대체가…….'

*　　　　*　　　　*

"적의 반격이 만만치 않군. 역시 저들은 철저히 전력을 숨기고 있었어."

치열한 접전이 펼쳐지는 정면을 주시하던 궁사혼의 안색은 몹시 굳어 있었다. 예상은 했지만 잠깐 동안의 충돌로 너무 많은 수하들이 희생을 당하고 있었기 때문이다.

"그렇습니다. 대충 살펴보아도 이곳에 모인 적의 전력이 저희에 못지 않습니다. 진다고 생각은 하지 않지만 쉽게 이기지도 못할 것 같습니다."

궁사혼의 곁에 있던 천수유가 어두운 표정으로 말을 받았다.

"하지만 나는 그것을 두려워하는 것이 아니네. 시간이야 걸리겠지만 싸운다면 이기지 못할 정도는 아니야. 내가 염려하는 것은 저들이 저만한 전력을 가지고도 왜 이토록 참았느냐 하는 것이네. 이렇게 궁지에 몰리기까지 말이지. 난 그것이 영 마음에 걸리는군. 틀림없이 뭔가 있을 것이야!"

이곳으로 이동하는 중에 귀곡자로부터 보내진 연락의 내용을 떠올린 궁사혼의 가슴엔 커다란 불안감이 싹트고 있었다. 잠시 동안 입을 다물고 생각에 잠기던 궁사혼이 뭔가를 알았다는 듯 고개를 끄덕였다.

"결국 저들이 노린 것은 궁주님이었어."

"기우(杞憂)입니다. 설마 무슨 일이야 있겠습니까?"

천수유가 절대로 있을 수 없는 일이라는 듯 고개를 가로저었다.

"그렇게 단정 지을 수는 없는 문제네."

'혹시 궁주님 신변에 무슨 이상이라도 생기는 것이… 아니지, 무슨 쓸데없는 생각을! 절대 그럴 리 없다. 지금은 오로지 앞에 있는 적을 생각하여야 한다.'

계속해서 불길한 생각이 떠오르자 고개를 흔든 궁사혼이 검을 들었다.

'잡생각이 떠오를 땐 몸을 움직이는 것이 최고지.'

"잠시 자네가 이곳을 맡게. 난 수하들을 응원하러 가겠네."

서둘러 말을 마친 궁사혼은 천수유가 미처 뭐라 말을 하기도 전에 신형을 날렸다.

"태, 태상장로님!"

깜짝 놀란 천수유가 궁사혼을 불렀을 때에는 그의 신형은 벌써 전방에 뛰어들어 사라지고 없었다.

"오늘을 얼마나 기다렸는지 모른다. 잘 참아주었다. 지닌 힘이 있음에도 적의 비웃음을 사고 분노를 참으며 나의 말에 따라준 여러분에 고마워한다. 그리고 마침내 때가 되었다. 이제부터는 참지 마라. 참는다면 내가 용서를 하지 않겠다. 가서 개인의 힘, 그리고 우리 호천단이 지닌 진정한 힘이 어떤 것인지 보여주기 바란다. 우리의 상대는 혈참마대다. 선봉으로 섰던 그들이 좌측으로 이동을 했다고 한다. 병력을 둘로 나누겠다. 일부는 여기 있는 하지무 부단주의 명을 따르고 나머지는 나를 따라 혈참마대를 상대한다."

말을 마친 이성진이 자신의 옆에 있는 하지무를 바라보았다.

"실력을 유감없이 발휘하도록!"

"걱정 마십시오."

하지무는 들고 있던 검을 크게 한번 휘두르며 말을 했다.

"모조리 목을 베어버리겠습니다."

"믿겠다."

하지무의 자신감 넘치는 태도에 크게 만족한 이성진이 다시 고개를 돌려 자신의 명만을 기다리고 있는 호천단원들을 바라보았다.

"그럼 가자!"

"와아!!"

"호천단 만세!!"

선두에 선 이성진이 몸을 움직이자 사방이 떠나가라 함성 소리가 들리고 이성진의 뒤를 이어 호천단원의 이동이 시작되었다.

그런 호천단을 흐뭇한 표정으로 바라보는 사람들이 있었다.

"호천단이 움직이기 시작했군요. 기대가 됩니다."

"그렇습니다, 맹주님. 그동안 후퇴만 하느라 답답했을 것입니다. 불같은 저 사람의 성정을 감안했을 때 참으로 대단한 인내력이었습니다."

제갈공 또한 이성진을 바라보며 미소를 지었다. 누가 뭐라 해도 이번 싸움의 최고 공로자는 적의 도발에도 무사히 병력을 지킨 이성진이라는 생각이 뇌리를 스쳤다.

"그렇습니까? 제가 아무리 권유를 해도 참고 물러나기에 대단히 신중한 사람이라 생각을 했는데 군사의 말을 들으니 그것도 아닌 모양이었습니다. 허허! 이것 참!"

이성진과 함께 병력을 이끌었던 석부성이 제갈공의 말에 감탄을 하며 다시 한 번 그에게 시선을 던졌다. 수하가 따라오든 말든 벌써 사라지고 없는 것을 감안하면 군사의 말이 틀림이 없는 것 같았다.

모든 이들의 시선이 이성진 단주에게 향해졌을 때 중앙에 서 있던 영오 대사가 제갈공에게 질문을 했다.

"아직 연락은 없습니까?"

영오 대사가 묻는 것이 무엇인지 너무나 잘 알고 있는 제갈공이 담담한 어조로 대답을 했다.

"아직 싸움이 끝나지 않았을 것입니다. 그리고 성공 여부의 결과를 떠나서 연락이 오려면 최소한 이 새벽은 지나야 합니다. 조금 더 기다려 보시지요."

"답답해서 그렇습니다. 아미타불!"

"저 역시 궁금하기 짝이 없습니다. 하지만 너무 걱정하지는 마십시오. 제갈 군사와 부군사께서 계획을 세우고 추진하였습니다. 저리 확신을 가지고 있으니 틀림없이 잘될 것입니다."

남궁우가 웃으며 대꾸를 했다.

"과찬의 말씀이십니다. 결과는 아무도 모르는 것입니다."

제갈공이 겸연쩍은 표정을 지으며 대꾸를 하였지만 그런 그의 얼굴에 왠지 모를 자신감이 느껴지고 있었다.

"그나저나 싸움은 어찌 되어가고 있습니까? 적의 공세가 상당히 거세다고 들었습니다만."

"예. 처음 진을 치고 있던 병력에 궁사혼이 이끈 병력이 충원되었습니다. 특히 궁사혼이 이끌고 온 병력은 저희와 마찬가지로 잘 알려지지 않은 무인들이 많습니다."

"그건 또 무슨 말씀이십니까?"

영오 대사가 긴장의 빛을 나타내며 반문했다.

"저희가 여러 은거 고인들과 전대의 고수들을 모셔왔듯이 저들 또한 그런 움직임이 있었습니다. 그리고 그 결과가 지금 나타나고 있는 것이지요. 아직 본격적으로 나서고 있지는 않지만 때가 되면 그 모습을 나타낼 것입니다."

"흠, 역시 패천궁의 힘은 실로 무시하지 못할 것 같습니다."

남궁우가 기가 질린 모습으로 입을 열자 제갈공이 그의 말에 동조를 했다.

"그렇습니다. 정말 그 힘의 끝을 알 수가 없지요. 하지만 싸움이라는 것은 병력의 수나 전력의 우위만을 가지고 하는 것은 아닙니다. 이제 곧 연락이 올 것입니다. 패천궁의 궁주를 제거하지야 못하겠지만 최소한 강남 총타를 초토화시킬 수는 있을 것입니다. 적이 그 사실을 알게 된다면 크게 당황하는 것은 물론이고 사기마저 바닥으로 떨어질 것입니다. 반대로 적이 잃는 것을 고스란히 얻게 되는 저희들로서는 이번 싸움에서 승리하는 것 이외에도 또 다른 큰 성과를 얻으리라 봅니다."

"그렇다면 우선은 이곳의 싸움이 중요하리라 생각되는군요. 이러고 있을 것이 아니라 우리도 직접 싸움터로 나가보아야겠습니다. 다들 가시지요."

이미 대부분의 수뇌들이 싸움터에 나가 있었기에 모여 있던 사람들이 얼마 되지 않았다. 영오 대사가 몸을 움직이자 따라나서는 인사들은 자연 군사인 제갈공과 남궁우 등 몇 명뿐이었다.

                    *   *   *

'끝인가?'

들고 있는 검에 의지하여 간신히 몸을 세우고 있는 관패의 뇌리에 가장 먼저 떠오른 것은 바로 패배라는 단어였다.

'역시 강하군. 수호신승……'

패배를 했다는 아픔에 씁쓸히 미소를 짓는 관패의 모습은 실로 처참했다. 코와 입에선 진한 선혈이 흐르고 머리에서 발끝까지 단 한 곳도 무사한 곳이 없었다. 그 수를 알 수 없는 상처가 전신을 도배했고 상처에서 꾸역꾸역 피가 흘러나왔다. 그러나 뭐니 뭐니 해도 가장 치명적인 상처는 회복 불능의 상태에 빠진 내상이었다.

무무와의 격돌에서 크게 손해를 본 관패의 장기(臟器)는 성한 것이 하나도 없었다. 위치가 흔들린 것은 물론이고 어떤 것은 무참히 찢겨 그 조각들이 지금 피와 함께 입을 통해 쏟아져 내리고 있었다.

무무 역시 상황은 마찬가지였다. 들고 있던 검은 어디로 사라졌는지 보이지 않았고 겨우 나무에 기대어 간신히 몸을 지탱하고 있는 무무의 전신에도 끔찍한 상처가 드러나 있었다. 하나 그것도 관패에 비하면 그나마 양호한 상태를 유지하고 있다 볼 수 있었다.

연신 거친 숨을 몰아쉬던 무무가 서 있을 힘도 없는지 땅바닥에 주저앉았다. 그렇지만 입에서 피가 흐르든 말든 고개를 들어 관패를 응시하는 무무의 안색은 그다지 어둡지 않았다.

'결국 이겼구나! 하나 이기긴 이겼으되 겨우 간발의 차이였다. 태사숙조님께서 내공을 전해주시지 않았다면 제대로 싸워보지도 못했을 것. 내공의 우위가 결국 승리를 가져온 것인가? 아미타불!'

무무가 평생 공력을 자신에게 전해준 태사숙조를 생각하며 조용히 눈을 감을 때였다. 패천궁 강남 총타의 한 건물에서 한 마리의 전서구가 조용히 날아올랐다. 지존각에서 날려진 그 전서구는 강남 총타의 하늘에서 잠시 한 바퀴 선회를 한 뒤 곧바로 남쪽으로 방향을 잡고 힘찬 날갯짓을 시작했다.

"어서 가거라. 가서 이곳의 상황을 최대한 빨리 알려야 할 것이다."

무심한 얼굴로 전서구를 바라보던 귀곡자는 창문을 통해 힘겹게 버티고 있는 모습을 보이는 관패에게로 고개를 돌렸다. 그리곤 천천히 지존각을 빠져나왔다.

싸움은 끝이 났다. 관패가 쓰러지는 것을 보자마자 기수곤은 그대로 몸을 돌려 도망을 치고 말았다. 물론 전음을 보내 관패에게 마지막 인사를 한 다음이었다. 그런 기수곤을 보면서도 그와 상대하던 세 명의 고수들은 쫓아갈 엄두를 내지 못했다. 해천풍의 중독은 이미 심각한 상황에 이르렀고, 천검 진인 또한 독기를 몰아내느라 몹시 힘들어했다. 그나마 양호했던 당천호만이 소리를 지르며 추격을 하였지만 세 사람이 덤벼도 어찌하지 못했던 그를 쫓는다는 것이 무리임을 깨닫고 곧 걸음을 멈추고 말았다.

그렇게 싸움은 끝이 났지만 어느 누구 하나 입을 여는 사람은 없었다. 너무도 엄청난 광경을 목도했기에, 그리고 그 싸움의 주인공들이 아직 쓰러지지 않고 있었기에 긴장의 눈빛으로 상황을 주시할 뿐이었다.

"아무래도… 내가… 패한 것 같군. 쿨럭!"

땅에 주저앉아 있는 무무를 바라보는 관패의 눈은 패배의 아픔이 조금도 느껴지지 않을 정도로 담담하기만 했다.

"소승이 운이 좋았습니다."

계속해서 역류하는 피로 인해 말을 하기가 힘이 드는지 관패의 말은 중간중간 끊어지면서 힘겹게 이어졌다.

"운이라……. 운도 실력… 이라는 말이 있네. 어쨌든… 자네가 승리… 한 것이야……."

"……."

잠시 침묵이 흘렀다. 둘 다 입을 열 힘조차 남아 있지 않았다. 그리고 관패의 말문이 다시 열린 것은 지존각에서 걸어나온 귀곡자가 관패의 곁으로 다가왔을 때였다.

"쯧쯧, 가라고 했더니만."

"수하를 버리고 도망가는 주군이 없듯이 주군을 버리고 도망가는 수하도 없는 법입니다."

흔들리는 관패의 신형을 부축한 귀곡자가 대답을 하였다.

"날 좀 뉘어주게나. 힘이 드는군."

관패의 입에선 이제 피도 흐르지 않고 있었고 말 또한 또박또박 제대로 나오고 있었다. 하나 그것이 상세가 나아진 것이 아니고 죽음을 향해 한 걸음 더 나아간 것이라는 사실을 관패는 물론이고 귀곡자 또한 너무나 잘 알고 있었다. 귀곡자는 자신의 옷을 벗어 땅에 깔고 관패가 원하는 대로 그의 몸을 자신의 옷 위에 눕혀주었다.

"내가 어리석었다고 생각하나?"

"아닙니다."

"아니긴… 괜한 고집이었지. 하지만 후회는 하지 않는다네."

"……."

귀곡자는 안타까운 눈으로 관패를 응시했다.

"그런 눈으로 보지 말게. 난 최선을 다했고 결과가 좋지 않았을 뿐이야. 사부님께 죄송하군. 반드시 이기고 싶었는데 말이지."

"이기게 될 것입니다. 중원일통은 물론이고 수호신승과의 싸움에서도 반드시 이길 수 있을 것입니다."

잠시 귀곡자를 쳐다보던 관패가 그 말의 의미를 이해했다.

"환야를 말하는 것이로군."

"그렇습니다. 환야 소궁주가 있습니다. 일전에 궁주님이 말씀하시지 않았습니까? 소궁주의 실력이 궁주님을 뛰어넘은 지 오래라고. 더구나 그분 곁에는 궁주님께서 얻지 못하신 원로원의 힘이 있습니다."

귀곡자의 음성은 확신에 차 있었다.

"그렇겠지. 어려서부터 그곳에서 자랐으니… 환아라면 할 수 있을 것이야. 자네, 혹시 벌써 연락을 한 것인가?"

"그렇습니다. 조금 전에 전서구를 띄웠습니다."

관패의 물음에 귀곡자는 고개를 끄덕이며 대답했다.

"빠르기도 하군. 그래, 뭐라고 보냈는가?"

"모든 상황을 알렸습니다. 처음부터 끝까지. 그리고 궁주님의 패배와… 죽음도… 알렸습니다."

귀곡자의 음성이 잠시 떨렸지만 하고자 했던 말은 끝까지 이어졌다.

"허! 죽음이라… 하긴 곧 죽을 목숨이긴 하여도 아직 이렇게 살아 있는데 그건 너무했네."

"죄송합니다."

귀곡자가 고개를 숙이며 사죄를 하자 관패가 고개를 저었다.

"자네가 죄송할 게 뭐가 있겠나? 다 내… 커헉!"

허탈한 미소를 짓던 관패의 몸이 부르르 떨리고 눈동자가 급격히 흔들렸다. 자신의 몸을 태워 주변을 밝히던 불꽃이 사그라지듯 관패를 지탱하고 있던 생명의 기운이 급격히 꺼져 가고 있었다.

"궁주님!"

귀곡자가 깜짝 놀라 관패의 상세를 살폈다. 하나 관패는 그런 귀곡자의 손을 힘없이 뿌리쳤다.

"정말 후회… 없는 삶을 살았네……. 엄하기는… 하셨지만 늘 나… 를 인정… 해 주시던 사… 부님을 모시고 무공을… 익힐 때도 좋았고… 사부님의 뒤를 이어 패천궁을… 이끌 때도 좋았네……. 결국…

이리되고 말았지만… 결코… 후회는 없네……. 하지만… 환야… 어려서 어미를 잃은… 환야… 내… 욕심으로 부모의 사랑… 도 제대로… 주지 못하고… 고생만 한 환야가… 눈에 밟히… 는군. 나를… 많이 원망… 했을 것이야……."

"아닙니다, 궁주님. 소궁주 또한 궁주님의 속마음을 알고 있을 것입니다."

"아니네……. 난… 너무 나의… 욕심만… 을 바랬다네. 누구… 보다도… 강하게 커주길 원했지. 그리고… 사부와 나를 이어 패… 천궁을 지배하길 강요… 했다네……. 그것이 그 아이에게 얼마나… 힘든… 일… 이었는지 생각… 하지… 못하고… 말이지……."

잠시 끊어졌던 관패의 말이 계속 이어졌다. 숨소리는 더욱 거칠어졌다.

"자네가… 그 아이를 만나면… 내 대신 사과를… 해… 주게나……. 그리고… 용서… 를… 빌어… 주… 게……."

"궁주님!"

귀곡자는 천천히 의식을 잃어가는 관패를 흔들었다.

"부… 탁… 하… 네……. 사랑… 하는… 나의… 딸… 환… 야… 에게……."

"궁주님!"

귀곡자가 통곡을 하며 관패를 흔들었지만 그 말을 끝으로 관패의 말은 더 이상 이어지지 못했다. 한참 동안이나 관패의 몸을 흔들던 귀곡자는 힘없이 두 손을 떨구고 말았다. 그리고 얼마 동안 그렇게 멍하니 앉아 있던 귀곡자가 고개를 들었다.

"다 알고 있을 것입니다. 환야 소궁주님은 누구보다 궁주님의 마음을 잘 이해하고 있을 것입니다. 그렇지 않고서야 저만한 성취를 이룰수는 없는 것이지요. 모르긴 몰라도 궁주님을 사랑하는 마음이 궁주님께서 소궁주님을 사랑하는 것보다 더하면 더했지 덜하지는 않았을 것입니다. 그러니 안심하고 가십시오. 궁주님과 저의 염원은 반드시 소궁주님께서 모두 이루어주실 것입니다."

귀곡자는 그때까지 부릅뜬 채 눈을 감지 못한 관패의 눈꺼풀을 쓸어내리곤 고개를 돌렸다.

"오늘은 당신들이 이긴 것 같소이다. 하지만 이것으로 모든 싸움이 끝났다고 생각하면 큰 오산일 것이오. 어쩌면 당신들은 정말 최악의 상대를 이끌어냈는지도 모르겠소. 오늘의 일이 어떤 결과를 가져오는지는 스스로 느껴보시오. 그리고 뼈저리게 후회를 해보시오. 내 하늘에서 지켜보고 있겠소."

누구라 할 것도 없이 자신을 주시하는 정도맹의 무인들을 바라보던 귀곡자가 차가운 웃음을 지으며 스스로 목숨을 끊었다. 귀곡자의 몸이 서서히 관패의 위로 포개어 쓰러졌다.

"와아!!"

"정도맹 만세!!"

"수호신승 만세!!"

그때까지 입을 다물고 이들을 살펴보던 정도맹의 무인들이 무무와 싸웠던 관패가 죽고 온갖 귀계(鬼計)로 백도를 유린했던 귀곡자마저 스스로 목숨을 끊자 마침내 참고 있었던 환호성이 터져 나왔다.

기수곤을 상대로 힘겹게 싸움을 마친 당천호와 해천풍, 천검 진인을 비롯한 고수들이 남궁상인과 무무의 곁으로 다가왔다. 남궁상인은 아직도 정신을 차리지 못했고 무무 또한 상세가 몹시 위험했다.

"상세는 어떠한가?"

당천호가 남궁상인과 무무의 상처를 돌보고 있던 남궁검에게 질문을 하였다.

"두 분 모두 생명에는 지장이 없습니다. 다만 상처가 워낙 심해 걱정입니다."

남궁검은 특히 자신의 부친인 남궁상인의 상세가 심각하자 몹시 걱정을 하는 눈치였다.

"그만하길 천만다행이네. 솔직히 이기리라곤 생각하지 못했는데……."

어찌 들으면 허탈한 기운마저 감도는 음성으로 남궁검을 달랜 당천호가 자신의 곁으로 다가온 천검 진인을 바라보았다.

"몸은 좀 어떠십니까?"

"견딜 만하네. 정말 지독한 독이야. 나는 상관이 없지만 저 친구가 걱정이네. 중독이 심하게 된 듯하니……."

천검 진인은 이곳으로 다가오지도 않고 땅바닥에 주저앉아 독기를 몰아내느라 정신없는 해천풍을 바라보았다.

"그렇군요."

"어르신!"

어느새 이들의 곁으로 다가온 황충이 다급한 어조로 말을 하였다.

"시간이 없습니다. 힘들더라도 일단 이곳은 벗어나야 합니다."

"무슨 말인가?"

"시간이 많이 흘렀습니다. 이제 얼마 지나지 않아 이곳을 떠났던 패천수호대는 물론이고 강북 총타에서도 지원군이 도착할 것입니다. 그들이 오기 전에 미리 움직여야 합니다."

"하지만 너무 지쳤네. 잠시 휴식을 취하는 것이 좋지 않겠나?"

당천호가 주변으로 고개를 돌리며 말을 하였다. 승리감에 환호성을 지르고 잠시 동안은 기쁨에 젖어 있었지만 대부분의 무인들이 장소를 불문하고 땅바닥에 주저앉아 있었다. 밤을 새워 자신들보다 몇 배는 되는 듯한 인원들과 격전을 벌이던 그들에게 싸움이 끝나자 싸울 때는 미처 느끼지 못한 피로가 한꺼번에 몰려든 것이었다.

"그래도 안 됩니다. 이곳은 너무 위험합니다. 쉬더라도 자리를 이동해서 쉬어야 합니다."

황충은 자신의 주장을 굽히지 않았다.

"그것이 옳을 것 같네. 이곳은 쉬기엔 장소가 너무 좋지 않아."

천검 진인이 피로 물들은 주변을 살피며 얼굴을 찌푸렸다. 수백이 넘는 시신이 산을 이루고 피가 모여 우물을 이루고 있었다. 천검 진인의 시선을 따라 고개를 돌리던 당천호도 인정할 수밖에 없는 너무나 처참한 광경이었다.

"알았네. 자네 말대로 하지. 그러나 떠나기 전에 반드시 한 가지 일은 해야 하네."

"그것이 무엇입니까?"

황충이 재빨리 반문을 했다.

"이곳에 쓰러진 자들은 적들만이 아니네. 우리 정도맹의 무인들도 부지기수. 이들의 시신을 데리고 갈 수는 없으나 최소한 매장은 해주어야 하지 않겠나?"

"하지만 시간이……."

"그것만은 나도 양보할 수 없네. 내 말대로 따라주게."

"알겠습니다."

곤란한 표정을 짓기는 했지만 당천호의 말에도 일리는 있었기에 고개를 숙이며 대답을 한 황충은 곧바로 일을 시작했다. 황충은 이리저리 뛰어다니며 늘어져 있는 정도맹의 수하들을 일일이 격려하며 목숨을 잃은 동료들의 시신을 챙기도록 하였다. 그렇게 반 시진이 지나고 패천궁 강남 총타 안에는 커다란 봉분이 하나 생겼다. 그리고 그 봉분의 정면에 자그마한 판자 하나가 세워졌다.

"모든 마무리가 끝났습니다. 그런데 무덤이 괜찮을지 모르겠습니다. 혹 저들이……."

"그런 말은 하지 말게. 비록 적이지만 패천궁의 사람들은 진정한 무인들. 그런 그들이 무덤에 대해 어떤 짓을 할 것이라는 생각은 들지 않는군."

당천호가 고개를 저으며 황충의 말을 반박했다.

"알겠습니다. 어쨌든 이제는 떠나야 합니다."

"그렇게 하세나. 거동이 가능한 사람들은 그렇지 못한 사람들을 잘 보살피며 따르라 이르게."

친우인 남궁상인이 남궁검의 등에 업히는 것을 안타깝게 바라보던 당천호가 당부의 말을 전했다.

"알겠습니다. 자, 그럼 최대한 빠르게 이곳을 벗어난다! 내가 선두에 서겠다!"

당천호의 허락을 받은 황충이 몸을 돌려 소리치고 걸음을 옮겼다. 그 뒤를 이어 정도맹의 무인들이 무거운 걸음걸이로 따라 움직였다.

단 하룻밤 사이에 벌어진 싸움으로 패천궁은 궁주인 관패를 비롯하여 군사인 귀곡자, 적기당의 무인 약 사백여 명, 또한 그에 두 배는 됨직한 무인들이 목숨을 잃었고, 반면에 정도맹의 정예들은 비록 많은 부상을 입었지만 사백의 무인 중 절반에 이르는 백팔십여 명의 무인들이 살아남아 탈출을 시도하고 있었다.

"산 넘어 산이로구나! 어찌하여 승리는 하였지만 과연 무사히 돌아갈 수는 있는 것인가? 적의 추격이 만만치 않을 것인데. 그리고… 귀곡자의 마지막 말이 특히 마음에 걸리는구나."

관패와 귀곡자의 시신을 다시 한 번 바라보며 탄식을 내뱉은 당천호의 신형이 패천궁 강남 총타를 빠져나오는 것으로 이번 싸움은 그 막이 내렸다. 하지만 모든 것이 끝난 것은 아니었다.

"이, 이것이 어찌 된 일이란 말인가?"

막 성문을 들어서던 헌원강은 눈앞에 펼쳐진 처참한 광경에 벌어진 입을 다물지 못했다.

온통 시체였다. 처음 성문을 들어설 때부터 반기던 시체들이 한참을 이동했음에도 끊이지 않고 나타났다.

"음!"

헌원강의 뒤를 따라 궁으로 들어선 건청우 또한 절로 눈썹을 찌푸리며 얼굴을 찡그렸다.

"여기서 이럴 것이 아니라 빨리 안으로 들어가 보는 것이 좋지 않겠소, 헌원 호법?"

건청우의 말에 멍하니 서 있던 헌원강은 대답도 하지 않고 안으로 뛰어 들어갔다. 안으로 들어갈수록 더욱 격렬한 싸움이 있었는지 흩어진 시체며 병장기가 눈을 아프게 했다.

'설마!'

헌원강은 그가 가려는 곳이 점점 가까워지자 가뜩이나 불안했던 마음이 더욱 떨려와 정신을 차릴 수가 없었다.

"이럴 수가!"

결국 단숨에 지존각이 위치한 곳까지 뛰어온 헌원강의 눈에 들어온 것은 수없이 많은 시체들과 주인을 잃은 병장기였다. 한바탕 피의 폭풍이 쓸고 지나간 듯 장내는 온통 끔찍한 풍경으로 도배되어 있었다.

"안 돼!"

이미 모든 것이 끝났다는 것을 깨달은 헌원강의 신형이 그 자리에 멈추어 버렸다. 삼 일 동안, 장강을 건널 때를 제외하곤 단 한 번도 잠을 자거나 쉬지 않고 달렸음에도 우려한 대로 결국은 늦고 만 것이었다.

"후~ 전멸이군. 살아남은 사람이 눈에 띄지 않는 것 같소."

"그렇습니다."

어느새 자신의 곁으로 다가온 건청우를 바라보며 힘없이 고개를 끄덕인 헌원강이 잠시 마음을 진정시켰는지 찬찬히 주변을 살펴보았다. 어둠에 가려 자세히 보이진 않았지만 이곳에 쓰러진 무인들은 처음의 무인들과 달리 하나같이 붉은색의 옷을 입고 있었다.

"적기당이로군."

그들이 적기당의 대원임을 한눈에 알아본 헌원강이 안타까운 탄성을 내뱉을 때였다. 그의 눈에 뭔가 이상한 물체가 들어왔다.

'뭔가?'

전에는 단 한 번도 보지 못한 물체를 이상히 여긴 헌원강이 긴장을 하며 가까이 접근했다.

"무덤?"

조심스레 다가간 헌원강의 눈에 드러난 물체. 그것은 하나의 커다란 무덤이었다. 급하게 만들었는지 이곳저곳이 패이고 울퉁불퉁하였지만 커다란 봉분(封墳)이 올라온 것을 보니 틀림없는 무덤이었다. 그리고 그 무덤 앞에는 조그마한 판자 하나가 세워져 있었다. 뭔가 쓰여져 있음을 주시한 헌원강이 몸을 숙여 살피자 핏물을 이용하여 썼는지 붉은 색의 문구가 한눈에 들어왔다.

여기 무림의 정기를 바로잡고자 숭고한 목숨을 바친 이들이 한곳에 묻히니 비록 몸은 우리와 멀어졌지만 그 마음만은 언제나…….

더 읽어보지 않아도 알 수 있었다. 적은 대범하게도 자신들의 본거지에다 커다란 무덤을 만들어놓고 떠난 것이었다. 헌원강은 재빨리 고개를 돌렸다.

"대단한 배짱이야. 우리가 이 무덤을 건드리지 않을 줄 알았나 보군. 좋다. 바램대로 해주지. 그러나!"

빡!

판자에 쓴 비문(碑文)만은 참을 수 없었는지 단숨에 판자를 날려 버린 헌원강은 그대로 몸을 돌렸다. 아니, 돌리려고 하였다. 만약 봉분 옆에 놓여 있는 시신만 없었다면 틀림없이 그랬을 것이었다. 하지만 정도맹의 무인들이 만들어놓은 봉분과 나란히 뉘어져 있는 두 구의 시신이 헌원강의 눈을 붙잡았다.

뭔가 이상했다. 다른 시체들은 땅바닥에 방치된 채 버려져 있었지만 지존각 바로 아래에 만들어진 봉분 옆에 쓰러진 두 구의 시체만큼은 새하얀 천으로 덮여 있는 것이 아닌가!

헌원강은 떨리는 발걸음을 움직여 시체에게 다가갔다. 그리곤 천천히 손을 뻗어갔다.

'제, 제발!'

천을 벗기기 전에 다시 한 번 심호흡을 한 헌원강은 두 눈을 질끈 감고 시체에 덮여 있던 천을 벗겼다.

"아!"

천천히 눈을 떠 시체를 확인한 헌원강은 외마디 비명과 함께 그 자리에서 주저앉고 말았다.

"구, 궁주님! 군사!"

그랬다. 하얀 천에 덮여 있던 두 구의 시신은 무무와의 싸움에서 목숨을 잃은 패천궁의 궁주 관패와 관패의 곁에서 자결을 한 군사 귀곡자였다.

원래 이들은 이곳에서 조금 떨어진 곳에서 아무렇게나 쓰러져 있었지만 당천호의 명에 따라 그래도 정중하게 대우를 받은 것이었다.

"헉!"

"결국은!"

헌원강의 외침에 놀라 달려온 무인들 또한 관패의 시신을 보고 저마다 놀람을 감추지 못했다.

잠깐 동안의 짧은 침묵이 지나갔다. 누구 하나 입을 열지 못했다. 그 침묵을 깬 사람은 철마조 건청우였다.

"이러고 있을 시간이 없네. 시신들을 이대로 방치할 수는 없지 않나? 어서 궁주님을 모시게. 그리고……."

"복수를 해야지요. 궁주님과 이들을 이렇게 만든 자들에게!"

한참을 그렇게 관패의 주검 앞에서 무릎을 꿇고 있던 헌원강의 입에서 분노의 음성이 새어 나왔다. 그리고 천천히 관패를 안아 들었다.

"우선은 궁주님을 모실 것입니다. 그리고 곧 그들을 찾아 나설 것입니다."

헌원강의 말이 끝나기가 무섭게 일단의 무리들이 궁 안으로 몰려들었다. 헌원강의 주변에 있던 무인들이 흠칫 놀라며 분분히 무기를 꺼내고 갑작스런 공격에 대비하였다. 하지만 그들은 곧 다가온 사람들의 정체를 알 수 있었다.

"이게 도대체 어찌 된 것입니까?"

무리의 정면에 서서 가장 먼저 달려오던 적성이 소리를 질렀다. 그러나 그의 질문에 대한 대답을 하기도 전에 벌써 다가온 적성은 헌원강의 품에 안겨 있는 관패의 주검을 볼 수 있었다.

"구, 궁주님!!"

적성은 더 이상 움직이지 못했다. 절대로 믿을 수도, 믿기지도 않는 상황에 어찌할 바를 몰랐다.

"어, 어떻게 이런 일이!"

적성은 두 손으로 얼굴을 감싸 쥐며 고통에 몸부림쳤다.

"크헉!"

결국 끓어오르는 분노를 참지 못한 적성이 입이 피를 뿜었다. 그리고 쓰러지듯 무릎을 꿇은 적성의 눈에서 눈물이 흐르기 시작했다.

"크흐흐! 이것이! 이것이 어찌 된 것입니까, 궁주님!"

"궁주님!"

적성을 따라온 나머지 패천수호대들도 도저히 믿기지 않는 사실에 경악을 하며 통한의 눈물을 흘렸다.

"그만 하게. 지금은 눈물을 보일 때가 아니네."

"……"

적성은 아무런 반응도 보이지 않고 어깨만을 들썩였다. 그러자 헌원강의 호통이 다시 터져 나왔다.

"자네의 눈에는 궁주님의 모습만 보이는가? 주변을 살펴보게! 궁주님뿐만 아니라 많은 형제, 동료들의 주검이 땅바닥에 나뒹굴고 있네!"

적성은 천천히 고개를 들어 헌원강을 바라보았다. 그런 적성의 눈에서 흐르는 눈물은 어느새 붉은색의 피눈물로 바뀌어 있었다.

"적들의 시신은 이미 수습되었거늘 이들을 이대로 방치해서야 되겠는가?"

그제야 고개를 돌려 헌원강이 가리키는 커다란 무덤을 바라본 적성의 눈에서 분노의 불길이 타올랐다.

"이놈들이 감히! 당장에 저 무덤을……!"

"그만!"

헌원강은 단숨에 그의 말을 잘랐다.

"하지만……."

"이제 와서 저 무덤을 파헤친들 무슨 소용이 있는가? 오히려 우리만 부끄러워질 뿐이지. 지금 중요한 것은 그것이 아니네. 당장 수하들에게 명을 내려 이곳저곳에 흩어져 있는 시체들을 수습하게. 당장 어떻게 처리하지는 못하더라도 저렇게 놔둘 수는 없는 일. 그렇다고 한꺼번에 묻을 수도 없는 일이고… 어떻게 처리하든 그 일은 자네에게 맡기겠네."

잠시 말을 멈춘 헌원강이 크게 한숨을 내쉬고 말을 이었다.

"그리고 그들을 따라가야지. 이곳을 이렇게 만든 자들을 그냥 보낼 수야 없는 노릇 아닌가? 시간이 없네. 서두르게. 그리고 자네는 군사의 시신을 모시고 나를 따르게."

적성과 마찬가지로 무릎을 꿇고 눈물을 흘리는 혁종에게 귀곡자의 시신을 맡긴 헌원강이 몸을 돌려 지존각을 향했다.

"아, 그리고 이들의 장례는 복수가 끝난 다음에 할 것이네. 아마 이들도 그것을 원할 것이고. 물론 최종 결정은 소궁주님이나 다른 분들께서 하시겠지만."

잠시 고개를 돌려 몇 마디를 더 하던 헌원강이 지존각으로 들어가고 귀곡자의 시신을 든 혁종의 몸도 보이지 않게 되자 그때까지 눈물을 흘리며 무릎을 꿇고 있던 적성이 천천히 몸을 일으켰다. 그리고 수하들을 바라보며 울부짖었다.

"나의 잘못이다! 궁주님과 군사께서 돌아가시고 적을 막던 우리의 동료들이 목숨을 잃은 것은 다 나의 어리석은 잘못 때문이다! 지금 당장 이 자리에서 목숨을 끊어 용서를 빌어야 하겠지만 나에겐 아직 못다 한 일이 있다! 궁주님과 동료들의 목숨을 앗아간 적들이 버젓이 살아 숨 쉬고 있는 한 절대로 죽을 수 없다! 죽을 때 죽더라도 이 원한은 반드시 갚을 것이다! 원한을 갚았을 때 그때 죽음으로써 오늘의 잘못을 사죄하겠다! 희탁강!"

"옛! 대주!"

재빨리 몸을 일으킨 희탁강이 대답을 했다.

"지금 당장 숨진 동료들의 시신들을 수습하도록!"

"알겠습니다."

"힘들겠지만 죽은 자의 신분을 최대한 밝히도록 하라. 신원이 파악되면 그들은 따로 무덤을 만들어주고 신원을 알지 못하는 자들은 안타깝지만 한꺼번에 매장을 해라. 최대한 빠르게 시행하되 정확하게 하라. 그리고 몇 명을 차출해 지금 즉시 적의 흔적을 찾게 하라. 일이 끝나는 즉시 추격을 시작할 것이다.”

“알겠습니다.”

희탁강은 대답과 동시에 몸을 돌렸다. 동시에 간신히 울분을 참고 있던 패천수호대의 대원들의 신형도 빠르게 움직이기 시작했다. 절반은 땅을 파고 나머지 절반은 시신들을 수습했다. 몇몇 인물들은 재빨리 성을 빠져나갔다. 그리고 그들은 주변을 날카롭게 살피며 정도맹 무인들에 대한 추격에 들어갔다.

'반드시 죽일 것이다! 반드시!'

수하들에게 명을 내린 적성은 헌원강과 혁종이 관패와 귀곡자의 시신을 안고 들어간 지존각을 바라보며 두 주먹을 힘껏 쥐었다. 또한 그의 앞에 사람이 있다면 전신에서 뿜어져 나오는 기운에 당장 목숨을 잃을 정도로 강맹하고 무서운 살기를 내뿜고 있었다.

『궁귀검신』 8권으로 이어집니다

時代超越

세대와 세대를 넘은 기다림 끝에 드디어 태어나다!

대가大家 금강金剛
무협 20주년 기념 특선작!!

이 시대 정통대하무협의 금자탑(金子塔)!
장쾌함과 호쾌함이 아우러진 강렬한
대륙적 대서사시!
필생(筆生)의 기념비적 역작(力作)!

시대를 선도해 온 대가 금강金剛이 펼쳐 보이는
정통 무(武)와 협(俠)의 도도한 흐름 속으로
흠뻑 빠져든다!

대풍운연의 大風雲演義 · 금강金剛 신무협 판타지 소설
①~⑤권 / 값 7,500원

일간스포츠에 장기 연재되어
선풍적인 인기를 끌었던
화제의 바로 그 작품, 드디어 출간!

이제 청어람을 통해 금강金剛 무협의 정수를 접하실 수 있습니다.

도서출판 청어람 www.chungeoram.com ● 우 420-011 부천시 원미구 심곡1동 350-1 남성빌딩 3F ● TEL : 032-656-4452/54 ● FAX : 032-656-4453 ● Email : eoram99@chol.com

김현영 新무협 판타지

걸인각성

乞人覺醒

엽기 코믹 파워히터!

제대로 한번 웃긴다!

『만선문의 후예』 김현영의 놀라운 이야기!
거지도 등급이 있다! 내가 바로 최고의 인재!

전설적인 게으름의 화신을 지칭하는 말이 있으니 '만성지체' 라 한다.

● 걸인각성 / 김현영 著 / ①－⑤권 발매 / 7,500원

非情素玉

송진용 신무협 판타지 소설

나는 장식이 아니야!

검진강호(劒塵江湖)를 휘몰아친
비정소옥(非情素玉)의 차가운 칼날.
도타운 정(情)도 사무친 원한(怨恨)도
한칼 스러짐에 지나지 않을 뿐…

가슴 저린 무협의 향수를,
한국 무협의 미래를 읽는다.

● 비정소옥 / 송진용 著 / ①－⑤권 발매 / 7,500원

도서출판 청어람 www.chungeoram.net ● 우 420-011 부천시 원미구 심곡1동 350-1 남성빌딩 3F ● TEL : 032-656-4452/54 ● FAX : 032-656-4453 ● Email : eoram99@chol.com

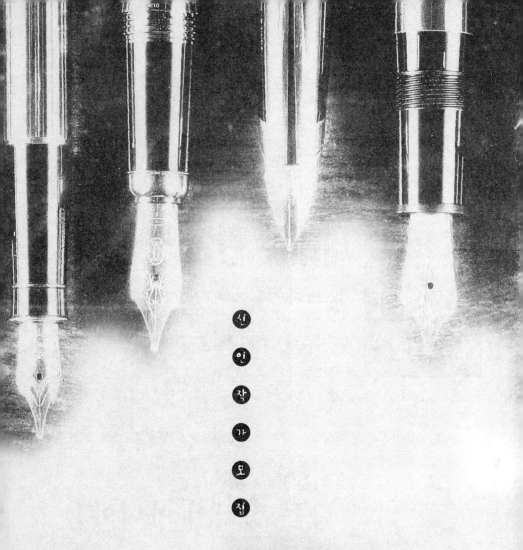

신
인
작
가
모
집

시작이 반이라고 했습니다.
작가의 길에 대한 보이지 않는 벽을 과감히 깨뜨리십시오!
청어람은 작가 지망생 여러분들의
멋진 방향타가 되어드리겠습니다.

저희 도서출판 청어람에서는
소설 신인 작가분들을 모집합니다.
판타지와 무협을 사랑하시는 분들의 많은 참여를 바랍니다.
소정의 원고(A4용지 150매)를 메일이나 우편으로 보내주시면
검토 후 출판 여부를 알려드리겠습니다.

주소:경기도 부천시 원미구 심곡1동 350-1 남성B/D 3F 우편번호420-011
TEL:032-656-4452 · **FAX:**032-656-4453
http://www.chungeoram.com
e-mail:chungeoram@chungeoram.com